[英] 艾萨克·沃尔顿_著

缪哲_译

钓客清话

The Compleat Angler;
or The Contemplative
Man's Recreation

山西出版传媒集团 山西人民出版社

安静的河边适于一边垂钓一边阅读。

藏在树后行"点钓法"。

且由我再举几样奇鳞异介，如今您都可以见到。

您心眼儿真好,先生,上帝会报答您。我们会痛快地把它吃掉。

牧羊小子考利敦拿牧笛为挤奶女伴奏。

看云彩的势头，不有场蒙蒙雨，不下个雾塞天，算我白说。

一帮吉卜赛人在分钱。

到末尾的重唱部分，别的乞丐也跟进来，和丐姐一起唱。

瞧，又下雨了，再给你的钩装上饵，把它扔水里去。

你要不信,尽管去威斯敏斯特的国王街,那里的咖啡馆自让你看个明白的。

我们去了一家好酒馆,玩"推板"玩了半天。

垂鬟稚女,撄"蓝钟",撷"牛唇"。

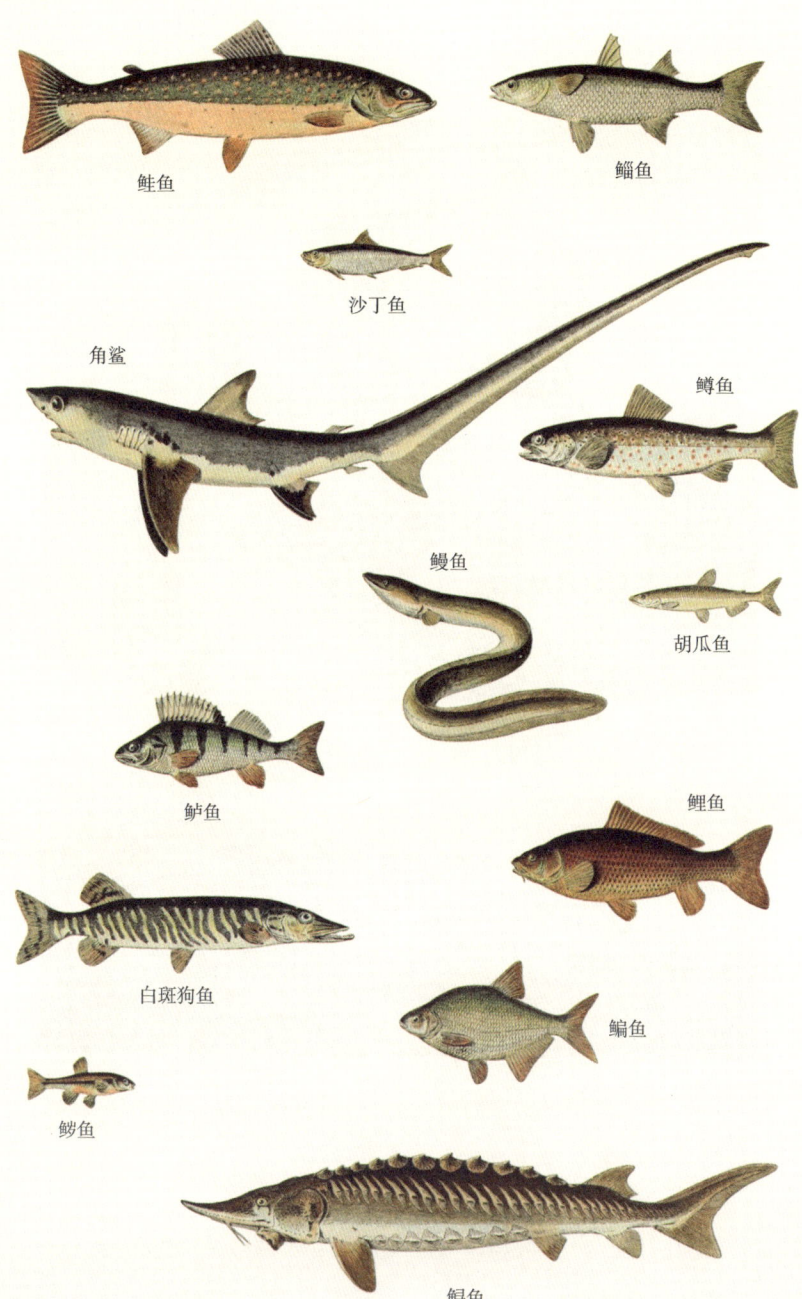

钓鳟鱼,要选大热天,黄昏最相宜。

出海来的鲑，翩然一跃就进了河，气力之大，身段之巧，每令人瞠目。

把钩送进水闸的板子下,用"引蛇出洞"法钓鳝鱼。

译者序

下面的文字，说阔气点，是应称为"跋"的，本该放在全书的最后。但人人都有的小虚荣，我也有，故不想让别人抢去这书的头彩；本书的作者沃尔顿不行，本书最著名的导言之作者安德鲁·朗（Andrew Lang）也不行。

沃尔顿的生平和作品的介绍，已见于安德鲁·朗——鲁迅、周作人称为"安特路阑"的——为上世纪初欧陆版的《钓客清话》撰写的《导言》里。"写沃尔顿，真是手执蜡烛照太阳"，他说完这丧气的话，却不吹灭自己的蜡烛，一直照到了太阳落山。可见他依稀有月亮的感觉，不全以为自己是蜡烛的。我想他的主要意思，是吓退像我这样的学与识只有爝火微光的人。他得逞了。急于了解作者的人，可抛开此序，先读附于序后的《导言》。公平地说，这导言写得实在好，作者有学问、有性情，对钓鱼的甘苦，也有切身的体验。传世已久的经典，莫不有经典的导言，如约翰逊博士"序"莎士比亚、"序"托马斯·布朗，萧伯纳"序"巴特勒的《众生之路》等。安德鲁·朗为沃尔顿写的这一篇导言，足可以进入经典的导言之列。

英语中关于垂钓的书，是汗牛充栋的，最著名的，则推这一本《钓客清话》。它是垂钓者的"圣经"，风行三百年不衰，互联网上亚马逊书店的书目中，仍有此书的多种新版本，并有现代人的拟作、续作等。一部讲渔钓的书，被人作为文学的经典读，是一定有我们所称的"风格"的。它风格的妩媚，部分来自作者的单纯，他行文有柔静的光，将我们引向它，流连而不忍去之。它清新、闲淡，有超然自得的气息。对疲于现代生活之混乱、繁杂的人，这样的书，是避难所。我有感于自己的生活，每以此书做我精神的备忘；又见许多人和我遭同样的罪，故不避辞拙，将它翻译成中文，公诸和我有同苦的人。

记得当初我打算翻译这本书时，曾有朋友对我说，哪有那么多钓鱼的人，谁会看这样的书？我一想，也是。退而又想，不对。我不杀人，可爱看《麦克白》，这朋友不乱伦，但爱读《俄狄浦斯》。张志和的《渔歌子》，在人们嘴里传了一千多年，也不听说他们都是打鱼的，至少我不是。写什么是一回事，怎么写是另一回事。《钓客清话》写的是垂钓，但不是钓鱼人的技术指南，而是垂钓的哲学，垂钓中体现的做人的理想、生活的理想，即简单、忍耐、厚道、知足等。品行的砥砺，好比磨刀子，不能没有依着，它需要磨具。垂钓是品行的磨具之一，而且是不错的磨具！因为垂钓本身是快乐而有趣的。囚首丧面，克欲苦修，作为磨具是太粗粝了，我们普通人，难免不被它磨卷了刃。励志修身，垂钓自是平易而妩媚的入门功夫。借助于垂钓，德行变和蔼了，格物变可意了，独处则是有趣味的。

当然，简单、厚道、忍耐、知足，不是我们当今风行的做人理想。沃尔顿生活在英国大变动的时期，人人都仰着脖子，看宫阙，看财神，看主教的宝座，像他那样低头看草地和清流的人，并不很多。和那时的人比，我们的头仰得还高，脑袋里风车的轮子，也转得更响，而今天的河水，却落得更低，鱼跃出水的声音，又更小了。想到这里，我总是停下翻译的笔，心想，算了吧。而品行的大忌，是自以为这品行唯独自己有。想一想老沃尔顿，他四周虽是"风行的野调"，却不因自己的品行而自满、而膨胀，故他的心是虚的，能感受出他的同调那微弱的声音，虽然少，可他是知足的人，所以能快乐地为他们、为自己唱出这一首恬静的小牧歌。这么说来，单纯、厚道、知足的人，即使是今天，也还是有的，多固然不多，而沃尔顿当年不因其少而辍笔。我愿效法他。因此，我继续了此书的翻译。再说，沃尔顿的化身、《钓客清话》中的"劈"，不也使原本为猎人的"温"抛弃了旧生活，而拜于他的门下吗？怎见得今天没有猎财猎势的人，会因沃尔顿的开导而改变？想到这里，我有点兴奋，仿佛已看见有人怀揣着《钓客清话》的汉文本，漫步在河边上。而麇集在养鱼池的边上，或室内钓鱼场的人，我可以根据此书的趣味，用一首英国的老歌谣说他们：

费尔博士我不喜欢你，
原因我也说不清。

> 但这一点我心里知肚里明，
> 费尔博士我不喜欢你。

这"费尔博士"，正是沃尔顿的好友兼他儿子的老师（这一点我本不想说，恐怕对沃尔顿不利；可沃尔顿教我们要诚实）。

我不曾查过卜辞，不知其中有没有与垂钓相关的字眼；即使没有，钓鱼在我国也是很古的，《诗经》里即多有提及，但主要是小民的娱乐。传说中的姜太公钓鱼，不讲钩，不讲饵，鱼愿上则上，不愿也随它，他钓的本不是鱼，是名与权。这风气开得很成功，到清末，仍有人学他的样子，如那袁世凯，失位后，也一身蓑衣，在老家做了萧散的渔人。古代是官天下，故那时的文明人，惯于在宦海里钓鱼，出了宦海（有几个是情愿的？），见了清流，也往往将之作为复习宦海钓术的训练场，所以古人关于垂钓的诗文有千万，可若想知道他们钓术的细节，如钩、饵、竿子等，不能说无所得，即以我所知，他们多用"矫情饵""韬晦钩"，竿子的材料，则取"酸葡萄"的藤，然终不是沃尔顿意义上的钓术之细节。光武皇帝的同学严子陵、自称"烟波钓徒"的张志和，用的倒可能是真钩真饵，竿子的材料，也许取自红尘之外的山上，但他们都是"不器"的君子，不像沃尔顿那样，究鱼性，穿蛤蟆，为办饵而弄脏自己的手指。一叶扁舟漂在水上，裁的木枝依稀有鱼竿的样子可见出他们的高洁，就够了。他们是得意而忘鱼的人。万流归宦海；不朝宗于宦海的独立的湖陂，也是为表明它们与宦海的对立而存在的，当宦海出了视野，它们的水也就干了。所以渔钓的主题，袁世凯的时代之后，就退出了我国的文学。我们的古人倘若读沃尔顿，见他纠缠于钩、饵和竿子，用心于鱼性，他们一定会问，这磨磨蹭蹭的，几时才到得了宦海，它们本身有什么趣味？而科学的萌芽，正是在类似的"一问"中被扼杀的。

不好不提的是，我并不是"行之也笃"的钓鱼人，垂钓的乐趣，我得之于想象的，多于得之于实践的。沃尔顿说："垂钓是近于作诗的，得生来有禀赋。"同样，就钓艺来说，有人是天生的废物，也有人因不肯吃苦而成了废物。还有的人，则天赋既差，又不肯吃苦，我就是这样的人。大自然给了我爱垂钓的心，也给了我笨拙的手、近视的眼，懒惰、事事不用心的坏性子。再说，清亮的河、芳草的岸，也快绝迹于人间了。我活得还远不够久，却已料见记忆中的河流、记忆里的花香，会清于、浓于我未来所见到的、闻到的。去一趟乡下，也远不如回忆中的乡下更让我的眼睛一亮，更唤醒我的每一个感官。落日不再是原来的落日，它照亮我的脸，不如记忆里的落日照亮我的心。去浑浊的养鱼池钓鱼，倒不如躺家里，捧一册沃尔顿，想象那垂钓的乐趣。

最后是关于翻译的几句话。

当初翻译这一本书，是在十一年前，我手边只有欧陆版的白文本，北大的黄亦兵博士为我借了牛津大学出版社的注释本，对我的助益颇大。而我却对他不起：这注释本在我手里滞留得过久，一笔不大却使他三天没吃上饭的图书馆罚款落在他头上；我在此向他道歉，并愿从稿费里划一点钱，补偿他当年的罚款和这十一年的利息——假如他要的话。

为此书的出版,何兆武教授介绍我认识了当时湖南出版社的秦颖先生,但格于形势,当时未能出版。秦颖先生去"花城"后,不忘旧诺,十年后的去年,命我整理旧译,列入"花城"的"经典散文译丛"。我感谢一向乐于扶掖后进的何兆武教授,感谢我的朋友秦颖先生。

这本书中的三篇文字里(安德鲁·朗的《导言》、《钓客清话》、《邓约翰传》),有许多拉丁文和一些希腊文。我的同学、耶鲁大学的刘皓明先生不辞烦劳,为我一一译成英文(他的计算机无法发送、接收汉文的电子信),复由我译成汉文。书中有一些难解之处,也蒙他为我做了浅白的解释。我感谢他的帮助,感谢毕业十几年来他对我的不断鼓励。但书中的所有错误,均由我负责。

书的名字,也需做一点说明。《钓客清话》的原题是《完美的钓鱼人——沉思者的娱乐》,已故杨周翰教授在他的《十七世纪英国文学》中,译之为《垂钓全书》;这也切合原义,可我担心有的人望文生义,以为这是一本垂钓的技术指南,所以未采用。至于由《完美的钓鱼人——沉思者的娱乐》到《钓客清话》,我则没有什么道理好说,因书而起意罢了。倘有人说这名字的改换,只见我的趣味之伪,我也同意。

《钓客清话》的插图本甚多,但我生活在穷乡僻壤,得书不易。家中的藏书中,幸有一册"法罗顿的格雷子爵"(Viscount Grey of Fallodon)的《蚊钩钓鱼》(*Fly Fishing*),其中有很好的木刻插图,插图作者叫 Eric Fitch Daglish,不详何许人。我将其中的插图复制下来，移用于《钓客清话》，读者可取以为"卧游"之具。［至于这位爵爷，倒值得一说，他出身于英国的显贵家庭，促成英国《改革法案》（*Reform Act 1832*）通过的著名的格雷首相（Charles Grey）即是他家族的成员。他任英国外交大臣十一年，参与制定了第一次世界大战中的英国外交政策。一战爆发后，他有句话成了传遍欧洲的名言：全欧洲的灯要熄了；我们这一生见不到它再被点亮了。他的《蚊钩钓鱼》，是一本继承了沃尔顿精神的闲书，1899年初版以来曾一版再版。作者虽是宦海中人，但他的书里，却只有小溪潺潺，没有宦海喧噪的涛声，不熟悉英国政治之掌故而读这本书的人，会以为作者是闲散的小乡绅呢。］

邓约翰的肖像，是我从网上下载的。

还有几句话，是关于译文的文风的。沃尔顿生活在17世纪，当时的英文颇有古风，与现代英文的曲折烦琐，是大相异趣的；沃尔顿也不像弥尔顿那样精通拉丁文和希腊文，故他的文字古朴而简洁，没有拉丁语风的华丽与繁沓，可谓当时英文的"正声"。我在翻译时，也试图体现他行文的调子，结果便是"文"了，不大合当今翻译界的规矩。其中过"文"的部分，已遵秦颖先生的指示做过修改，但通体看起来，仍不是译文的"时样妆"。我所以出这一点"小格"，是我自信读者都是宽容的人。如果他们认为不好，他们会原谅我；如果他们说好，我则把这当作他们的鼓励，而不是对我译本的评价。

再有就是本书的注释。安德鲁·朗的《导言》和《邓约翰传》的注释，都是我自己加的。《钓客清话》的注释，则是参考了牛津大学出版社的注释本；该本的注释，因是供英美人使用的，不太适宜中国的读者，为此我对它做了较大的增损。因我的注文已非原注，故其出处，无法一一标明，这一点是需要读者知道的。

最后的一句，是每本书都不可少，在我却绝不是虚应客套的话：译本中的错误，望读者指正。

缪 哲

2000年，石家庄

沃尔顿肖像

导　言

写沃尔顿，真是手执蜡烛照太阳。综其漫长的一生之大概（或者说，为人所知的事件），附及他在传记[1]和《钓客清话》中展现的性格，从沃尔顿之前人和当代人的书中撷取若干片段，以说明、评论古今之钓术，本编者就知足了。凡编纂沃尔顿作品的人，莫不得惠于他的先辈，如约翰·霍金斯（John Hawkins）、欧底斯（William Oldys）、梅杰（John Major）等，而冠其首者，则是饱学的哈里斯·尼克拉斯（Harris Nicolas）爵士；我自然也如此。这里重印的，大体即哈里斯爵士的校订本，其底本，是经作者重订、付梓于1676年的第5版。

生　平

艾萨克·沃尔顿固然长寿，生平见诸记载的事却不多，哈里斯·尼克拉斯爵士，对此已细心地爬梳过。文献中凡与之有

---

[1]　指沃尔顿为他人撰写的"传记"。

关者，考证的炼金术已提取一空，自1860年哈里斯爵士的第二版行世以来，我尚不知有任何重大的收获。艾萨克生于斯塔福郡一自耕农家庭，家系邈远，其先人，或即约克斯府的乔治·沃尔顿（George Walton），他卒于1571年。艾萨克的父亲，名贾维斯（Jarvis），卒于1595（或1596）年2月；他母亲失考。艾萨克本人，则于1593年8月9日生于斯塔福，当年的9月21日受洗礼。他死于1683年12月，一生经过伊丽莎白、詹姆斯一世、查理一世、共和时期和查理二世五朝。世事如转烛，如弈棋，纷扰不定，与他安详的性格、平静的追求，适成强烈的对比。

除非从他笔迹中推求，对沃尔顿所受的教育，我们毫无所知。他也许通拉丁文，但他引的书大多有英译本。他的信仰，是得于"母亲或保姆"[1]吗？在他的时代，人们都各逞心智，可从现有证据看，他未沾染这一风气：他的虔诚，或许是在一位敬神的母亲的督课下，萌醒于童年时代。假如他父母双亡，幼年失怙（如有人暗示过的），则不该如此草偃于权威的风，国教之出于虚荣，以他为品德的样板对抗清教，也就不那样顺手。他的文字生涯开始于哪年，颇不易说。现存的书中，有名《阿摩斯与劳拉的爱情》（*The Loves of Amos and Laura*）者，署名S.P.，初版于1613年，再版于1619年。1619年的版本，有献给"艾·沃"的题词说：

---

[1] 化用《钓客清话》里的话。

> 您促成了此书,无论当年,还是现在。

这献词,不见于1613年的糙本。所谓"现在",以意推之,当指1619年的版本,它或许是在沃尔顿的建议下改订的。唯此本并没有改订处,故更合理的解释是:沃尔顿之改订这一部诗,是在1613年;或是仅建议作者将它发表,因为

> 假如您缄口,则沉默
> 将葬之于遗忘的黑夜。

S.P.还说:

> 您的诗如金玉之衣,不裹败絮。

则沃尔顿这时已是骚客了,并是那出身皇家的学徒、风雅的詹米国王[1]治下的一名无害之骚客。

这时,沃尔顿也许已定居于伦敦了。他的传记作者、约翰逊博士的朋友约翰·霍金斯爵士,曾藏有契书一式,它表明,在1614年,沃尔顿持有舰队街路北的半爿商店,即钱兴巷以西的第二家;另一个店主是袜商。尼克尔(M.A.Nicholl)先生发现,沃尔顿出徒于五金匠行会,是1618年11月12日。在结

---

[1] 即英王詹姆斯一世。他好文学,对神学也用心,只是水平不高,故朗这样说他。

婚证上，他登记为"五金匠"。马斯吞（Robert Bright Marston）先生的《钓客清话》校订本中，附有他为沃尔顿写的传记，其中收录了此事。一个五金匠学徒，居然是诗人，是诗评家，真是匪夷所思。1614年前，邓博士（John Donne）掌西部的顿斯坦教区，沃尔顿是他的教民、门生、朋友。艾萨克深爱教会中人；与主教的家庭，素有来往，并欣赏一位主教。或许经邓博士，或经隔着柜台交谈，他结识了伊顿的黑尔斯（George Hale Gent）、金博士（Henry King）、亨利·沃顿（Henry Wotton）爵士；亨利爵士也是钓友，并乐于说鬼，与邓和艾萨克有同好，他的家族中，即出过几桩鬼故事。以写河见称的诗人、《括地志》（*Polyolbion*）的作者德雷顿（Michael Drayton），据沃尔顿的说法，也"是我已故之老友"。

1626年12月27日，在坎特伯雷，沃尔顿娶了拉结·弗劳德（Rachel Floud），她是克兰墨[1]（著名的坎特伯雷大主教）的一个远房侄女。克兰墨家与贤人胡克[2]家，素有通家之好，故沃尔顿与这位显赫的牧师之亲属，亦有了交往。1631年，邓博士故去，遗鸡血石一方给沃尔顿和其他的朋友，上镌耶稣受难

---

[1] 托玛斯·克兰墨（Thomas Cranmer），亨利八世时期的著名教士，亨利与教皇的斗争中的关键人物，英国教会脱离罗马天主教后，他做了第一任新教的坎特伯雷大主教，并编撰了国教的《公祷书》。

[2] 理查·胡克（Richard Hooker），英国神学家，开启英国宗教改革先声的人物，他的理论奠定了后来英国国教的基础，是国教中的"圣贤"。他的作品以文风优美见称。沃尔顿写有他的传记。

像，它对沃尔顿的心，影响匪轻。1633年，邓的诗集出版，沃尔顿附有一首赞诗，其中说：

所有人都哀叹
（或应该哀叹）这不满的根源。

括号中的"应该"，是地道的沃尔顿风格。"天地良心，我温和的笔，不习惯于谩世"，说得很自得，也是自评甚确的话。"我是他的皈依者"，沃尔顿这样说。一份佚失的或本来就没有的手稿中，有一则引文，说沃尔顿"年轻时，精于艳诗，写情爱，无有出其右者"。邓也如此。或是他，或是阅历，使沃尔顿舍浮艳的小曲，归于朴正。在1635年版的邓之诗集里，沃尔顿写道：

此书（去雕饰的寓言）始于情爱
终于悔罪的泪水，叹息。

这位宣教士与他的皈依者，或许有相似的感情之经历。如我们所见的，沃尔顿，像独眼的巨人[1]，是颇解风情的。1639年年初，沃顿为拟议中的、将由他本人撰写的《邓约翰传》写信给沃尔顿，且希望"在蚊钩与软木的季节来临时，有幸伴足

---

[1] 古希腊传说和文学中的形象。这一个巨人族只有一只眼，生在额头中间，《荷马史诗》中对他们有描写。

下之左右"。沃顿是蚊钩钓手；软木，浮漂，"颤动的翎"，则说明沃尔顿是地钩手[1]。沃顿死于1639年12月；沃尔顿则将出于己手的传记，弁于1640年出版的邓的《布道集》前。在1658年版的"献词"中，他说道，"博辩的先王曾推许此书"；所谓"先王"，即殉难的查理一世。蜗居钱兴巷的一隅，沃尔顿曾担任教区的职务；甚至被推选为"保洁官"（Scavenger）[2]。他连遭家难，有七次丧子之痛（最后一个夭折于1641年）、一次丧妻之悲，还死了丈母娘。1644年，他迁离钱兴巷，也许是歇业了。他自然是保皇党。苏格兰人之来英国[3]，照他们中某人的说法，是"为子女玉帛"，在谈及此时，沃尔顿说："我目睹了，我受了苦。"他又说，他还"目睹"了店主们关门歇业，直到劳德[4] 1645年1月被处死。在《桑德逊传》中，沃尔顿引了一

---

[1] 蚊钩一般用"点钓法"，可参见《钓客清话》中的部分章节。

[2] 英国历史上的一种小吏，负责街道的清洁。

[3] 都铎家族因没有后嗣，故伊丽莎白女王之后，英国王位转入与该家族有血亲关系的斯图加特家族之手，该家族是苏格兰人，故在当时的英国人看来，他们是"外国人"，而且信奉长老会，与国教的教义相去甚远。故该家族的詹姆斯一世和他的儿子查理一世与英国人隔阂甚深，他们来英国继大统，又带来了许多苏格兰贵族，把持了朝政，这尤其加深了与英国人的隔阂。后来终于爆发了英国历史上的内战和稍后的"光荣革命"，查理一世被推上了断头台。

[4] 威廉·劳德（William Laud），查理一世的宠臣、坎特伯雷大主教。他借助国王的力量，迫害清教徒和其他的小教派，引起国内的普遍不满，1645年，英国下院审判他并处之以死刑。

则逸事，并咬定这是真的，说的是"明达而耿直的国王"查理一世，曾有心为斯特拉福[1]之死、为苏格兰之废除主教制而做公共忏悔。无奈为情势所格，因查理"没坐稳江山"；一位君主，欲把主教制重新引进苏格兰，也是窒碍难行的。这传言，沃尔顿得之于墨雷（George Morley）博士。1646年出版的夸尔斯（Francis Quarles）《牧歌》（Shepherd's Eclogues）里，有一篇"致读者"，署名虽是约翰·马利奥特（John Marriott），但也许是1645年11月25日沃尔顿之手笔。它是一则散文体的小牧歌，在描述"丰饶的五月"时，没忘记"钓钩、线和蚊虫"，还祷求潘（Pan）[2]将阿卡狄亚（Arcadia）[3]的祥宁，再赐予不列颠岛，并"让每一个厚道的牧人，再次坐在自家的葡萄藤、无花果下，牧养他的羊群"，这时，国王自然也会来的。"约"在1646年，沃尔顿娶了安妮（Anne Ken）——肯主教（Bishop Ken）同父异母的妹妹，一个温柔而虔诚的小姐。哈里斯·尼克拉斯爵士以为，在这乱世之秋[4]，他只是偶尔去斯塔福。他提到了在"肖福小河"（Shawford brook）里的垂钓；看来，凡有水处，他必下钩；这小河，恰流经他约在1656年购置的一块地

---

[1] 斯特拉福（Thomas Wentworth Strafford），英国贵族、查理一世的宠臣，他试图加强权力而得罪了下院，终遭议会的审判并被处死。

[2] 希腊神化中的牧神。

[3] 古希腊一地名，以牧歌般的生活见称于后代的文学作品。

[4] 查理一世自继位之日起，便与议会摩擦不断，随着积怨渐深，终于在1642年爆发了王军和议会军之间的内战。

产。1650年,沃尔顿在克勒肯威尔得一子,旋夭折。1651年9月,又得一子,从父名"艾萨克";同年,他出版《沃顿遗集》(Reliquiae Wottonianae),附《忆亨利·沃顿爵士》一文。这位已故的骑士,很看重交沃尔顿为友,以为是一剂良药,可治愈"脾旺者,即人称患'忧郁症的人'[1]"。

1651年9月3日,议会军与王师战于沃塞斯特(Worcestershire),国王战败,幸亏有沃刚一军的抵御、珍妮·雷恩女侍长(Mistress Jane Lane)的忠诚和其他的许多勤王者,国王才溃逃而出。查理的一件珍宝,本由布拉格上校(Colonel Blague)保管,他将之委托给斯塔福郡的布劳尔·派波家的巴娄先生(Mr. Barlow of Blore Pipe House),巴娄先生交给了一名被囚于斯塔福的保皇党俘虏弥尔沃德先生(Mr.Milward),他又转给了沃尔顿,沃尔顿则设法交给了伦敦塔里的布拉格上校。上校逃脱后,将之交还给国王。故事的讲述者阿什摩尔(Elias Ashmole),在提及沃尔顿时,说他"受所有好人的爱戴"。沃尔顿漫长的一生中,可称为"冒险"的事,据我们所知仅此一桩。这位平和的钓手,怀揣王室的珍宝,仆仆于大路上,想必遇到了不少危险。60岁那年,他出版了《钓客清话》,从此不朽。他写了多种传记,笔调雅洁可赏,对此有体会的少数学者,当不认可拜伦说作者的话:古怪、残酷的老纨绔。"通篇对话,是

---

[1] 当时所谓"忧郁症"与现在不同,约指内心失调者。17世纪英国作家罗伯特·伯顿(Robert Burton)著有《忧郁的解剖》(The Anatomy of Melancholy)一书,言之甚详。

本人性情的某种写照，起码是我与诚实的耐特（Nat）和R.劳（R.Roe）一起垂钓时的性情之写照。"艾萨克料见自己的书要出第二版。可如今已出过100多版了！托玛斯·威斯特伍德（Thomas Westwood）先生《〈钓客清话〉版本录》(*Chronicle of the Compleat Angler*) 一书的序言，曾随马斯吞先生的版本再版过，很值得沃尔顿迷们一读。威斯特伍德先生师法查尔斯·兰姆[1]，这样赞赏沃尔顿道：

> 不是垂钓者
> 而是对垂钓
> 怀有善意者。

这也是司各特[2]的自道语。

兰姆向柯勒律治推荐沃尔顿说："它散发着天真、纯洁和质朴的心灵之气息……不论何时读，都使人性静情逸，使愤怒、浮躁的人，成为基督的信徒；快结识它吧。"（1796年10月28日致柯勒律治）据威斯特伍德先生说，兰姆"藏有一早期的本子"，是在一所船具仓库里发现的，即便当时，也价格不菲。威斯特伍德先生担心，兰姆所藏的，只是1760年霍金斯先生的版本。初版的本子，已是凤毛麟角。洛克先生藏一册，首尾完

---

[1] 查尔斯·兰姆（Charles Lamb），19世纪英国文人，著名的《伊利亚随笔》(*Essays of Elia*) 的作者。
[2] 即小说家沃尔特·司各特（Walter Scott），他也是个钓鱼迷。

好；还有一册则藏于多切斯特家（Dorchester House）的藏书室。两者都是当年的时样装：棕色的羊皮或小牛皮做封面。欲得这样的本子，非富有的藏书家莫办，且要靠运气。一本售18便士、小八开本的《钓客清话》，整日被垂钓者带在身边，历经5月的阵雨、6月的骄阳，肯定要翻烂的。沃尔顿与班扬[1]作品的初版，居然有留存到今天者，真可谓奇迹。这个小开本，本来就是要在垂钓者那鼓囊囊的口袋里栖身的，为此设计得很合用。重印此书，也应以类似的开本，四开本不得要领！

此书的流传或遭遇，威斯特伍德先生已考求过。最早的几个版本中，曾有印刷的错误；如Fordidg讹为Fordig，Pudock讹为Pudoch。面世时，曾有广告刊载于《万用历》（The Perfect Diurnal）（5月9日至16日）和《政治使者》（The Mercurius Politicus）第154期（5月19日至26日）上，以及一本1654年的历书中。沃尔顿或他的出版人马利奥特很精明，他们之推出此书，恰当人们盼望五月蝇的季节。正好一个月前，奥利弗·克伦威尔，身穿朴素的黑外套和灰色的长袜，走进了下院。他的言辞，被认为大不合议会之体统（这是不能否认的），他解散了长期国会。马利奥特为沃尔顿的作品鼓噪时，克伦威尔则在召集"圣人国会"，由"虔诚、敬畏上帝、仇视贪婪者"组成。艾萨克恰有这品德，可惜没入选。在革命中[2]，此书面世了，从

---

[1] 约翰·班扬，17世纪英国教士、作家；著名的小说《天路历程》的作者。

[2] 指英国内战，即"光荣革命"。

此永存下来。最初的购买者，恐怕是既不想介入保皇党之阴谋，也不参加圣人会的。他们是和平的人。克伦威尔的骑兵之一，理查·富兰克（Richard Franck），作为钓手是胜过沃尔顿的；他批评了此书，口气很不屑，这是当时的人对沃尔顿的唯一批评；关于它我们稍后再谈。而垂钓的人，作为通例，则与富兰克不同，他们一定拥护国王，在这一场争论中，定然站在沃尔顿的一边。

1655年，沃尔顿再版了此书。他将之重写一遍，增加三分之一强的篇幅，去掉了"旅行者"，引入"猎人"（Venator）。还新加了图版和夸赞此书的诗，这是当时的风气。1661年，第3版问世；1664年，第4版问世〔出版者是西蒙·盖普（Simon Gape），不是马利奥特〕；1668年，此书有了第5版；1676年，此书与温纳贝尔斯（Col.Robert Venables）和查尔斯·科顿[1]的作品合为一册，以《垂钓全书》（*The Universal Angler*）的名字出版。12年中出5版，颇见当时沃尔顿之风行。而现在，此风也无有歇时。沃尔顿之为人，应属伊丽莎白时代：他的行文，有那伟大时代之语言的古雅、清新和天然的乐感。他好"乡间之乐"，不爱城市，对市廛之道、红尘中人，一向学不来。路易十四的才子们的趣味，已见影响于英国：我们进入了

---

[1] 查尔斯·科顿（Charles Cotton），17世纪英国文人，他为沃尔顿的《钓客清话》写了续篇。现代通行的《钓客清话》的版本，多附有这个小续篇。

德莱顿[1]时代，快到蒲柏[2]的时代了。

在摩西斯·布朗（Moses Browne，应约翰逊[3]之请）1750年出版它的"校订版"前，沃尔顿的作品没有过新版。随后，1760年，霍金斯的版本面世。约翰逊是这样说霍金斯的："当然了，太太，我相信他骨子里是个诚实人；可既然他穷而下贱，则他有点蛮气，易流于粗野，可有什么好说的吗？你不好为他辩护。"

他做艾萨克的编辑，是有点不般配！不过，在古物收藏家欧底斯的协助下，霍金斯为沃尔顿的传记打好了基础。他固然有错，但哈里斯·尼克拉斯已将之更正了。沃尔顿的《五人传》(*The Lives of Dr. John Donne, Sir Henry Wotton, Mr. Richard Hooker, Mr. George Herbert and Dr. Robert Sanderson*)，约翰逊称为"我最喜爱的书之一"。他最推许的，是其中的《邓约翰传》；邓在夫妻睽离时梦见妻子的事，在当年的版本中被删掉了，约翰逊为此大加抱怨。沃尔顿之结交地位高于他的人，照

---

[1] 约翰·德莱顿（John Dryden），17世纪英国诗人、戏剧家。他出现于文坛上，标志着英国伊丽莎白时代文学的结束，英国文学失去了清新、朴素，渐渐文人化了。

[2] 亚历山大·蒲柏（Alexander Pope），18世纪英国最著名的诗人，他的作品受法国古典主义的影响甚深。

[3] 即塞缪尔·约翰逊（Samuel Johnson），18世纪英国最著名的文人，即上文提到的约翰逊博士。下面的话当出自鲍斯威尔（James Boswell）的《约翰逊传》(*The Life of Samuel Johnson*)。

约翰逊的解释，靠的是做"大马屁精"。

在18世纪，如我们所见的，沃尔顿又复起了；19世纪也如此。他恰是投兰姆口味的那类作家。他的作品不断地再版，且由斯妥达特（Thomas Tod Stoddart）等人配了插图。最好的校订者中，有梅杰（1839年），"蜉蝣"（Ephemera，1853年），尼克拉斯（1836年、1860年）和马斯吞先生。

当时的人之批评沃尔顿，据我所知，只有理查·富兰克，他曾在苏格兰为克伦威尔效力，因看不惯乱局，又返回到北方，在埃斯克河（Esk）和斯特拉斯纳佛河（Strathnaver）之间，过起渔钓的生活。1658年，他写下《北方回忆录》（*Northern Memoirs*），一部垂钓路线的指南，笔调是学究气的，感想是沉闷的，故读来颇不爽快。然而，富兰克是一名老练的钓手，尤其是钓鲑鱼，而对这种鱼，沃尔顿则一无所知。对伟大的蒙特罗斯[1]之品格，他也很敬佩。他去过美洲，写过一部野狐禅式的论宇宙之演化的著作，他的另一部书，名为《九位虔诚的朝圣者之可敬的、不屈不挠的历险》（*The Admirable and Indefatigable Adventures of the Nine Pious Pilgrims*，其中一位朝圣者捉了一头鳟！）（伦敦，1708年）。《北方回忆录》1658年写就，出版则到了1694年。沃尔特·司各特爵士曾编有新的版本，出版于1821年；他又为艾萨克辩护，回击了这名钓鲑手的

---

[1] 这里大概是指苏格兰贵族、军人蒙特罗斯（Montrose）侯爵，在英国内战中，他是国王查理一世的支持者，曾为国王在苏格兰募兵、作战。

非难。艾萨克"人云亦云",富兰克说:"他的八开本中,塞满了别人的话,消化都来不及。他之受钓手们非难,之落入剽窃者经常遭遇的不幸,之浪费时间东抄西撮而叫人可怜(倒霉的人!),真是该得……记得在斯塔福,我曾质问过他'狗鱼草产狗鱼'的说法。"富兰克提出一合理的理论,"可我这位'完美的钓徒[1]',却想都不想,立即扔下自己的话,挟名人以自重,搬出葛斯纳来吓唬我……""故'勤奋的钓手',应推墨理尔(Merrill)和福克纳(Faulkner),尤其是艾萨克·欧德罕(Izaak Ouldham),此人钓鲑,一向只在钩上挂三根马尾,他收藏的钓具和他的新法,随他的死而丢失了。"——想来令人浩叹。我们看到,当时的钓线用马尾,而肠线之用于钓鱼,是皮普斯先生[2]最先提到的。司各特找见《威弗利》(*Waverley*)[3]第一部的佚稿时,他求之也苦的蚊饵,的确是系在马尾上。它们现为司各特的朋友、威廉·雷德劳(William Laidlaw)先生的后人收藏。好奇的钓手,若翻阅富兰克的书,当发现他用来钓鲑鱼的蚊饵,和我们现在的颇相似,唯颜色单调些。司各特说,沃尔

---

[1] 沃尔顿《钓客清话》原文的标题是"The Compleat Angler",即"完美的钓徒"。

[2] 可能指塞缪尔·皮普斯(Samuel Pepys),17、18世纪之交的英国人,即著名的《皮普斯日记》(*The Dairy of Samuel Pepys*)的作者。

[3] 司各特最早的小说之一,此书没有写完司各特即将它搁置了起来,后来手稿佚失,1813年作者又找到了这部未完成的手稿,并将之完成、出版。当时在英国文坛引起了很大轰动,并影响到了欧洲。

顿习惯于饵钩，并以"饵钩手"知名，甚至科顿，对鲑鱼也是无所知的；他说得恰是实情。司各特还希望沃尔顿去北方一游；但下到辛河［Shin，或博劳拉河（Brora）］的大峡谷中，狼奔豕突，四下找鱼钓，沃尔顿岂能高兴？北方生活的不便，也会结束他的渔钓生涯。在苏格兰，他是找不见散发着薰衣草香的新床单的。

"1655年那个凶险之秋"[1]，沃尔顿在伦敦。他说他见到了桑德逊主教，"一袭深色的衣服，朴素得要命"。风和雨，把朋友们赶到"一家干净的酒馆，有面包，奶酪，酒，一炉火，现成的钱。感谢雨和风，我们被迫留下，至少一个小时，我很开心，也很受益。因为这时间里，他对时局多有评论，简明而坦诚"。这一年，共和派与保皇党大耍阴谋；教士遭迫害，被逐出伦敦。

1660年，是幸福的一年[2]，此前沃尔顿的经历，已更无可考。这一年，国王复辟，沃尔顿的主教朋友们，又回了主教府。5月29日，沃尔顿赋诗一首，其中说：

圣主回銮驾，

---

[1] 这时国王查理已被处死，正是清教共和派的代表、"护国公"克伦威尔一手遮天的时候。保皇党都面临很危险的处境。桑德逊主教作为国教的主教，自然是坚定的保皇党人。

[2] 1660年，英国内战结束，被砍头的查理国王的儿子查理二世由流亡中归来，成为新国王，英国历史进入王室复辟时期。

愁云一扫空。

放歌须纵酒,

余生见太平。

假如沃尔顿如此古怪,竟至于在上床前还对那光荣的5月29日[1]这么认真,我真就错看了他。可他老了。1661年,他记下了"诚实的耐特和R.劳"的死——"他们走了,与之同往的,有我大半的快乐光阴,影子也没了,不再回返"。1662年4月17日,沃尔顿失去第二个妻子;她死于沃塞斯特,他们去那里,或许为拜访墨雷主教。同年,主教调往温彻斯特,此处的主教府做了沃尔顿的家。伊勤河(Itchen,他一定在这里用蛆饵钓过鱼),无疑是他的流连之地。他忙于撰写理查·胡克的传记(1665年)。其尾章,似乎在1670年改写并扩充过;但这只是沃尔顿究心于当代掌故的一例。有一段美妙的文字,据说他不断重写,至再,至三,因声求气,直到音调协畅,耳朵满意为止。1670年,他出版《乔治·赫伯特传》。"若上帝允许,我愿死得像他那样幸福。"1673年,在《沃顿遗集》第三版的献词里,沃尔顿提到了一个忘年交、一个比他还乐观的人——查尔斯·科顿(生于1630年),他是理查·拉夫雷斯上校[2]的朋友,

---

[1] 查理二世被拥立为国王的日子。

[2] 理查·拉夫雷斯上校(Colonel Richard Lovelace),17世纪英国诗人、军人,属保皇党一派。

也是约翰·萨克林爵士[1]的朋友；后者曾翻译过斯卡龙的《仿维吉尔风格的滑稽诗》（*Travesty of Virgil*）[2]和蒙田的《随笔》。科顿是个浪荡子，一度债台高筑，但他是保皇党、学者、钓手。两人的友谊，归功于长者的人老心不老和少者的善良；他曾笑话艾萨克装的伦敦式样的假蚊钩傻大憨粗。"在他身上，"科顿说，"我有幸见识了最高的人品，享受了最好、最真诚的友道。"这使人想到约翰逊博士与朗顿（Bennet Langton）和托泼罕·博克勒克（Topham Beauclerk）的忘年之交。这时，小艾萨克也长大了，他去基督堂，就教于费尔博士[3]门下，1675年，他漫游欧洲，以为修身进学的最后一课，访问罗马、威尼斯；1676年3月，获文科硕士，并取得圣职。这一年。科顿写完了谈蚊钩钓鱼的书，拟在沃尔顿推出新版时，附在书后；著名的"渔钓小筑"也落成于多佛，两位朋友姓名的首字母，标在小筑的门楣。1678年，沃尔顿完成了《桑德逊传》……"我八十又八，欲效仿他的生活，为时过晚；但求万能的主，让我死得像他吧，恳请读者说一声：阿门！"1678年，他为《泰尔

---

[1] 约翰·萨克林爵士（Sir John Suckling），17世纪英国廷臣，曾募兵参与查理一世的"骑士党"军队，他也是著名的骑士派诗人。

[2] 保罗·斯卡龙（Paul Scarron），法国文人。此书是他对罗马诗人维吉尔的长诗《伊尼德》的滑稽模仿。

[3] 约翰·费尔（John Fell），17世纪英国国教牧师、作家和著名的学者，属保皇党一派。他精通印刷术，对牛津大学出版社发展有大贡献。

玛与克里尔枢斯》(Thealma and Clearchus)作序。这一部诗，人们归在约翰·超克希尔的名下，他是温彻斯特学院的评议员，死于1679年，享年八十[1]。他的两首诗，曾见于《钓客清话》。把此诗归于超克希尔，也许没错；他的碑铭上提到的品格，正合沃尔顿的心；但也有人将它归之于沃尔顿。在此书的扉页上，超克希尔被称为"埃德蒙·斯宾塞[2]的相识、朋友"。真是瞎扯。

1683年8月9日，沃尔顿立了遗嘱："我九十了，记性很好，我为此赞美上帝。"他申明自己信国教，虽然"与某些信罗马教者，有长期而真挚的友谊"。他尘世的地产，不是"靠欺骗、谄媚和本国的酷法"得来。他的财产，分处于伦敦的两处住宅、诺丁汉租来的农场和斯塔福郡的一座农场里；此外，尚有藏书、布匹和一只镌有他名字的吊柜，如今似为埃尔肯·马修斯（Elkin Mathews）先生收藏。他给斯塔福郡的穷人，留了一笔买炭钱，"一月份的每个礼拜，二月的第一个礼拜，寒气入骨，穷人最难熬"。他遗一枚镌有诗铭的指环给温彻斯特

---

[1] 约翰·超克希尔（John Chalkhill），英国诗人，他与沃尔顿有亲戚关系。他的作品在他身后由沃尔顿整理出版。由于人们对他生平所知甚少，故一直怀疑根本没有这个人，只是沃尔顿伪托的，认为他的作品，其实出自沃尔顿的手笔。但1958年一部手稿的发现，证明了沃尔顿所言是实。安德鲁·朗这篇《导言》写于20世纪初，不及见这些手稿。故他的话，有一点将信将疑。

[2] 埃德蒙·斯宾塞（Edmund Spenser），《仙后》（The Faerie Queene）的作者，英国历史上最著名的诗人之一，他1599年即去世，故超克希尔不可能是他的朋友。

的主教,"礼轻,情义重"。其他的遗赠品中,有给"我的老友、理查·马利奥特先生"(沃尔顿的出版商)的十镑钱。在他的出版商的陪伴下,这个好人安详地故去,他也遗一枚指环给他。还有一枚指环,留给了普茨茅斯家的一位太太,"铎萝·沃勒普夫人"(Mrs.Doro Wallop)。

1683年12月15日,沃尔顿死于温彻斯特,他女婿霍金斯博士的家中;他被葬于教堂的南耳廊。教堂的图书室里,存有沃尔顿的大量藏书,都署有他的名字;其中有《尤塞比乌斯》(*Eusebius*)[1],他品读过的段落,以不同的形式,抄录在衬页上。看来质朴无文,其实是语言的斫轮手。

沃尔顿一生漫长,见之于记载的,却寥寥如此,遗物则更少。环境与性情,促使沃尔顿选择了 fallentis semita vitae(遁世生活的狭窄之路)[2]。除了做好人中的一员,他再无野心,历经乱世,却晏然自处。生活对他是磨难;他奉如神明的,眼见着被推翻;法律被打碎;他的国王被公开谋杀;朋友被流放;信仰禁止;苏格兰教徒侵入英国,又伤及他的财产。他连遭死别之痛、丧子之悲,却未失满足的心、达观之情和信仰。这样的

---

[1] (基督教)教会的作者中,有许多名"尤塞比乌斯"者,不知这里是指哪一位。

[2] 语出古罗马诗人贺拉斯(Horace)《诗信集》第1卷第18首第103行。这一条注释是刘皓明先生为我检出并译为英文的,我在此致谢。他译有贺拉斯的诗作多篇,其中的四首曾发表于《世界文学》1999年第4期(《赞歌四首》),有兴趣的读者可参看。

有福人，在不加问难便接受信仰的人之外，又去哪里找？倘生于古代，他一定是《理想国》开头的虔诚的雅典人，以及维吉尔笔下的老园丁。有此性情者，若无信仰，则幸福不完满，可只有安详、圣洁如此者，才可接受宗教而无疑虑，无挂碍，无恐惧，无忧烦。《泰尔玛与克里尔枢斯》的序言中，沃尔顿写道："在这书里，天真、诚实、不诈伪，即产生了许多好果实，读者若是敦厚人，将戚戚有所感焉，花十倍的工夫，言不及义，肆辩口于信仰，也不及它们在人心里打下的品德之印记。"此话正可移来说他本人的作品。沃尔顿信赖权威；信赖"平易、不纷乱的教义问答"。托身于最诡谲的时代，人人在神学上各逞私智的时代，一个大道多歧，有贵格会、浸礼会（宗）、唯信仰会、第五王国会、盟约会、独立会、吉比提会、长老会，教派之多，不胜屈指的时代，沃尔顿却矢忠于英国国教之权威，对古老的天主教，亦无偏见。在"水草化狗鱼"一事上，他宗葛斯纳，在教义上，则依傍国教的主教。

拯救他，可以说不难，而拯救班扬——一个甚于沃尔顿的性情中人（humorist），则必须走一条下临疯狂与"烈火"的小径。在班扬眼里，沃尔顿的为人，当如他笔下的"愚昧"：一个不曾陷于"绝望的泥沼"、不曾遇见影子谷之魔王、不曾当过"怀疑堡"的俘虏，或在名利场中被石头砸过的朝圣者[1]。沃尔顿看班扬，当如不奉国教者，"似是诚实的好心人，他们的

---

[1] 见班扬的寓言体小说《天路历程》。

热忱,如博爱的心,四下里撒,竟也撒到谬误头上"。对沃尔顿来说,"念及我们曾抚慰、帮助过的苦人家",似是精神的安慰。而这信仰,班扬将视为异端,仁慈的行为(就理论来说),在他如"破烂"[1]。性情不同,两个杰出的人之领受宗教,亦取不同的路。"克里斯蒂安"[2],折腰于罪孽之重负,"劈斯卡特"[3],则折腰于装鳟的篮子。人性多歧,我们感激主吧;"劈斯卡特"与"克里斯蒂安",固然取径不同,而抵达那不以人手建造的城市,将无分别、无先后。两人都是一座城市的寻求者:以忍耐、以诚实、以忠心、以爱而毕生求之,才可找见它[4]。对沃尔顿的书,我们可以说:

Laudis amore tumes? Sunt certa piacula quae te
Ter pure lecto poterunt recreare libello [5]

---

[1] 重信仰不重功德,是新教与旧教的重要区别之一。班扬是清教徒,沃尔顿是国教徒,而国教在这一点上与旧教更相近一点。

[2] 班扬小说的主人公之一。

[3] 《钓客清话》中的钓鱼人。

[4] 有趣的是,著名的"哈佛古典丛书"中,沃尔顿的《邓约翰传》与《赫伯特传》是与班扬的《天路历程》合为一册的。

[5] 语出贺拉斯《诗信集》第 1 卷第 1 首 36—37 行,大意是:"你因喜欢人夸而膨胀吗? / 有一副解剂每能使你彻底清爽:一本精选的书。"这一条也是刘皓明先生代我检出并译为英文的。

传记家沃尔顿

沃尔顿文名的东山再起,归功于约翰逊博士,而最初赢得他喜爱的,似是《五人传》,不是《钓客清话》。约翰逊的朋友,摩西斯·布朗和霍金斯,在1775至1776年之前校订了《清话》,同时,牛津莫德林学院的霍恩博士,已在约翰逊的建议下,酝酿《五人传》的"注释本"了。但更投约翰逊之心的,是写《五人传》的沃尔顿,而非写《清话》的沃尔顿。《清话》,是"本人"度假中的"性情之写照",《五人传》展露的性情同于此,唯调子严肃,所面对的,是人生在社会中的永恒之问题。约翰逊,我们知道,素好传记之学,用心于此者久矣,据鲍斯威尔[1]说,传记家当遵守的信实之尺度,在谈话[2]中,"他并不一概而论"。"写诵赞,要隐恶扬善,写传,则以信实为本。"[3]个性、特点,他说,要表而出之;他本人的特点,鲍斯威尔倒也没有掩盖。"只有和传主同吃、同饮、同交往者,才可写他的传记。""只有和传主一同生活者,方写得真确、得要领;唯和传主一同生活的人,很少知道怎样写他。"沃尔顿则多生活在邓和沃顿,他这两位传主的圈子里;他和桑德逊的交情甚浅;与赫伯特,只有一面之交;至于胡克,自然来不及见其本人。

---

[1] 詹姆斯·鲍斯威尔,18世纪英国文人,他为自己的朋友、导师约翰逊写的传记,是英国文学中最珍贵的遗产之一。

[2] 《约翰逊传》记述了许多约翰逊的谈话。

[3] 《文心雕龙》对这两种不同文体的要求,与此相一致。

故他最好的传记,推《邓约翰传》和《沃顿传》。写邓的传记时,他依稀有"为英国的圣奥古斯丁立传"之感。——"依我看,改宗前,没有人比他更像奥古斯丁,改宗后,又无人比他更像圣安布罗斯[1];年轻时,他荒唐如前者,上了年纪,则秀拔如后者,学识和虔诚,兼二人之长。"

自己年轻时的缺点,圣奥古斯丁曾痛加忏悔过。沃尔顿则以巧妙的曲笔,让邓自己做了忏悔:他插入一封信,在信中,邓说自己年轻时,生活不检点,名声很臭,故教士一职,只有敬谢不敏。沃尔顿记述邓的穷困、忧郁及有幸通过"风雅王"詹米而改宗,亦颇得曲笔之妙。对九五之尊者,沃尔顿一向愚忠愚敬。可在《邓约翰传》或《沃顿传》中,每写到国王,我们都能看到《尼格尔的家产》(The Fortunes of Nigel)[2] 中所描写的詹姆斯王的样子,只是笔调稍缓和而已:迂腐,善良,暴躁,使气,褊狭,样样不缺。只欠一口土腔[3],国王与邓的交谈,以及沃顿化名"奥克塔维奥·巴尔第",只身赴苏格兰,将

---

[1] 圣安布罗斯(Saint Ambrose),天主教早期教父之一,曾任米兰大主教,圣奥古斯丁正是在他的影响下改奉天主教的。

[2] 司各特的著名历史小说。故事的大意是:年轻的贵族尼格尔,因面临破家的危险,去伦敦找詹姆斯一世国王,追讨他欠他父亲的一笔钱。但詹姆斯的儿子查理王子觊觎尼格尔的产业,伙同白金汉公爵一起设计陷害他。在情人的帮助下,尼格尔通过詹姆斯一世,保住了自己的家业。在小说中,詹姆斯国王的形象异常可笑,脾气乖戾,并有一股书呆子气。

[3] 詹姆斯一世是苏格兰人,说英语带苏格兰口音。

佩剑解在陛下门边的一幕,就宛如目前了:在佛罗伦萨,沃顿得知一阴谋,要杀害詹姆斯六世[1]。大公[2]交给他"意大利的解毒药,这种药,苏格兰人还不会用"。可剑伤没有解药,再说苏格兰人也不下毒。他化名"奥克塔维奥·巴尔第",由林塞引见给国王,只见国王神经兮兮的,陪伴他的,是四个苏格兰贵人。他说意大利语,走上前后,他赶忙对国王耳语道,他是英国人,求单独与陛下交谈。他略施小技,即获得恩准,然后,他把解药呈交给国王。伊丽莎白之后,詹姆斯继大统,沃顿青云而上,做了宠臣。这一幕戏,从把佩剑解在门边起,就是沃顿为自己编排的,艾萨克"掩口葫芦",虽引而不发,却使人尽见其情伪。他还讲到,做伊顿学监时,沃顿日子很平淡,曾有心写《路德传》,但国王查理"因爱之也深,故劝之也坚(何况还许诺每年赠他五百镑钱)",使他易辙去写英国史了。他爱在括号里使曲笔,又如写邓约翰:"他布道始终对自己,如云端的天使,但从不在云里。"还有,说到对传主的一句赞美:"这是人所共知的事实——唯是用诗体写的。"

年轻时,艾萨克写艳歌,出尽风头,对此的回忆,可依稀见于他写邓约翰的话:"情欲煽惑我们犯错误,好比旋风吹羽毛";"情人的泪,愁容之俏丽,人说别有风韵,铁石心肠者,也抗御不了。"

---

[1] 继承英国王位前,詹姆斯一世是苏格兰国王,称"詹姆斯六世"。
[2] 即佛罗伦萨大公,佛罗伦萨的统治者。

沃尔顿之巧于由己推人，具见于此。他画肖像的本领，则见于他笔下的邓约翰：先是登徒子、骚客、倒霉的情人，有经国之才，却不得位，无人赏识；然后，是拖家带口的父亲、正直的学者，风采斐然，却又是苦修苦行的布道师、教士；最后，是临终前的圣徒，以尸衣中的自己为象征，将必死的命运之含义，说给世人听。

邓在巴黎幻视的一节，脍炙人口，姑引之于下，以窥沃尔顿风格的一斑。邓告别妻子时，她在分娩期：

> 到巴黎甫两日，邓先生一人留在屋里，这是罗伯特爵士、他和另两位朋友一同吃饭的房间。半小时后，罗伯特爵士回来，邓先生还是一人，和他走时一样，但神智恍惚，脸色亦变，爵士为之骇然。他恳切地问邓先生，到底出了什么事？仓促间，邓先生不能回答。惶惑者久之，才说："你来后，我看到了幻影，很吓人：我见我爱妻在屋里走，发垂在肩上，怀抱一死婴，两度过我身旁。"爵士听完，回答说："是，我见你在睡觉；做了伤心梦，一时难为怀，自有此事；忘了吧，你也醒了。"邓先生答道："我没睡觉，我清楚，好比我清楚现在活着。我还记得，她第二次露面，曾停下盯着我脸看，然后才消失……"后经查，他妻子流产，恰在邓先生说她两度过他身旁的同一天、同一时。

人大多知道，两只琵琶，调弦至同一音高，弹奏其中之一，则另一只，虽在不远处的桌子上，无人动它，它也会嘤嘤然，如号之回声，依稀应和那曲调；而心之相感、相应，人却多不信之。对此，读者自可是其是，非其非……

而后，他引经据典，说到布鲁图斯（Brutus）[1]、圣莫尼卡（St.Monica）[2]、扫罗和圣彼得[3]：

> 这一类事，可记者犹多；推其本，以为之说，亦有可言者，这一段记载，本可因此而更获信于人。但我无复多言：闻之于彼（是听邓先生亲口讲过的人告诉我的），记之于此，惟不欲人以亲历者视我也。

沃尔顿不是鲍斯威尔。了不起的鲍斯威尔，一定会去盘问邓先生本人的。

关于梦，他写道：

> 通常的梦，无理可言，只蔓引昼之所思、所为，再不，就是用情过甚，临睡不能止，牵连而入梦，亦事之常也……可上帝无所不能（梦的由来，固然多不为人知），末世如现在，他亦启悟梦中的心，人智不能预见者，每揭于梦中。

---

[1] 刺杀恺撒的古罗马贵族。
[2] 圣奥古斯丁的母亲。
[3] 扫罗、圣彼得均为《圣经》中的人物。

人们常指责沃尔顿迷信,在18世纪,启蒙派的校订者们,每以荒诞视邓夫人的幻影出现的一幕,故而删去之。但沃尔顿却是很可靠的证人。他告诉我们,邓,这个想象力旺盛者,本来就为邓夫人焦虑不安。事情发生于晚饭后。沃尔顿承认,这是个二手故事。故用做学问的语言说,它"不足据"。沃尔顿将之解释为(假如此事是真的)"两心相感、相应的结果"——现在是称为"传心术"的。可沃尔顿却乐于让每个人自出己见。他还以同样的态度,写过沃顿家族的一些见过幻影者:"上帝仿佛对这家的许多人(在梦中)说过话",托玛斯·沃顿(Thomas Wotton)的"梦,溯往,知来,每有灵验处"。他曾梦见五个镇民和穷学生,在牛津抢劫了大学的金库。写信给就读牛津的儿子时,他提到了这梦;抢劫刚过,信到了牛津,犯科者因此被找到了。但沃尔顿之泛论梦的原因、性质,则很谨严、很明晰。他讲的这类故事,颇投约翰逊的心,也合骚塞[1]的意。但念及沃尔顿生活的时代,称他为"迷信人",却有失公正。邓博士的这一类幻觉,如今仍在引发人们的好奇和评论。

沃尔顿时代的残忍迷信——巫术[2],在他的作品中,我则未见有提及。而邓之准备死的一幕,在他笔下,则森然一派鬼气:

在大书房里,先燃起几枚炭火,他拿寿衣走进来,脱下所有衣服,以寿服加体,头、脚处,各捆一结,双手摆

---

[1] 罗伯特·骚塞(Robert Southey),19世纪英国诗人。
[2] 当时经常处死施巫术的人,故名"残忍"。

放如罩以尸布、将入棺材或墓穴的死人。他站在这瓮上,眼合拢,尸布掀开一大片,露出消瘦、苍白、死人样的脸;他的脸,有意对着东方,即他盼望自己和耶稣重临世间之所自来处。按这姿势,人为他画了等身像,画完后,他吩咐摆在床边,一直伴他死去。

邓就是这样准备面对那一场劫的:

> 这肉体,曾是圣灵的庙堂,而今变成了一抔基督徒的灰。但我必见它复活。

这正是信仰的声音。沃尔顿自然也是坚定的信徒,在他的心里,尘世中没有无法解决的问题。但我们可以用他引用过的一位诗人的话来说他:

> 许多人
> 信仰来自国家,
> 而得之于保姆和父母者。
> 信仰同样强大[1]。

邓早年曾用心于天主教与国教教义之分歧,由艾萨克的行文

---

[1] 见《钓客清话》。

看，他显然以为，这些分歧是无关宏旨的。这不是头脑单纯的人能解决的问题，邓曾为此劳其心智。此外，他是英国人，故

信仰来自国家

他不愿做盟约派的信徒，还以厌恶的口吻，写到一个闯进英国的苏格兰教士，他来后做的第一件事，就是伐掉了教堂墓地里的一棵古杉。艾萨克的信仰和整个生命，即如这紫杉，是扎根于过去的。他是自己所称的"默从、和平的新教徒。""流俗人每以为"，他写道，"倘不龈龈于自己的智力所不及者（尤以宗教为甚），便是不智"；这时，班扬正"龈龈"于此呢！依沃尔顿之见，信仰及由之而生的道德、义理很平实，如中天的太阳，明明可见。那些聚讼不休的问题，是留给学问中人的，解决起来，亦歧之又歧。若非才高八斗、学富五车如邓约翰，人就该追步权威，如确立于本国者。唯当时甚至自伊丽莎白朝以来，"中才之人"，居然也各逞一己之私意，智小谋大，腾口辩于此和与之相近者。这是《圣经》译为英文[1]的必然结果。

---

[1] 新教之前，《圣经》一律用拉丁文，因普通人不懂拉丁文，故有学问的教士是不可缺的，教义需要经过他们的解释才为信徒接受。而新教则主张，在上帝面前，人人都是平等的，人人都可以依据自己的良心和理性，与上帝交流，不需教士这一中介。在这种风潮下，用各国文字翻译的《圣经》开始出现。英文版的《圣经》出版于1611年詹姆斯王时期，即人称的"钦定本"。

愚氓们之趋骛于"自由意志"说和"命定论",一个意大利才子曾讥诮过,引他的话时,沃尔顿带着赞赏的口吻。其后果,以沃尔顿的所见而言,有布道的下士们,唯信仰派的"忠实的托泼金"们,裸裎奔跑而做犬吠的贵格会信徒们,砍倒古杉的长老会分子们和那"圣徒的国会"。人类精神之普遍解放,沃尔顿不以为然。他承认,教士,固不符他之所期,裸裎而犬吠的贵格会信徒,却更不堪。爱上帝,爱邻人,敬君主,在沃尔顿是信仰,毫无勉强。所幸的是,詹姆斯二世[1]之悖谬和失国,他没有看到。敬这样的君主,诚不易也!他的社会哲学,同于当时的定于一尊者,唯折中以公平和基督徒的仁恕。唯一打乱他心灵之平静的,是贪婪的人,竟无情地捏住仆人的喉咙,榨干他最后的便士。在《桑德逊传》里,沃尔顿讲到这位主教,曾解救过一个农夫,使他免受贪婪的地主之勒索。在故事后面,他感慨说:

> 上帝以怜悯为心,可现在,却有一号不肖子,心肠铁硬,只爱自己和自己的子孙。爱子孙,却不管别人是否溺于穷愁和辱垢。他们妄以为,自己和子孙的幸福,端赖于钱。故钱适成其罪孽。想起来,真堪发一浩叹。

---

[1] 查理二世的弟弟,1685—1688年在位的英国国王,既专制,又没有手腕,他死后不到一年,即爆发了"光荣革命",标志着英国专制政体彻底结束和君主立宪开端。

导言

在《五人传》里，沃尔顿的"本人性情之写照"，具见于上。他和约翰·诺克思[1]，恰是两类人。为求新的"观念"而就教于沃尔顿者，是求非其所的。他这样的人，自来不一举辟出新世界，也绝不能使我们理解眼下的世界，却能教我们忍受甚至是享用世界。楷模中，自有妩媚者：

义人成灰，不失芳馥，
纵入尘土，灼灼其华。

《钓客清话》

富兰克，如上面所说的，称沃尔顿是"剽窃者"。他和维吉尔、丁尼生勋爵、罗伯特·彭斯甚至荷马，以及所有的诗人，是同一种意义上的剽窃者。《钓客清话》之为书，其父也少，其子也多。沃尔顿征引的作者，其观点和建议他全盘接受，不唯如此，在某种程度上，他还套用他未曾征引过的作家之手法。他的主调音，即开篇，如哈里斯·尼克拉斯爵士指出的，就模仿了《论神性》(*A Treatise of the Nature of God*) 一书（伦敦，1599年）的开场白。此书是以一位绅士和一位学者的对话开始的：

---

[1] 约翰·诺克斯（John Knox），开启苏格兰宗教改革先声的人物，对苏格兰、英格兰的宗教改革影响甚巨。

绅士：追上您了，学士。

学者：欢迎您，先生。

一个更重要的来源，是《说渔钓》(*The Treatyse of Fysshynge wyth an Angle*)（1496年出版于威斯敏斯特），其作者，通常认为是尤里安娜·巴恩斯夫人（Dame Juliana Barnes）。其稿本之一（可能抄于1430至1450年之间），由萨柴尔先生（Mr. Satchell）出版（伦敦，1883年）。而这部书，也可能是译自一本佚名的法文著作。它这样开篇："所罗门在其寓言中说，心情快乐的人，可享天年，即健康而长寿（如沃尔顿）。""我常自问：精神乐观，当取径于何？"垂钓的人，"漫步于草野间，有益于身体者多矣，心无挂碍，故无往而不乐。加以美草鲜花，香气袭人，游兴一起，少不得'肠中车轮转，努力加餐饭'了。又有好鸟相鸣，嘤嘤成韵，天鹅依母，鸡鸭挈雏，比起猎人的狗叫，鹰客的号鸣等把戏，我更喜欢它们。垂钓者若捕到鱼，则天下没有比他更快乐的人"。

这正是沃尔顿魂牵梦绕的，它散发着欧洲文学开端时的春天与拂晓之气息，充满了鸟鸣和清晨的芳香。可惜这样的音符，沃尔顿以后的时代不愿意听了。

实际上，沃尔顿是步武《说渔钓》这本古书的。我们都记得他那由十二只蚊饵组成的陪审团。《说渔钓》是这样说的：

这是您钓鳟和茴鱼所用的十二种蚊饵，您能否现在讲给我听。

三月：暗褐蚊饵，身子用暗褐色的羊毛，翅膀取松鸡的羽。另一种暗褐蚊饵，身子用黑羊毛，翅膀用黑公鸭翅下和尾下的羽。

沃尔顿则这样说：

第一种是暗褐蚊饵，用于三月。它的身子，可用暗褐色的毛；翅膀，则取松鸡的羽。第二种，是另一品暗褐蝇，身子取黑色的羊毛，翅膀用黑公鸭的毛和尾下的羽。

还有，《说渔钓》中写道：

八月：公鸭蚊饵，身子用黑羊毛，绕以黑丝；翅膀，取黑头的黑公鸭之胸羽。

沃尔顿则写道：

第十二种，叫"黑公鸭蚊饵"，用于八月最好。身子取黑色的羊毛，绕以黑丝；翅膀，则取黑头的黑公鸭之胸羽。

这简直是一字不差地抄录15世纪的《说渔钓》一书。但沃尔顿引的，并不是古代的《说渔钓》，而是托玛斯·贝克（Thomas Barker）先生的作品。其实，沃尔顿在将古老的《说渔钓》译为现代英文时，他从中选用的"十二名陪审员"，远不如贝克列举的蚊饵多，颜色也不如他举的繁杂。哈里斯·尼克拉斯爵士说，"陪审团"一说，出自莱昂纳德·马斯考（Leonard Mascall）的《垂钓手册》（*Booke of Fishing with Hooke and Line*）一书（伦敦，1609年），而《垂钓手册》，又是完全抄袭的这本15世纪的书。科顿的手册和《钓手便览》（*The Angler's Vade Mecum*）中列举的蚊饵，和我们身边的一样多，大多数还名字相同。沃尔顿要我们"只用蚊饵，万不可用线碰水面"，真可谓没道理。贝克则说，"蚊饵要先轻轻地进水"。两人都坚持蚊钩入水，这当然是违反钓术的，因为鱼浮在水上，头是欠出水面的，而蚊钩之靠近鳟鱼，最好是从后面。科顿则说，在水里还是在水上，应视风和水流而定。在苏格兰，由于河水湍猛，这说法自然是很适用的。但以我所知，古代的钓手们，没有会使假蚊饵的；沃尔顿则根本算不上蚊钩钓手。他抄马斯考，马斯考抄《说渔钓》。而这本古书，沃尔顿也许是读过，并师法那位中世纪钓手的快乐而恬淡的精神。这些作者，都使大竿子，长度可达15到18英尺，而沃尔顿，则显然没有用过卷轴。提到鲑时，他这样说："转轮通常在竿的中间或握柄上。但百闻不如一见，见自明白。"

《钓客清话》中引用的书，威斯特伍德先生曾开列过。计有：

伊里安（据我们所知，他是第一个提及蚊钩钓法的人）；

阿尔德罗凡杜斯：《说鱼》（*De Piscibus*，1638年）；

杜布拉维乌斯：《说鱼》（*De Piscibus*，1559年），及其英译本；

格哈德：《本草》（*Herball*，1633年）；

葛斯纳：《说鱼》（*De Piscibus*，年代不详）和《自然史》（*Historia Naturalis*，1558年）；

菲尔·霍兰（Phil.Holland）：《普林尼》（*Pliny*，1601年）；

龙德莱提乌斯：《海鱼志》（*Libri de Piscibus Marinis*，1554年）；

西尔维亚纳斯（Silvianus）：《古史记》（*Aquatilium Historiæ*，1554年）。

沃尔顿引用过的自然史方面的权威，几乎罄尽于此。对权威，我们看到，沃尔顿是抱有热诚的，普林尼[1]以来的怪说，他听之信之，像个孩子。"普林尼说，许多飞虫，生自春天树叶上的露水。"真是信古而迂！但以迷信论，艾萨克当不如《钓手便览》的作者。我无法想象他取"人和猫的脂肪，各半盎司，精细的木乃伊粉，三打兰[2]"，以及另一些秽恶之物，"依法调制成膏，钓鱼时，涂在接钩的线上八英寸许"。或者，"开坟墓时，取死人的骨头或头颅，捣成粉，将之撒在养蛆的苔藓上——坟中的泥土等物，亦可用"。坟中的泥土无疑也很有效。

从这些话里我们看到，艾萨克的武库中，有书本，也有实用知识；故他的书，宜取以娱情，不宜做指南用。

沃尔顿借自他人的，具见于此。其余的，则全无依凭，只

---

[1] 盖乌斯·普林尼·塞孔都斯（Gaius Plinius Secundus），古罗马作家、自然学家，最著名的作品有《自然史》。

[2] 一打兰相当于1/16盎司。

归于他的创造者[1]、他的天才。他之得宠于学童、贤士、诗人和哲学家，则端赖于此。他爱蒙田，这我们清楚；蒙田若是钓徒，则螭辞布藻，当略如沃尔顿，唯少他的虔诚、馨香和风韵。识其人，展其书，则作者的声音，宛然在耳，这样的作家，诚自有之。晚近者，如巴里奥尔学院前院长，如今与上帝同在的乔威特先生[2]。沃尔顿的朋友读他的书，也一定听到了他的声音，到如今，还依稀在耳。在此，我们的确见到了他的"性情之写照"，因为他告诉我们，劈斯卡特（"钓徒"），正是诚实的耐特、R.劳和亨利·沃顿爵士在钓鱼天所结识的沃尔顿。此书是一组忏悔，唯没有忏悔的通病，即病态之心。"我写它，不为钱，只为快乐"，他这样说。他与好心的理查·马利奥特签约，我想肯定不斤斤计较。这本十八便士的书，带给他多少版税，他也一定不关心，不挂虑。亵慢者，他说，"为人所憎恶"。百年后，甚至约翰逊博士，在怂恿摩西斯·布朗重印《钓客清话》时，也打趣我们这班受苦人。"许多老成持重者，对你们很不屑"，鹰客说；而"温"（"猎人"），则称他们是"忍耐的家伙"。说得对，可有什么办法？我们钓鱼的，就像庄稼汉，辛苦是不是有成，要靠老天的脸色，靠自生或露生的飞虫，靠鱼那叵测的心。在英国，还受制于磨坊主，他蓄水、放水，随心所欲。那可是我们的命

---

[1] 指上帝。

[2] 即《柏拉图对话集》最著名的英译者本杰明·乔威特（Benjamin Jowett），他是当时最著名的古典学者，曾任牛津大学巴里奥尔学院的院长。

根子！还有好奇的乡巴佬，你伏在芦苇中，他却直愣着身子，踉跄而来，冲走你的鱼运。对这号人，你只有忍，只有

> 把双唇紧闭的忍耐，做唯一的友朋，
> 可怜的忍耐，近乎绝望之情。

风吹乱肠线，甚于戈底斯的结[1]！东风打在水上，冷冽入骨！鸭雏二三，施施然来，与鳟争饵吃！水草为虐，和钩纠扯！撞折钩者，有石堤，挂住钩者，有树干！干旱时，鲑溪断流，洪水至，河流暴涨！绳结开了，别针弯了，抄网掉了，下人把鱼叉伤了……哎呀呀，真是一言难尽！艾萨克相信鱼有听力。若果真如此，则它们的词汇中，一定充斥着古怪的骂人话，因为垂钓者，不尽是忍耐的人。"装蒜的家伙"即"露尾不露头"的鳟鱼，"小玩儿闹"即绕线之上下嬉游的鲑，钓手们都有话骂它们。诸如此类的事还有许多，我们都逆来顺受，我们是忍耐的人，但轻浮之辈，却挖苦我们的品德。

艾萨克，以原始基督徒为样板，为我们正名，他的方式，固是那个时代所流行的，他旁征博引，以江海之学，淹灭潢潦之反调。虽显得过时，却绝没有酸腐气；虽于事无补，却娱人

---

[1] 典出希腊神话。戈底斯（Gordius）被选为弗里吉亚国王，他将自己的车献给朱庇特，并在轭上打了无法解开的结。按神谕，将此结打开者，即可征服小亚细亚。亚历山大则快刀斩乱麻，拔剑将它斩开了。

心；虽错，却不沉闷。

"万能的上帝，据说曾对鱼说话，对野兽，则不交一言。"希腊现在有俗话说："凭神的第一句话、鱼的第二句话起誓。"而垂钓，"是近于作诗的，得生来有禀赋"，而许多人，则生来兼具钓手和诗人的才情。但与许多诗人不同的是，钓鱼的人，很像"阿多尼斯（Adonis），又名'海宝贝儿'（Darling of the Sea）。所以有此称，缘于它天真、有爱意"，并和平；"而我们钓徒对人类，又何尝不如此！"

我们的救世主之偏爱渔民，作为论据当然很有力量。彼得、雅各和约翰在十二个人中吸纳信徒，也是确切无疑的，因为"基督复活后，他看到多数门徒聚在一起打鱼"。而阿摩司之为"善良、朴素的渔人"，只有愚信如沃尔顿者才相信。《圣经》中提到钓钩，使他乐滋滋的，故揪住不放，至再至三地说，唯忽略了荷马，以及西翁克里特（Theocritus）[1] 那篇出色的、两个老钓徒和金色鱼的对话。这本来能让他高兴的，可惜他不是大学者。"《圣经》说垂钓，亦高尚其义"，但他没有住笔于多比雅捉鱼的怪事[2]。他以沃顿和《垂钓秘诀》（*The Secrets of*

---

[1] 公元前古希腊诗人，田园诗的开山祖。

[2] 译者不详。《旧约》"外经"之《多比书》中说，多比因燕子屎掉在他眼睛上而失明。其子多比雅，一日去底格里斯河洗脚，忽有鱼窜出水，要吞他的脚。天使叫他捉住那鱼。鱼心、鱼胆和鱼肝治好了他父亲的失明。安德鲁·朗此处用的典故，大概指此。（可参见《圣经后典》之《多比传》，商务印书馆1987年版，张久宣译本，第6页、第15页。）

Angling，1613年）的作者达沃斯［Davors，更大的可能是"丹尼斯"（Dennys）］之赞美垂钓而结尾。在他俩之外，我们还可以加上华兹华斯、汤姆逊、司各特、豪格、斯托达尔特；喜欢转轴的悦耳声音的，还有许多小诗人。

接着，沃尔顿解释了他的作乐之道，它禁止"调侃《圣经》，或开下流的玩笑"，这两种做法，钓鱼人是深恶痛绝的。然后，他讲钓术，以雪鲦入门，这种鱼我从没有钓过，只有几次歪打正着，拿钓鲑的蚊钩捉到过几尾。之后是鳟鱼、挤奶妇与她唱劳莱和马洛的歌的美妙一幕。"诗是老派的，但雅隽可喜，不是这乱世风行的野调可比的"，因为沃尔顿，我们说过，是最后一个伊丽莎白时代的人，新的时代，则是沃勒[1]和德莱登的一统天下。《契维·契斯》（*Chevy Chace*）、《琼尼·阿姆斯庄》（*Johnny Armstrong*）这样的诗，才是沃尔顿也是司各特所喜欢的；可惜一个世纪后，这些可爱的老歌被遗忘了，只有皮普斯先生和阿迪生[2]还记得。就趣味讲，沃尔顿更近于我们，而非1670至1770年之间的人，这一点，最可见当日诗风的变化之大，之不幸，诗艺由性情中人的事，变成了技工活。后来

---

[1] 埃德蒙·沃勒（Edmund Waller），英国诗人，他的诗，没有伊丽莎白时代清新、朴素的民间色彩，文人气很足，格律严谨、整饬，是德莱登等人的英雄体诗歌的先声。

[2] 约瑟夫·阿迪生（Joseph Addison），18世纪英国文人，著名的小品文杂志《旁观者》（*The Spectator*）的创始人、撰稿者。

的盖伊[1]也歌唱垂钓,但用的是"风行的野调"。这时,"劈"正以蚯和小鱼做饵,漫无目的地钓鱼,但傍晚时,他抄到一头鳟,"要不是大肚汉","够六个人吃"。饮完麦酒后,他们钻进"雪白的、散着薰衣草香的床单里",我们不打扰他们吧。读沃尔顿,并非他的建议有补于钓术,它们无甚价值,而是因为书中有这样的妙语:"且听我说,徒弟,上一回,我在这樱草鲜美的岸上坐着,低头看那草地,突然觉得,查理皇帝说佛罗伦萨的话,真像是因它而发:这太美了,不是圣节,我们不该有这眼福。"当伯克[2]念念于"树下的一个座儿,一个朋友,一瓶酒,一本书"时,福克斯[3]答道:"要书干吗?"沃尔顿不讲这话。他是随身带书的——在这件事上,我愿效法这位出色的老人。

说鲑的习性,沃尔顿几乎开口即错,虽偶尔也歪打正着。至于狗鱼,他引述了"它们化自于狗鱼草"的说法,但未予深信,只是说"有人认为"。在写以蛙做饵时,他放出了那句著

---

[1] 约翰·盖伊(John Gay),英国诗人、戏剧作家。

[2] 埃德蒙·伯克(Edmund Burke),18世纪文人、政治家,英国保守主义的开山祖。他的政治学名著《法国大革命的沉思》(*Reflections on the Revolution in France*)有何兆武先生的汉译本。

[3] 大概是指查尔斯·詹姆斯·福克斯(Charles James Fox),英国政治家,曾任英国历史上的第一位外交大臣。是英国自由事业最著名的推进者之一。他和伯克是朋友,也曾一度是政治上的伙伴,后因支持法国大革命,伯克与之绝交。

名的或有臭名的话："下手时，要有温怜之心，仿佛你爱它……它才活得久。"用活物做饵，自不妨碍钓手为好人，如沃尔顿便是，但要说爱心，却是难于骆驼过针眼。鱼中的下品，通常只能用饵钓[1]，但跟着沃尔顿走进这份不情不理的田地，却非我所愿也；虽然他想象的花朵，正生于此，欲听老诗人的歌，也得求于此。读《钓客清话》，书签当用花、驴蹄草、贝母草和黄蝴蝶花瓣，双美辐辏，才可逗起我们的满足心，并把那门徒的话，悄声送进我们耳朵里："习静"。

古今之钓术

毛依（Maui），这毛里族（Maori）的英雄[2]，发明倒钩做鱼钩，即一锤定下了钓术的音，历千年无大变。南海中的岛民用以骗鱼的珍珠母，也是一种鱼钩，类乎我们的匙子钩。我们发现过石钩、骨钩；发现于爱尔兰的一枚青铜钩，则有常见的利姆里克式样的弯弧[3]。荷马所谓的"将牛棚中的公牛角抛进海"

---

[1] 鳟、鲑等鱼，是鱼中的"雅"者，钓它们通常用蚊钩，蚊钩的制作和用法，亦颇需要匠心，可以称"艺术"；用饵（指蛆、蛙、小鱼等活饵）则是垂钓的下品。

[2] 译者不详。毛依是南太平洋波里尼西亚群岛原始部落神话中的英雄。此文的作者朗也是一位民俗学家（周作人之有心于民俗学，即有他的影响在），故对这类事很精通。

[3] 利姆里克是爱尔兰的城市，最初使用于此地的一种鱼钩，称为"利姆里克钩"，特点是弯弧较大，较长。

是什么意思，我们只能付之以猜测；或许指的是牛角鱥（horn minnow）做的饵，或指用以保护线的一片牛角皮。死饵、活饵和假饵，人们一直在用。伊里安则提到，伊里利亚人曾使过配以短线的假五月蝇。

钓术自发明以来，虽基本无大变，而人类的巧智，却也使钓艺渐臻完美。沃尔顿时代的钓手，还有前于他的英国人，一直是自备钓具的。15世纪的《说渔钓》教人做竿子，要"选好材料，长须六英尺以上，记住，要取榛木、柳木或aspe[或是ash（岑木）之讹]"，"烤干后，油漆之，晾至少四个礼拜"。用热烙铁去树脂，取三码依同样的办法处理过的白榛木和黑刺李（或山楂）的嫩枝，做竿子的梢。竿子的把，箍以铁环，梢头装一只圈，马尾做的钓线由此通过；这样，钓手的装备就齐了。"搭接法"虽没有使用，但接头处却有小眼，以便把两段插起来。携带"这渔具走在路上，没人会问你去哪里"。此外，书里还讲了马尾线的染法、编法和怎样打制鱼钩。最小的钩，可用"最小的角镞箭针"。

贝克则说（1651年），做竿子，"可取一段榛木，也可取两段，但接的要巧，这样的竿子轻而柔"。他又建议用一根马尾接蚊钩，"鱼出水扑它的次数要频一些"——这话倒不假；"捕杀的鱼也多"——那倒未必。攻击鱼，若想天衣无缝，是需要好的肠衣线的，用一根马尾牵钩，也太容易断了。贝克用以钓鲑鱼的竿子，柄有十英尺长，"竿梢则六英尺，硬而韧"。"转轮"怎么做，他画有一张图，可完全看不懂。他钓鲑鱼的蚊钩，"带有六只翅膀"；这也许只是说，翅膀是用六种羽毛做的，但

导　言

关于这件事，富兰克却是更好的权威，他做的蚊钩很合用，颜色也不花哨。古人钓鲑鱼的蚊钩，留存至今的很少，以我所见的而言，藏于阿伯兹福（Abbotsford）[1]的一本书之衬页中的几种（多是孔雀羽做的），可算最古老的样品。这是沃尔特·司各特爵士的长子在爱尔兰使用过的。鱼能不能分辨颜色，这样的争论，我们祖先不知道。我个人则宁信其有，钓鲑鱼时，（蚊钩的）大小、颜色之浓淡、亮片之多少，是唯一不可马虎的。艾萨克在斯提沃特（W.C.Stewart）先生的想法上跌了跟头，他说："大体上讲，有整齐、做得得法且不太大的蚊饵三四种，即可对付多数河里的鳟鱼了。"我们的祖先们，尽管不曾用假蚊饵钓鱼，但仿造这种水上昆虫，心却是有的。以我的经验说，鳟鱼若吃暗褐蝇，则使用哪种暗褐色的蚊饵，是没有分别的，都能把它们钓来，唯送到鳟鱼的跟前时要得法。而我的朋友查尔斯·朗曼（Charles Longman）告诉我说，在失手丢了两尾鳟后，他细细观察了水上的飞虫，它是一种茶青色的飞虫，他发现，他的书里有一只蚊饵，和这昆虫的颜色一模一样。于是，他用这蚊饵钓起了鳟。

由此看来，鳟鱼对色调似乎是很计较的，但这位垂钓者赖以成功的蚊钩，做得是否精致而有匠心，我们无法断定。赫伯特·麦克斯威尔（Herbert Maxwell）爵士，曾有心做一种假褐

---

[1]　苏格兰的一个小镇，位于退德河岸。司各特爵士的家——一座很大的古堡——即在这里。朗在这里正是以此地名代指司各特爵士的家。

色蝇，其颜色绝非自然中所有的，以此来试验鳟。假如用这样的蚊钩，能像使用正统的蚊钩那样频频得手，则我们就可以说：鳟鱼是分不清色调的。一位钓手发现，在苏瑟兰一个海湾上，鳟鱼吃飞虫，根本不计颜色，只有一种颜色淡绿如树叶者，它不吃。这一反对性的说法，似乎也说明：即使苏瑟兰海湾鳟鱼，也略有分辨色彩的本领。在海湾[1]上，每三种飞虫，通常有鳟鱼喜欢的一种，但也许不是"尾蝇"（trail fly）。最好的办法是：在产鲑的河上，发现一种中意的飞虫，就使用它；以"中意"为去取的标准，或许是迷信，但不管怎么说，鲑却是认的。一会儿试这种，一会儿试那种，我们花不起工夫，但赫伯特·斯本瑟（Herbert Spencer）先生，一向反着装蚊饵，他钓起来的海鳟，至少不下于阿盖尔郡的那些不太用心的邻居[2]

至于做鱼竿，沃尔顿最关心的是怎样漆它们。"依我看，一支好的木梢竿子，是值得保存的，否则二十年来，我何必费心养护一根木梢竿子？"科顿则推重"产于约克郡"的鱼竿，可见鱼竿的制造，已走出自己动手的阶段。他的竿子都是拼接的，一年四季使用，因为水就在他家门边，而沃尔顿，若不去伊勤河或萧福溪的话，则须长途跋涉，去李水（Lee River）或伦敦附近的其他河。《钓手便览》推荐的竿子，有十八英尺长，柄取

---

[1] 此处及本文其他处提到的海湾，均指苏格兰地区的小湾。

[2] 猎狐和钓鱼，是英国乡绅们最喜欢的娱乐，而钓鱼又为文人们喜爱。蚊钩钓，则是垂钓中最风雅、最需技巧的一道。关于这钓法，曾有大量的著作，现在也如此。

枞木，由箭工削制，竿梢则取榛木，竿的端，取鲸鱼的骨。此书的作者，甚至比沃尔顿更有权威，但出语虚玄，大谈什么用长春藤的树脂、石莲花、阿魏胶、死人的脂肪、猫的脂肪、人的头骨粉和坟墓里的土调制的"油"。写《钓手便览》的垂钓人，是一个以吓人为乐的家伙。他建议我们，若河里的水清，就在水上摆动蛆做的饵，斯提沃特先生以前的人，也是这样说的。"若钓上一头好鱼，要尤其小心，须一直弯着竿子，以免鱼把线扯到尽头（他的意思同于沃尔顿，即防止它把竿子拉直了）"，"丢了鱼，还丢了钩"。我这册书过去的收藏者曾有这样的眉批："也不要强拉它出水来，以免它'乱摆'，打断你的线。"

这是钓海鳟常用的一招，因为海鳟到了水面，总是"乱摆"的。在这点上，《钓手便览》的作者是胜过沃尔顿的，他建议，以鲦做饵钓鱼时（minnow-fishing），可使用一种转环（swivel）；但用丝绸做假鲦，他却没有想到。在挪威，我认识一位心灵手巧的太太，她的假鲦用烂以后，曾替换以缝制得很巧妙的被子料，用起来也很得手。其实，任何颜色鲜艳且转动的东西，都可以诱鱼，但在产大鳟的埃特里克河（Ettrick）上游，鳟鱼吃真鲦，假鲦或许从来不吃。在一座大水塘上，我曾转动一只"亚历珊德拉蚊饵"（Alexandra fly），引逗塘里的鳟鱼。第一天，它们急焦焦地跟在后面，但一次也没扑；后来，则干脆连瞅都不瞅一眼了。《钓手便览》的作者说，天气晴朗，宜使用鲜艳的蚊饵，天气阴沉，则蚊饵宜取色调暗淡者，这与汉密尔顿博士（Dr.Hamilton）是同一种调子；但也有人持相反的观点。而蚊饵之小大，应以水的浅深、入夏的时间之短长为度，这一点则人们的看法相同。

我们的祖先平时钓鱼，一次显然是只用一只蚊饵的；若河水湍急，蚊饵则送进水，这时可用两只、三只，在海湾（如莱文湾）里，甚至可用四只。但依我看，蚊饵多于两只，只能让钓具绞缠起来，没别的好处。英国的老钓徒们，惯于在湖里用饵[1]钓，至于在海湾里钓鱼，不是几无所知，就是一无所知。他们使长竿子，故不需要转轮；似乎也从不下水。一个现代的钓手，手持一根区区九英尺的竿子，居然在水的中间往上抛线，肯定会让沃尔顿大吃一惊的。他们和鳟鱼打交道，不如我们知识多，他们的钓具，也糙而笨重。不管什么饵，他们都下得了手，比苏格兰人还没有顾忌。贝克喜欢沙蠋，经常在漆黑的夜里，拿它在水面上钓鱼。他还是个用鱼篓捉鱼的钓手、一个厨子。他能捉一大筐鳟鱼来，翻着花样做——烤、蒸、炖、腌、煨、炸、醯（加蛋）、烧、罐焖、做鱼干。贝克还教蒙塔古老爷（Lord Montague）用鲑的卵块钓鱼，这钓法在苏格兰虽被禁止，却仍很常见。"我二十年前若知道这一钓法，单用这种饵，我就能钓来一百磅。我不想带它进坟墓，故有义务将之透露给阁下。我希望有品德的人，能享受到它的乐趣；贪心的钓徒会抱怨我，可我不在乎。"贝克称鲑的卵块是"我新近发现的钓法，是我平生见过的最好的鳟鱼饵"，在湍急的漩流中，

---

[1] 此处的饵，指蛆、面膏等，不指蚊饵。

它最致命。鳟鱼或许吃鱼子酱，这是此地[1]的法律并不禁止的。无顾忌的人，尽可拿它去试试，也许能说服水上的巡警。但在我的国家[2]，人们通常的做法，是避开巡警而继续用网打鱼、去洞子里钓鳗鱼或用鲑的卵块钓鱼，以"自由"神圣的名义，摧毁这娱乐。

> 用鲑卵钓鱼的苏格兰人，
> 去洞里钓鳗鱼的苏格兰人，
> 你想对抗水警吗？不！
> 让那混蛋去见鬼！
>
> 小河流水哗啦啦，
> 我拿毒灰往河里撒，
> 守规矩的是胆小鬼，
> 我们爱怎么钓怎么钓！

"闲人以垂钓自娱，不应该滥捕滥钓。"这是古老的《说渔钓》中的话。但在苏格兰南部，可供娱乐的鱼，已经所剩无几，鳟快成了绝种的动物。艾萨克一定很不喜欢钓鱼比赛，钓鱼的人，挨挨挤挤，人群杂沓，沉思者的娱乐[3]，成了庸众的打闹。

---

[1] 指英格兰。
[2] 朗是苏格兰人，所谓"我的国家"，当指苏格兰。
[3] 《钓客清话》原书的副标题是"沉思者的娱乐"。

我们可以重复他的话说,"贱民们麇集一处"(一口水塘边上,往往有一打人),"不顾权威,妄想称孤道寡,自行其是"。

我若有一条河,是乐于让诚实的垂钓者把他们的蚊饵甩进去的。但在未加保护的河里,鱼网、毒药、炸药、对鱼苗的屠杀、邪恶的饵,已灭掉了所有的鱼,所谓"自由的渔钓",其实是无鱼可钓。为数很多的守规矩、讲钓术的垂钓者(只有小气鬼才干涉他们的娱乐),已因此大为难堪。如今要想捉到鱼,只能去佛罗里达找海鲢、去印度找马西亚鱼了。"伸腿爬过都登翰山"[1],早没戏了。

安德鲁·朗[2]

---

[1] 《钓客清话》里的话。都登翰山在伦敦的近郊。

[2] 安德鲁·朗(Andrew Lang),即鲁迅、周作人等人译作"安特路阑"的英国著名学者、文人,出生于苏格兰。他翻译的《伊利亚特》和《奥德塞》(散文本)曾是《荷马史诗》的通行译本之一;他编辑的《蓝色童话》等系列童话也很知名,中国曾出版过这些童话的多种译本。

目录

钓客清话 ……………………………… 001

致约翰·奥弗雷阁下 ……………………… 003
致读者 ……………………………………… 005
第一章　钓手、猎人和鹰客间的一场争论，
　　　　每个人都夸赞自己的娱乐 ………… 009
第二章　说水獭和雪鲦 …………………… 059
第三章　雪鲦的钓法和烹制 ……………… 068
第四章　说鳟鱼 …………………………… 073
第五章　说鳟鱼 …………………………… 091
第六章　说茴鱼 …………………………… 139
第七章　说鲑鱼 …………………………… 142
第八章　说狗鱼 …………………………… 151
第九章　说鲤鱼 …………………………… 162
第十章　说鳊鱼 …………………………… 170
第十一章　说丁鲅 ………………………… 176
第十二章　说鲈鱼 ………………………… 179
第十三章　说鳝和其他的无鳞鱼 ………… 184
第十四章　说"髯公" …………………… 192

第十五章　说鲌、鲈鲋和银鲤 …………… 197

第十六章　无所道，或无足道 …………… 200

第十七章　说石斑鱼、鲦鱼 ……………… 212

第十八章　说鳜、泥鳅、"大头鱼"和丝鱼… 221

第十九章　说河，附及鱼 ………………… 225

第二十章　说鱼塘 ………………………… 231

第二十一章　制线、染线和漆竿子 ………… 235

邓约翰传 ……………………………… 251

钓客清话

西门彼得对他们说:"我打鱼去。"

他们说:"我们也和你同去。"

——《约翰福音》第21章第3节

致约翰·奥弗雷[1]阁下

阁下：

久蒙惠爱，复生得陇而望蜀之心，以求您再布恩泽，做此书的保护者。阁下之不拒绝我，本人颇有信心，因书里谈的，是鱼和钓术，而您精于此道，爱之也深，行之也笃。

无知的人，固别有所见，您则深知垂钓是艺术，操此术者，鲜有胜过您的。在您有意休憩身心、摆脱繁剧的事务、花一两天时间以事垂钓时，您所获的果实，足证我言之不虚。

这时，若有手艺平平的钓手，伴您之左右，目睹您得鱼之丰，靠手段，不靠运气，则一定起见贤思齐之心；有此心，自能刻苦。但与您的钓术相颉颃，窃以为中才是力所不及的。喜欢并操行钓术者，有许多博学、高智、富经验的人，他们知道我说的是实话。

讲求鱼钓之道，别国的人，向来认为是风雅事，学高而有才名者，当笔于书，践以行。在我国，也有这样的人，如喜欢

---

[1] 约翰·奥弗雷（John Offley），1557年曾担任伦敦市市长的托玛斯·奥弗雷（Thomas Offley）爵士的孙子或曾孙。沃尔顿生于斯塔福郡，后迁往伦敦。在伦敦居住了30多年后，他感到"一个诚实的人，住在这里是危险的"，故离开该城，退隐到了乡下。

钓术的亨利·沃顿爵士，当年他对我说，他有心就此写一部对话，以赞美垂钓。若天假以年，他一定写出来了。每念及此，我心里就难过。假如在有生之年，他写成了对话，则钓徒之寡学者，当有更好的说钓术的书，可取以玩索。写这样的书，尝试者固然有之，但以英语写成的，我未见过一部。

在别人眼里，我的书也许粗劣，是蹈习故常。坦白地说，我应自责，而不是责人，让人抵瑕蹈隙的地方，书里一定很多。如阁下就可以说：它无补您的知识。下笔不自休，会败您的清兴，故略申愚忱，不复多言。

> 阁下最亲密的朋友、最卑微的仆人
> 艾·沃

致读者

有几句心里话,窃以为应告诉诸位:我撰写、出版这一本书,并署上我的名,不是为自娱,我这人做事,总愿让别人高兴;也不想借此博声名。动笔前,我的品性就配得上写它,题内应有的话,自不想缺略。故我要求读者:夸我倒也不必,曲宥则少不得。

书受人指摘是难免的,但倘不是古板人或忙人,则大多数读者,披而玩索之,工夫当不白费,娱心之外,也可获教益。所以敢公之于世,以求诸位的赏誉和批评者,都缘于这一点自信心。但批评若是太苛,则我既有权利,自要行使之:凡是尖酸的指责,我概不理会。

我写娱乐[1],本身也是娱乐。因此,为读来不沉闷,有波澜,我不时插入些笑语,但都是天真而无害的,不涉于下流;区区此意,读者鉴察。读此书的人,若性子酸薄,不解风趣,则我雅不欲他来评量我的书。教士们有言:人之辱,有他人所加者,有自取者。

书里快乐的笔触,我略申数语,以见其平正:该持重时,

---

[1] 指垂钓。

我自能持重，但这一篇对话，通体看起来，则是（或曾是）我的性情之写照，当我放下生意，与诚实的耐特和R.劳[1]一起垂钓时，我的性情，最可见于书中。可现在，他们走了，与之同往的，有我大半的快乐光阴，连影子，也一去不回。

还有句话要补充：不喜欢这书，犹有说也，不喜欢这幅出色的鳟鱼图[2]，却是不该的。另几种鱼的插图，我也不忌夸一夸，因不是我的手笔。

下面要告诉读者的，是书里较切于实用的部分，即说鱼性、鱼的繁殖、时令和捕捉的话，我虽愚讷，却还能料见有吹毛求疵的人，将摘寻话头，加以攻蹜。故我恳请他记住：我们由经验里知道，地不同，鱼繁殖的时间、方式，容或有不同，鱼入时的早晚，则一定有参差。这可见于蒙茅斯郡的三条河，即塞汶河（Severn）、魏河（Wye）、乌斯克河（Usk）。据卡姆登[3]说，在魏河，鲑之入时，是9月到4月；然在泰晤士河、特仑特河和其他多数的河中，鲑入时，却在6个较热的月份。

再说钓术。凭一本书，怎样使不懂渔钓者，成为一名钓手，此事之难，难于黑尔斯先生做的事。他的剑法，固然精良，论骁勇，也无有出其右者，唯他出版《防守秘诀》（*The Private*

---

[1] 大概是沃尔顿的亲戚。现存的一册初版《五人传》中，有沃尔顿手写的一句题字：送给我的外甥劳。

[2] 此书初版的一幅木刻插图，作者不详。

[3] 威廉姆·卡姆登（William Camden），英国学者，曾任西敏寺公学的校长，著名的《不列颠志》（*Britannia*）的作者。

Schoole of Defense）一书，以图授人以剑术，却劳力不讨好，被人耻笑。许多有益的事，固可求之于书本，而学剑术，则靠实践，不以言辞。他受嘲笑也以此。钓术与此理同。

在这对话里，我不写人所共知者，或老生的常谈，许多事，通常不为钓手们所知，将之告诉读者，是所愿也。还有些落珠遗贝，我没有写，喜欢并操行钓术的人，我愿他们从经验里拾取。因为钓术，最像是数学，无涯涘，从来学不尽，总有新声有待后人唱。

但爱此术者，若不是穷困人，当会有所得的，钱不白花。万一他粥馔不继，则最好不买。我写书，是为了快乐，不为钱；这对话之有足以自夸者，可尽于此。因我讨厌放海口，骗读者。

然不管读者怎么想，我呈这一本书求他的睿断、批评，当初之搜讨钓术，商榷文体，就获得了大满足。我本该离去，让他现在就读；唯还有几句要紧的话说，故再逗留片刻：许多人说，用飞虫钓鳟，一年十二月，因月份之异，应取十二种不同的飞虫，但我要说，守此法者，其不智，盖同于按日历上的好天晒干草的人，他能不能钓到鱼，大可一问；因为某种飞虫之出现于水上或水边，今年或在甲月，到来年，多因气候的冷暖，或迟一月，或早一月。但在下面的对话里，我还是记下了十二种飞虫，在钓手们中间，它们有大名气。借此，读者可对它们有所了解。读者还要记住，在威尔士和其他一些国家，有一些飞虫，是当地独有的，仅适于当地，钓鱼的人，若不造假蚊饵以逼肖它，一定是劳而无功，或事倍功半。然大体上讲，整个夏季，有整齐、做得得法且不太大的蚊饵三四种，对付多数河里的鳟，即已足用；而蚊饵之用于冬天，则如陈年的皇历。没有天生的匠人，也无天生的钓手，我所以给读者讲这些事也以此。

最后要告诉读者的是，在这第五版中，内容有所增益，或得之于我本人的观察，或得之于与朋友的切磋。话至此，我不再攀留您，愿您逢潇潇的夜雨，挑灯读这对话，愿您垂钓时，永远不起东风[1]。

艾·沃

---

[1] 东风最不适宜钓鱼。关于什么样的风适宜钓鱼，见《钓客清话》"第四天"说风的部分。

第一章
钓手[1]、猎人[2]和鹰客[3]间的一场争论，每个人都夸赞自己的娱乐

第一天

劈：追上你们了，二位！我给你们请安。这五月的早晨，如此清新，这么晴朗，我却伸腿蹬脚的，翻过都登翰山[4]来追赶你们，无非是图您二位办事跟我走同一条路。

---

[1] 原文是 Piscator，意思是"渔夫、钓鱼人"。为了行文的方便，我在下面的翻译中简称他为"劈"。

[2] 原文是 Venator，出自拉丁文，意思是"猎人"，下文简称之为"温"。

[3] 原文是 Auceps，出自拉丁文，意思是"放鹰的"，下文简称之为"奥"。

[4] 都登翰（Tottenham）是当时伦敦市郊的一个自治镇，都登翰山（Tottenham Hill）大概是此地的一座小山。整部《钓客清话》是以出伦敦开始，以返回伦敦结束的。

温：先生，鄙人倒是能略符所期的，我要去霍斯登[1]的"茅店"喝一碗早酒，歇歇脚，还约了一两个朋友在那儿会面。至于您见到的这位和我同行的先生，我还不知他去哪里，我刚和他结伴，没来得及问他。

奥：先生，我有幸陪您到西奥鲍兹[2]，然后就分手。因为我要转道去找一位朋友，他给我圈了一头鹰，我正急着去瞧瞧。

劈：先生们，碰到这清新、晴爽的早晨，岂不是有幸？可依我之见，我们彼此搭伴才更算幸运。这一路上，紧追两步、慢走两脚的事，在我是少不了了！我可不想和你们走丢了。意大利人说得好："好旅伴使旅途短"[3]嘛。

奥：要是有好的谈话凑趣，还真是这个理儿！看您的丰神

---

[1] 霍斯登（Hoddesden）位于伦敦郊区。该地的布劳克斯本森林（Broxbourne Woods）久负盛名，一条名叫澧川（Lea River）的小河流经该地。据美国新版《哥伦比亚百科全书》（*Columbia Encyclopedia*）说，《钓客清话》的作者经常在这条河垂钓。

[2] 西奥鲍兹（Theobalds）也位于伦敦郊区。值得一提的是，伊丽莎白女王时期的著名政治家伯雷勋爵（Lord Burghley）在此建有豪华的宫殿，他死后，他的儿子拿宫殿与詹姆斯一世的"肥田宫"（Hatfield House）做了交换。到了克伦威尔时期，议会下令摧毁了它，这正好发生于沃尔顿撰写此书的时候。

[3] 《钓客清话》的旧注本引用了一句意大利话：Compagno allegro pcr tiserve per renzino（路上的好伴如小马）。

和谈吐，我们今天一定大有耳福了。我保证，先生，和陌生人交谈，只要谨慎所许，我肯定坦坦荡荡。但愿不才的话，能逗起先生的谈兴来。

温：我也保证这样，先生。

劈：两位这么说，真叫我高兴。这一定是你们的心里话，那我就不揣冒昧，问您一声：先生，您起这么早，走这么快，是忙正事，还是忙闲事？人家那位先生已经说了，他是去看朋友为他圈养的鹰。

温：算是两者都有吧。正事有一点，但主要是闲事。因为我想今天把正经事办完，再花上一两天时间，猎一猎水獭。我要去见的朋友们常对我说，要论快活，这是没比的。不管怎么说吧，我有心一试。明天一早，我们就赶去阿姆威尔山（Amwell Hill），会会塞德勒[1]老爷的那群猎獭犬，他们想在日出前行猎，所以明天一大早，他就等在那里。

劈：这可算老天有眼，了我大愿了。我本人也总想花上一两天工夫，灭一灭这帮可恶的贼畜。我真是恨透了它们，因为它们那么爱鱼——还是这么说好：它们糟蹋了那么多鱼。依我之见，养猎獭犬的人，都该从国王手里领津贴，好鼓励他们灭掉这个劣种。它们可真是为害不浅！

---

[1] 即拉尔夫·塞德勒（Ralph Sadler）。他的祖父拉尔夫·塞德勒爵士（Sir Ralph Sadler）是亨利八世的国务秘书。

012

温：可依您之见，对国内的狐狸[1]又该如何呢？您不想把它们也灭掉？论危害，它们绝不下于水獭呀。

劈：就算是如此吧，先生。可比起水獭来，它们对我和我的兄弟会造成的危害，倒也不算太大。

奥：敢问先生是哪个兄弟会？为什么这样恼恨可怜的水獭？

劈：我是名钓友，先生，自然要敌视水獭。想必您知道，我们钓友是相亲相爱的，所以我恨水獭，是为我自己，也为我的钓友弟兄。

温：噢，原来如此。不才是喜欢猎狗的，曾牵着无数群猎狗，走过无数里路，听见过无数快活的猎人，在嘲笑你们钓徒哇！

奥：鄙人是鹰客，也听说有许多老成持重的人，对你们很不屑。这可算哪门子娱乐呢？辛苦，寒酸，无聊！

劈：先生们，想必你们清楚，任何一门手艺或娱乐，想嘲笑都不太难。一点小聪明，外加乖张、自负和恶意，就足够了。人尽可以肆其恶口，却终不免自陷罗网的。卢奇安一生漫世，人称尖酸刻薄之父，听听人家又怎么说他：

卢氏善轻嘲，
嘴荤不守斋。

---

[1] "狐狸"英文作 Fox，也许是以此暗示教友会的创始人乔治·福克斯（George Fox）。福克斯的清教言论，就是 17 世纪四五十年代，即沃尔顿写书的时代开始传播的。沃尔顿是一个保守的国教徒，对清教持有敌意。

误将痴迷语,

念作一世才。

狂吠乏机捷,

何人将畏哉?

指骂他人桑,

反及自家槐[1]。

对不讲口德者,所罗门又怎么说?"亵慢者为人所憎恶"[2]。既是这样,谁觉得骂人好,尽管骂吧!至于我,则把他们看作自己的敌人、所有爱好德行和垂钓者的敌人。

至于您,既然听说有许多老成持重者,不屑于我们钓友,您且听我说,先生,好多人,在别人眼里是老成,是持重,在我们钓友眼里,是可鄙,是可怜。只因生就一副酸相,就被人看作"持重"。一辈子营财,先是为了聚钱,狼奔豕突,而后为守财,处心积虑。要不就生来倒霉,落了个阔家子,少不得颠颠倒倒,难得有一天痛快。这些可怜巴巴的阔财主,我们钓友才叫可怜他们。借他们脑瓜子,想自家的幸福,我真犯不着。没的事儿,先生。我们的幸福,这般性情的人是无缘享受

---

[1] 此诗出现在1634年出版的《卢奇安对话集》的序言里,据说作者是一个叫托玛斯·希克斯(Thomas Hickes)的文人。卢奇安是古希腊讽刺作家,他的作品有周作人的汉译本。

[2] 见《圣经·箴言》第24章第9节。

的。博学而机智的蒙田[1]，不就这样说自己吗，"我的猫和我在傻里傻气地彼此学样，耍弄一条袜带，以相取乐。谁说得清是我逗猫，还是猫逗我？玩与不玩，它和我一样自有主张，我能说它蠢？人说人话，猫有猫言，彼此玩儿不拢，是不是错在于我不懂猫话，有谁说得清？我竟傻到跟它玩，它是否可怜我？我居然供它解闷，它会不会笑话我、骂我蠢呢？"

蒙田说猫，就是这么痛快。但愿我也这样快人快语，笑话人、责骂人，好叫他们别那么"持重"，竟听不进钓徒们是怎么说自己的手艺和娱乐的。我再对二位说一声：这娱乐可是趣味无穷呀，所以我们犯不着借他们的脑袋，想自家的幸福。

温：您真把我搞糊涂了，先生。我自信还不是嘴上无德之辈，可是——但愿说来您不生气——我一直觉得，钓鱼的人，都是些简单、忍耐的家伙。可先生看起来不像哇！

劈：莫把我的认真当褊躁啊，先生。至于说我的简单，假如您指无害，或是早期基督徒身上的那份单纯，他们和多数钓友一样，是些安静的人，遵守和平的人，他们大智若愚，从不昧良心，籴富贵，有了富贵，又愁得要死，怕得要命。如果您指他们，那些古代的简单人，生活里用不着律师，巴掌大的一角羊皮，就能封赠爵位和领地，咱这时代聪明，可册封起来，床单大的文书也不安全。您说我们钓鱼人简单，假如理儿在这儿，我们真是巴不得。可您嘴里的简单，如果是指操习钓术者

---

[1] 《蒙田随笔》最早的英译本出版于1603年。

的通病，则不才如我，是雅欲为您解惑的，让您瞧瞧事情正好相反。岁月、偏见、人云亦云，像魔障纠附着您，对这一门古老而可赞的艺术，您有抵触之心，假以时日，我定能除掉您的魔障。因为我清楚，这一门手艺，很值得聪明人去了解、去操习。

不过先生们，驱魔的本事我不缺，可也得讲礼貌，不好一人霸了谈话。方才两位已报过家门了：一个好飞鹰，一个爱走狗。我倒想听听，你们是怎么夸自己喜欢并操习的娱乐的。听你们说完，我再来渎扰二位，说说我的娱乐和垂钓之术。这样，咱就不觉得道远了。如果赞同我的想法，则请鹰客兄领个头。

奥：您的提议我满心赞同。口说为虚，就照您的吩咐，我先开场了。

先说我的生意场——天空——吧，它胜过有重量的东西，说它比地和水强，绝没有疑义。我偶尔也在地上和水里经营，可要论属于我的地盘，那还得数天空。我和我的鹰使用天空最多了，它给我们的快乐也最多。我那高贵、大度的鹰腾空高翔，它从不作梗。它上薄九霄，是兽和鱼的钝眼所不及的。对于它们笨拙的身体，这也太高了。我的猎鹰之旅，腾空高翔，当离开人的视线，便服侍云中的仙灵，与它们交谈。人们封我的鹰为"约夫[1]的御仆"，我看是很在理的。我去看的这头鹰该得的封号，也不能比这差，因为一飞起来，它往往拼着性命，像德

---

[1] 即罗马神话里的朱庇特。在希腊、罗马神话中，鹰是为宙斯持盔甲的。

迪勒斯（Daedalus）的儿子[1]，擦着太阳飞，以至被烧焦了翅膀。可它勇敢，根本不计危险，因为一切都不在它心上，只以矫健的双翅，划开气流，在高山上，在深谷里，破出它的云中之路。高耸的教堂、豪华的宫殿，我们膜拜、惊叹，而在它光辉的生涯里，它从来是不屑一顾的。但即使上了云霄，只消我吐出一个字，它就乖乖地落地——要知道它懂我的话，并听我的吩咐——到我手边领肉吃、奉我做它的主人，随我回家去，第二天，又心甘情愿地供我消遣。

再说我生意场里的元素——空气——吧。它的价值之大，它之不可或缺，没有哪种造物能少得了它，无论地上谋食的，还是水中潜居的，总之，凡是鼻孔里有气儿的，都如此。没有空气，水保不了鱼，谓予不信，则严霜之下，你不去破冰试试看。不论哪种动物，呼吸的器官一旦停了，它登即会呜呼哀哉。空气之不可或缺，对鱼和野兽的生存如此，对人也如此。起初，上帝正是用空气，或者说"生命之息"，吹活了人类[2]，少了空气，他会立即死掉，令亲友们衔哀，转眼间，归于腐朽。

再说说鹰以外的鸟吧。它们种类多，给人方便，也给人快乐，不夸两句，我岂能罢嘴。它们喂养人，也令人爽心。喂养人以美味的肉，令人爽心，以天国的歌喉——这些鸟儿，我且

---

[1] 即伊卡鲁斯（Icarus），他和父亲一道从克里特飞上天，但太阳融化了他那粘连翅膀的蜡，于是跌落大海，溺水而死。典出希腊神话。

[2] 见《圣经·创世记》。

不提。另一些鸟儿,白天饷我以口福,晚上用柔软的羽毛,赐我以床枕——这些,我也不提。我单说那小巧玲珑的天空的乐师,它们鸣啭的小调,化入天然,人的艺术,真要掩面而羞了。

先说百灵。它要高兴,想振振自己的颓心,让听它歌唱的人,提一提兴头,它就腾离尘表,一路高歌着飞入云霄里。天国的劳作,一旦结束,坠落凡尘,此番不免,想起这些,她喑哑了,神伤了。若非必须,她真是不想沾地呀!

还有画眉和鸣鸫,又以何等美妙的歌喉,迎接欢乐的春天!某些月份里它们唱出的小曲,人的歌讴弦管,哪比得上?

再说个头稍小的鸟儿吧,要是时令恰当,它们也是一点不差,比如天鹨、水鹨、小红雀和爱活人、也爱死人的忠诚的知更鸟[1]。

而夜莺,这云间的另一造物,歌喉之小、歌声之清越、嘹亮,直让人怀疑奇迹还未停止[2]。午夜酣睡的劳苦人,听到这清音、这美调、这化入天然的起与伏、顿高八度、再高八度,难免有出尘之想的:主啊!以人之顽,尚蒙你赐给这样的音乐,天国的圣徒们,耳福又当何如呢?

因此,意大利的鸟舍之多,以及瓦罗[3]名下的大鸟舍,我

---

[1] 英国人曾认为,知更鸟会拿树叶掩埋暴露于野的尸体。可以参看莎士比亚《辛白林》的第4幕第2场。

[2] 西方人多以为,耶稣的时代之后,便不再有奇迹了。

[3] 瓦罗(Marcus Terentius Varro),古罗马作家。关于鸟舍的记载,见他的《农书》(*On Agriculture*),这些鸟舍的遗迹如今仍存于罗马。

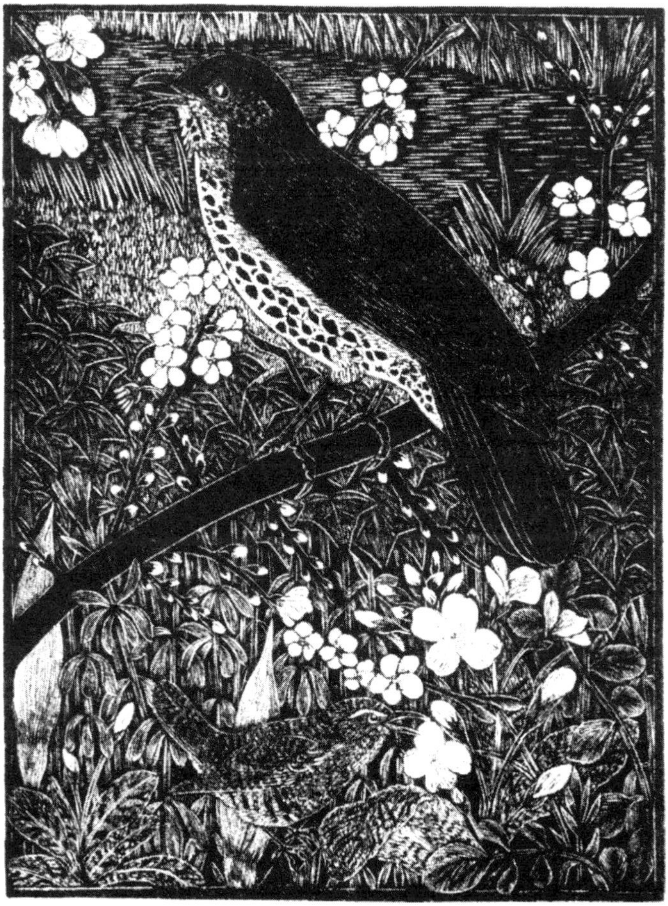

并不觉得很奇怪。它们的遗迹,仍可见于罗马,是当地的名胜,旅行至此的异国人,莫不把它们作为胜景之一,或笔之于书中,或纳入记忆。

这都是些给人以快乐的鸟,关于它们,本来是大可一述的,可我下面要说的,是有政治用途的鸟。两军之间,燕子曾用以传递信件,恐怕这没有可怀疑的。土耳其人围攻马尔他(还是罗德岛呢?我记不清了)[1],据当时的记载,曾由鸽子来回送信,则可以说确切无疑。桑地斯先生[2]的游记说,信的传递,是在阿勒波(Aleppo)与巴比仑(Babylon)之间。若还不足信,则更有不可怀疑者在:满地汪洋的那刻,挪亚放出鸽子,取回地的标识[3];而这鸽子,可算诚实、给人安慰的使者。至于戒律中的献祭,则一对斑鸠、几头幼鸽,为神所悦纳,曾同于贵重的牛羊[4]。而上帝行奇迹,喂养先知埃利亚(Elijah),又曾假手于乌鸦,早晚为他送食[5]。最后,圣灵降临救世主身上,也是曾

---

[1] 1480年,土耳其人在穆罕默德二世的率领下,曾在罗德岛包围了十字军的一个骑士团,最后被打退,且损失惨重。1522年,骑士团撤离罗德岛,查理五世皇帝为表彰他们的长期抵抗,将马尔他岛赐给他们。土耳其人尾随而至,经过有史以来最艰苦的一场围城战,土耳其伤亡惨重,终被击退。

[2] 桑地斯(George Sandys),英国旅游家、诗人。

[3] 见《圣经·创世记》第8章第8—12节。

[4] 见《圣经·利未记》第12章第6节、第8节;又《路加福音》第2章第24节。

[5] 见《圣经·列王纪》第18章第4—6节。

化作一头白鸽的[1]。天空是我得其乐哉的场所，其中的鸟所行的奇迹，便是如此。了结这一部分谈话以前，我请二位把它们记住。

还有种生翅的造物，小得无足挂齿，也是我天空的居民，这就是勤劳的蜜蜂。它的明慎、睿智、治国之循法守度，颇有可称者；其种类、蜂蜜和蜂蜡于人类之食用和药疗的用场，也大可一述。可当此五月之晨，鲜花芳草之间，它们一定在忙着，让它们甜蜜地工作吧，不打扰了。

离题太远，还是书归正传，回头说我的鹰吧。你们知道，鹰通常分为两类，即长翼鹰和短翼鹰。第一种，我们国内使用的主要是这些：

> 雌、雄大白隼
> 雌、雄隼
> 雌、雄兰纳鹰
> 雌、雄伯克莱尔鹰
> 雌、雄猎隼
> "灰背婆姨"和"灰背汉子"
> "燕隼婆"和"燕隼汉"
> 来自西班牙的斯泰里托鹰

---

[1]《新约》"四福音书"中都有记载。

短翼鹰有：

    雌、雄雕
    雌、雄苍鹰
    雀鹰与枪鹰
    两种法国灰伯劳

这些是名贵的鹰种，较次些的鹰则有：

    雌、雄铃尾鹰
    渡鸟和老雕
    叉尾鹰和秃头老雕

而像"拉鸡贼"等不长进的货色，还是不提为妙。

先生们，假如容我再扯远些，谈谈驯化中的幼鹰、甫出巢的雏鹰、小鹰、野鹰、两类兰特纳鹰；再谈一谈鹰舍之种种、鹰之圈养、吐毛之怪癖、脱毛换羽、熬鹰、饿鹰和放鹰中的奇闻；我是说，若容我稍作铺排，并说说我的大量心得，我自是何乐不为，却只怕唐突二位，因为这么一来，会超过了归我用的时间。还是打住的好。温兄既酷爱打猎，则请抖擞精神，为它叫几声好吧。若时间允许，二位也赏脸，我再来抽端引绪，重续前论。眼下，还是按下不提。

温：好的，奥兄，由我来。说空气，老兄说到了家，我还是萧规曹随，先夸夸地。因为我是在地上，做那快活、促进食欲和健康的行当。

地之为物，稳定而坚实；对人，对兽，最是有益。在地上，人有许多娱乐，如赛马、打猎、美食、愉快的散步等。地喂养人，喂养供人吃、供人乐的各类野兽。雄鹿高贵，公羊大度，野猪凶猛，水獭伶俐，狐狸狡猾，兔子胆怯；猎而取之，真是其乐何如哇！便是纡尊俯贵，降格以求之，坑杀地上的螽贼，如费夏臭猫（Fichat）、富利马臭猫（Fulimart）、白鼬、臭鼬、"粪耙子"等寄生于大地脸上和内脏里的污烂儿，也同样快活。为了人健康、快乐，地长出香草、鲜花和果实，最令人称道的（起码在我是如此），是多实的葡萄，浅酌几盏，能醒脑、爽心、利智。地若非慷慨的母亲，克丽奥佩特拉（Cleopatra）款待马克·安东尼（Mark Antony），一顿晚宴，如何端得上八只整烤的野猪和另外的美味[1]？庞大的象，也为地所养育，暂且不提，降格求之，先说造物中的小者。蚂蚁之微，尚要夏储冬粮，为人做范，岂不是地树给人的道德样板？马载人，地载马，养育马。假如时间宽裕，且得二位的耐心，我为地鼓吹，又何可尽言？它限住了骄蛮狂暴的海，保下了人与兽，不被它毁灭。冒险涉海者，船毁人亡，尸体喂王八的事，我们天天见。我们聪明，留在地上，散步、聊天、过日子，吃，喝，打猎。这娱乐，且容我略述一二，再由劈兄吹钓鱼吧。

狩猎是王公贵人的游戏，各时代备受珍视。色诺芬给居鲁

---

[1] 见普鲁塔克《希腊罗马名人传》中的《马克·安东尼传》。

士的谥号之一，是"猎猛兽者"[1]。年幼的贵族，得狩猎的训练，成人做男子汉的事，自会得乎心，应乎手。论英武，哪个比得上猎野猪、雄鹿、公羊、狐狸或兔子？保持健康、长体力、促活力，狩猎是功莫大焉！

再看我们用的狗。谁敢说，他有本事把猎狗的好处，夸到了恰如其分？猎狗的嗅觉，真是到家了。闻到味，绝不放弃，穿过纷繁、多变的异味，穷追不舍，哪怕越过水面，泅进水里，钻到地下去！对心、耳顺调于丝管的有福人，一队猎狗的叫声，真可谓仙乐！再看灵缇，从一群牛里，居然一眼就盯上最棒的公牛，把它摘出来，尾追不舍，穿过瘦弱的牛群，却瞄得准，直到杀死它！至于我的猎犬，则我懂它们的话，它们也明白各自的语言，其透彻，盖同于人之理解与他镇日交谈的人。

对狩猎，尤其是高贵的猎犬，以及犬类对人之驯顺，我很想放手夸一夸。陆地上的造物，其构造、种类、形体和天性，和人的完美与善解之酷肖，也大可一表。对摩西在戒律中许犹太人食用的动物，即倒嚼的、蹄分两瓣的[2]，我更是技痒。但还是不提吧，免得对劈兄失敬，让他来不及吹钓鱼。雕虫小技，他却叫艺术。奥兄啊，听一派水唧唧的话，咱只怕免不了，别

---

[1] 见色诺芬《长征记》第1卷第4章第5节。此书有商务印书馆汉译本。

[2]《圣经·利未记》第11章："耶和华对摩西、亚伦说：'你们晓谕以色列人说，在地上一切走兽中可吃的乃是这些：凡蹄分两瓣、倒嚼的走兽，你们都可以吃。'"

刺刺不休就是。

奥：谁说不是，温兄？可这哪有准儿！

劈：不要中偏见的邪，二位。我的话，固然平淡、安详，和我的娱乐相称，可我们很少口称上帝的名，除了赞美、祈祷。有谁在娱乐中，妄呼上帝的名号，愚妄到想当咒使，则我告诉你们，我们没这毛病，没这恶习。我们最烦这个。二位听好了，我不是骂谁。因为把话说得"水唧唧"，固非我所愿，可说得"酸溜溜"，亦非我愿也。我抬高自家手艺的名声，不靠贬损、诋毁人家的手艺。这算是我的开场白吧。

且说我的生意场——水。水是造物的长女[1]，神的灵最初运行，即在水上，水也曾受神之命，产下了大量有生命的造物。没有水，地上栖息的，甚至凡是鼻孔里有气的造物，会转瞬间成为腐朽。伟大的立法者、哲人之首摩西，精通埃及的百家之学[2]，了悟万能者的天心，人称上帝之友的[3]，也称水为"万物

---

[1]《圣经·创世记》第1章第2节："地是空虚混沌，渊面黑暗；神的灵运行在水面上。"

[2]《圣经·使徒行传》第7章第22节："摩西学了埃及人一切的学问，说话行事都有才能。"

[3] 在《圣经》中，曾被称为"上帝之友"的，只有亚伯拉罕一人（见《雅各书》第2章第23节："亚伯拉罕信神，这就算为他的义。他又得称为神的朋友。"又见《历代志下》第20章第7节、《以赛亚书》第61章第8节）。摩西没有这样的称呼；但《出埃及记》第33章第11节有句话说："耶和华与摩西面对面说话，好像人与朋友说话一般。"沃尔顿说摩西是上帝的朋友，或即由此而来。

之祖"。神的灵最初运行于其上的，是水，创世的主要成分，是水。水包含了其他的所有元素，许多哲人有这样的看法[1]。而四大合和，以生万物，水是首要成分，哲人之见，也大都如此。

另有人，则相信生物都是由水构成的，且只能还原为水。他们这样证明：

取一株柳树，或类似的速生植物，栽进装满土的箱子或木桶里，树开始生长前，量出总重量。树刚一伸根，再称总的重量，结果会比原来重一百磅。而您发现，树重增加，土却锱铢不少。他们由此推断，树重的增加，是来自雨、露，而非其他的元素。他们还断言，他们能把柳树还原成水。他们又断言，还原之工，可施之于任何动物、植物。这一点，聊作水之不凡的证据之一吧。

论多产与富饶，水也胜过了地。少了雨、露，地就谈不上多子多实。芳草、鲜花、果子，莫不因水而生长、繁茂。矿物，为潜行地下的溪水滋养，由潜流的天然河道，带去高山之巅，在顶峰上，在喷薄而出的泉水边，我们可以见到这些。矿工每日的淘捡和口证，也证明了水的不凡。

水生水长的造物，其生长、繁殖，不只愈见奇妙，于人的好处，也日见其大，既延年，又防病。医生中的博通者多以为，

---

[1] 古希腊最早的哲学家、米利都的泰利士（Thales），认为水是万物的始基；万物皆由水构成，亦可还原成水。但事情并不如沃尔顿说的，"许多哲人有这样的看法"，而是很少有持这看法的。沃尔顿显然是夸大其辞。

瘟疫屡兴，肆虐于国内，致人腐烂、打摆子，罪魁是抛弃了四旬斋[1]和其他的鱼斋日；也可见多如过江之鲫的教派创建者们，虽号称博学、虔诚、智慧，实在有名无实，贻国人羞[2]。较我们聪明的国度，则食用香草、生菜和大量的鱼，据记载，世界上的大多数地区，莫不如此，故而少见瘟疫。二位该记得，摩西给当年最好的民邦指定的主食，正是鱼呀[3]！

凶悍的象，固是庞然大物，却有大它三倍的鱼，这就是鲸[4]；而古来最盛大的宴席，要数全鱼宴。全盛之日的罗马人，奉鱼为宴会的女王；他们花天价，买来鲟鱼、八目鳗和绯鲵鲣，上席时，还鸣钟鼓瑟。翻阅马克罗比乌斯和瓦罗作品的人，将

---

[1] 四旬斋是基督教国家的一个大斋期，法律要求教民们在这期间持斋。在英国，晚近到1863年才废除了这法令。但实际上，宗教改革之后，持斋已不那样严格，多有名无实，沃尔顿所说的"抛弃"，即指此。但沃尔顿的说法是合理的，英国直到现代之前，一直以牛羊肉为主要食品，不大吃蔬菜，美国也如此，以蔬菜为正常的食品，不过是近几十年的事。

[2] 沃尔顿的时代以及以前的数世纪，伦敦一直是各种怪病的温床，屡次发生瘟疫，最著名的，如1665年爆发的黑死病。沃尔顿作为国教的信徒、许多主教的朋友，难免要暗示清教徒导致了这些灾难。

[3]《圣经·利未记》第11章第9—10节："水中可吃的乃是这些：凡在水里、海里、河里，有翅有鳞的，都可以吃。凡在海里、河里，并一切水里游动的活物，无翅无鳞的，你们都当以为可憎。"可见"有翅有鳞的"，只是上帝允许以色列食用的食物之一，而非"主要"的。这又是钓客的夸大其辞。

[4] 鲸不是鱼。沃尔顿时代对此尚没有概念。

知道并相信这些,鱼和鱼塘当年的天价,他们也心中有数[1]。

不过,先生们,我只怕走题了。一入玄谈,我是不免如此的。近日,我有幸面见了华顿博士[2],他是最博学的医生、我的挚友,他爱我和我的钓术,谈话中,我提到了方才谈及的大部分内容。可玄言奥义,莫再深涉了,还是转回头,说些御轻就熟的事,兴致既高,也少一些偏谬之虞。唯念水之为益,可谓多端,我一时还不能舍下它。

且不说我们著名的温泉疗病祛疾的奇功,单说大海为我们日常贸易、交通提供的便利之大,就一言难尽。没有它,我们活不成。它提供给我们的,既有身体所需的食品、药物,更有智者所需的精神资粮。

墓碑、骨灰瓮、奇珍异品,残留于新、老罗马城内和近郊的,数量之多,看一遍,据说要所费期年,即便如此,每一件也只是走马观花罢了。而它们的魅力和佛罗伦萨之美,我们以前何等无知!博学、虔诚的教父如圣哲罗姆[3],曾发有三愿:目

---

[1] 罗马人在修建、保养鱼塘上,曾挥霍了大量的钱,以满足他们的口腹之欲。当时的塞涅卡(Lucius Annaeus Seneca)、朱文纳尔(Juvenal)等人,即曾谴责或讽刺过这做法。马克罗比乌斯(Ambrosius Theodosius Macrobius),公元4世纪的古罗马作家、哲学家。此处提到的瓦罗的记载,见他的《农书》第3卷。

[2] 托马斯·华顿(Thomas Wharton),当时著名的医生,下颌腺的发现者(西方稍旧的医书上,也称之为"华顿腺")。1665年伦敦黑死病期间,医生们多死去,他是所剩不多的几位之一。

[3] 圣哲罗姆(St.Jerome),"通行本"拉丁文《圣经》的翻译者。

睹肉身之基督、耳闻圣保罗的布道，第三愿，是眼见全盛之日的罗马；对此我们不该觉得奇怪。罗马盛世的景象，如今也并不是了然无痕的。瞻仰史家之翘楚李维[1]、演说家之魁首图里（Tully）的墓碑，看一看维吉尔坟前新生的桂树[2]，即可以见其仿佛。一心向学的人，当三月不知肉味。而虔诚的基督徒，日见保罗安身的敝庐[3]、为纪念他而制作的富丽之雕像和他与彼得的合葬之所[4]，其乐又当不止于此了！这些，是罗马城里和郊外的胜迹。但满足虔诚者的好奇心，又莫过于看到普世的救世主之屈身为人，并与人交谈过的圣地，以及西奈山、耶路撒冷、我主耶稣的陵[5]。这里，天天有人礼拜、祈祷，此情此景，怎不

---

[1] 李维，古罗马最著名的历史学家之一，著有《罗马史》。但罗马并没有他的墓碑，帕多瓦有一座墓，一直被当作他的坟为人瞻仰；后来才知道人们误解了铭文，其实这并非他的墓。

[2] 维吉尔的墓亦不在罗马。

[3] 即《圣经》中的使徒圣保罗。罗马圣母大教堂的下面有一地窖，据称即保罗当年"租赁来住的房子"。

[4] 圣保罗的尸体，可能是埋在圣保罗教堂大会厅里的大祭坛下，他的头，则埋在圣约翰拉特兰教堂的大会厅里；而彼得的墓，在圣彼得教堂的大祭坛下。故钓客所谓的"合葬"，是无根据的。

[5] 罗马帝国时期，马克里乌斯主教曾受康斯坦丁皇帝的指派，去圣地寻找耶稣的墓。他也许是根据传说，认定它处于哈德良皇帝在耶路撒冷建立的阿佛罗狄特的神庙之下，于是神庙被移走，下面发现了一座石砌的、犹太式样的墓。随后，上面即起了一座宏伟的教堂。后来在基督徒与土耳其人的战争中，这教堂不断被毁，又不断被重建。然这坟墓的可靠性，尚有疑问。

激发、加深基督徒的热忱？二位，得打住了，免得我忘形，但请二位记好了：若没我的水，则岛夷之民，又安知天壤之间曾有此胜景，且有残留至今者？

二位仁兄啊，这些事，我本想张大其绪，沉迷忘归的。我还想说：万能的上帝，据说曾对鱼说话，对野兽，则不交一言；他以鲸为船，载起过先知约拿，安全送他上了指定的岸[1]。这些事，我想说，可碍于礼貌，只好打住吧，因为我看见西奥鲍兹酒馆了。话冗长，偏劳二位有耐心，我既感且愧啊。

奥：老兄客气。您的话，我句句入耳。可说来惭愧，我得在猎园的墙外跟您分手。不瞒您说，劈兄，我此去，是抱着一腔的好感，不只对您，还对您的娱乐呢。好吧，二位，愿上帝保佑你俩。

劈：得，温兄，这一下，您不缺时间，我不少耐心，打猎的事，咱放手谈谈？

温：可别这么说，劈兄！我记得您说过，垂钓很古老，是绝好的艺术，不是能轻易学到手的。方才听君一席话，实在是大获我心，我很想听您再展宏论，说一说细节。

劈：这话我是说过，温兄。我还敢说，你我只屑谈几个小时，则占据我心头的高贵、快乐的看法，也会钻进老兄的肚

---

[1] 约拿是《圣经》里的人物，他为了逃避上帝，在海上被大鱼吞进肚子里，他在鱼肚子里祷告上帝，"耶和华吩咐鱼，鱼就把约拿吐在旱地上"。但沃尔顿说的"以鲸为船"，是想当然耳，《圣经》里没有说那大鱼是鲸。见《圣经·约拿书》。

皮。那时，您不只认为垂钓很古老，更认为它值得夸，是一门艺术，智者应了解、操习的艺术。

温：请说，劈兄。去茅店，还有五英里走，请率意一谈吧。一路上，我一定捺住性子，洗耳恭听的。您倘能证明自己的话，即钓鱼是艺术，值得学，那我要跟您一两天，看一看钓鱼，还要求您收我做徒弟，把您极力推崇的艺术，传授给我。

劈：哎，温兄，钓鱼是艺术，这不要怀疑！拿假蚊子骗鳟鱼，难道不是艺术？要知道，比刚才您列举的鹰[1]，鳟鱼眼尖得多。它胆怯、机灵，甚于鸱隼的大胆、鲁莽。可我还是敢说，明天我就能捉他两尾，给朋友办一顿早饭吃。所以，温兄，钓鱼可是艺术，值得一学！端看您有没有天分[2]；因为钓鱼，是近于作诗的，得生来有禀赋，就是说，投脾气才成，谈话、练习，对二者固然有济助，可做一名好钓手，则不单是好学、善察了，还得多希望、多忍耐，对钓术本身要爱，要钟情。可一旦学到手，操行起来，则垂钓之乐，真堪以德行作譬，它本身就是报偿啊。

温：快点给我一一道来吧，劈兄，我现在，真是不胜饥渴！

劈：那就先说垂钓之古吧。关于这，我只说其一，不论其

---

[1] 此处有笔误。刚才列举鹰的是"奥"（"鹰客"），现在他已离开了。留下的是"温"（猎人）。

[2] 化自一句拉丁谚语：Poeta nascitur, non fit，和严羽《沧浪诗话》中的意思正同，可译为"诗有别才，非关学也"。

他：有人说，垂钓和丢卡利翁的洪水一样古远[1]；另有人说，柏罗斯（Belus），那些敬神守道之娱乐的最初发明者，是它的开山祖；还有人，以前撰文论述垂钓之古的，则说是亚当之子塞特，将钓术传给了儿子，复由他们传给后代[2]。更有人说，塞特把钓术，刻在自己树起的石柱上，这石柱，他用来保存数学、音乐、其他珍贵的知识和有补世用的技艺。倘非上帝作美和他本人的勤勉，这知识与技艺，早消失在挪亚的洪水里了[3]。

---

[1] 丢卡利翁是希腊神话里的人物。他是普罗米修斯的儿子、色萨里地方的国王。宙斯发洪水，人类全被淹死，只有他和妻子，因躲进了事前造好的大船里，存活了下来。1613年，有署名"J.D"的乡绅，在伦敦出版了一本题作《垂钓秘诀》的书，其中有一章名"垂钓的开山者"，它描述了这场洪水，又说丢卡利翁把一些石头甩到背后，石头即变成了人（这是根据希腊神话），于是他的家口猛增。丢卡利翁为养活他们，发明了垂钓。此书作者名约翰·丹尼斯（John Dennys）。

[2] 沃尔顿在他作品的初版中有边注，引用了一位名叫马坎姆（Markham）的人的作品《王公与善人的娱乐》(*The Pleasures of Princes or Good Mens Recreations*)，含一篇谈钓艺的对话。其中，作者融合了各种关于垂钓的传说，说"由于多数人肯定丢卡利翁、萨于恩等人即挪亚和子女的变形，故垂钓的发明，应归于塞特的子孙们，而挪亚则是其中最主要的一位"。关于挪亚与洪水，可参看《圣经·创世记》第7章、第8章；塞特是亚当的三子，次子亚伯被长子该隐杀死后，他和夏娃生下他，"起名塞特，意思是说：神另给我立了一个儿子代替亚伯，因为该隐杀了他"（《圣经·创世记》第4章第25节）。

[3] 据约瑟福斯《犹太古事记》卷1第2章，塞特的后代将他们的发现刻在两根石柱上，其中的一根，保存到了约瑟福斯的时代。

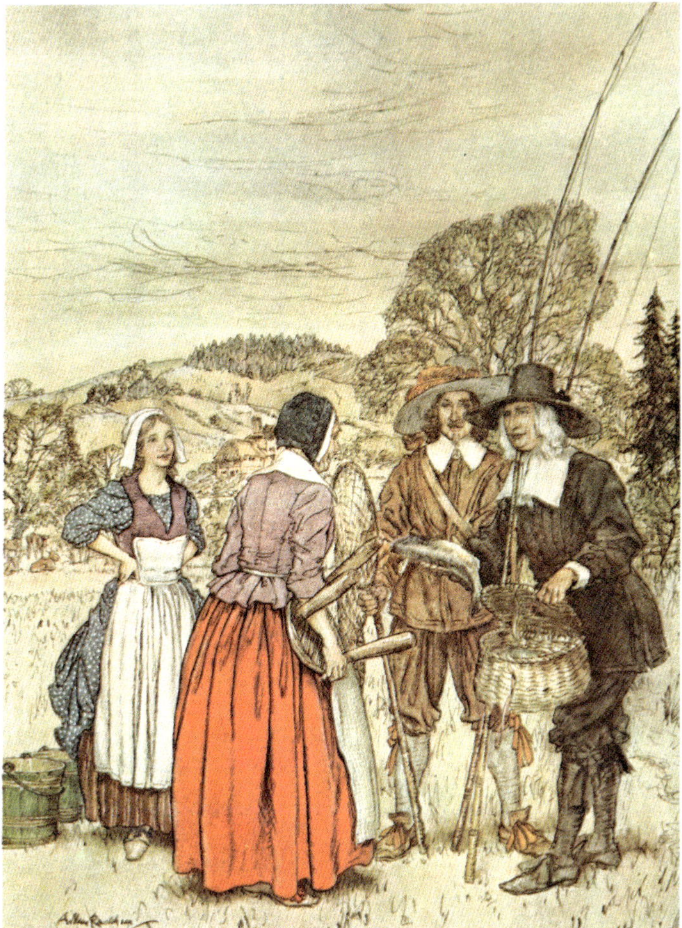

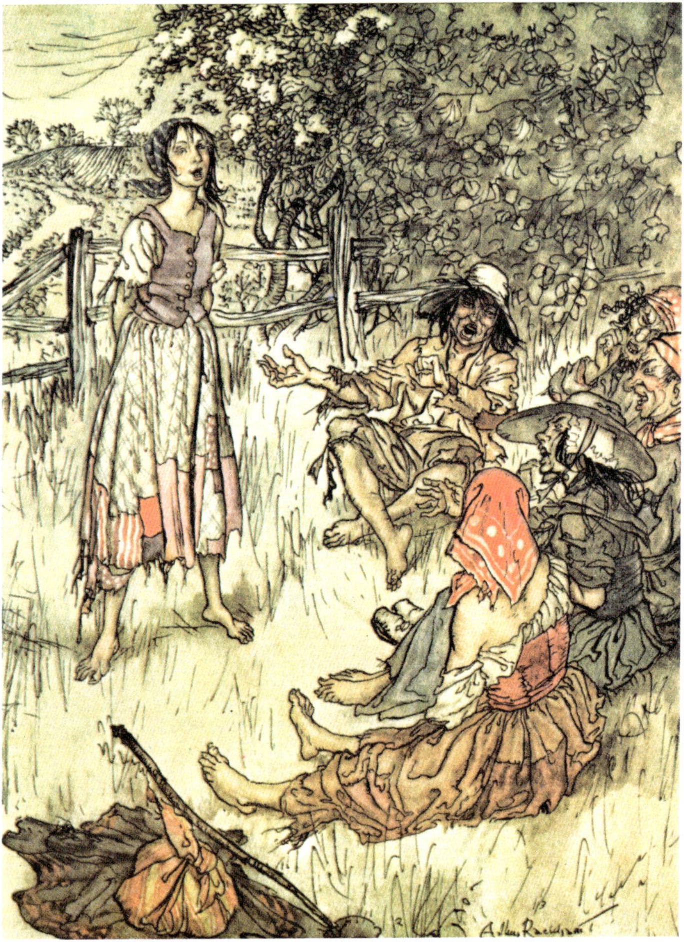

温兄，有些人的看法就是如此，他们费尽了心力，把垂钓推溯得过于古远，这或有根据，却无必要。至于我，则仅满足于对您说：垂钓之古，甚于救世主之道成肉身。因为《阿摩司书》[1]里，曾说起过鱼钩；据说由摩西写的。故而在阿摩司之前的《约伯记》[2]里，也提到了钓钩，推原其本，当时定有钓鱼人啊！

不过，仁兄啊，我自命为君子，宁以学问、以谦恭，以勇、以仁、以德、以平易，不以炫博耀奇，或本人寡德，就吹自己的祖先无所不备。可话说回来，若家世高贵而久远，本人又多才德，岂不倍加荣耀吗？所以，垂钓之古（我这可不是强辞），若像老的世家，能为这一门我热爱并操行的守道怀德之艺术，增荣耀，添光彩，那我刚才信口提及垂钓的古远，自己是颇感庆幸的。关于它我不再多说，接下来我要夸钓鱼，我以为它是很值得一夸的。

且说古代曾有一场争论，现在也悬而未决：尘世中人的幸福，是多在于思，还是多在于行？有人力主前者，他们说：我们凡人模仿上帝，模仿得越像，就越幸福。他们又说，上帝之

---

[1]《圣经·阿摩司书》第4章第2节："主耶和华指着自己的圣洁起誓说：日子快到，人必用钩子将你们钩去，用鱼钩将你们余剩的钩去。"

[2]《圣经·约伯记》第41章第1节："你能用鱼钩钓上鳄鱼吗？"但沃尔顿说《约伯记》是摩西的手笔，则没有根据。《圣经》中提到鱼钩的地方还有很多，如《以赛亚书》第19章第8节："打鱼的必哀哭，在尼罗河一切钓鱼的必悲伤。"又如《哈巴谷书》第1章第15节："他用钩钩住，用网捕获。"

乐，端在于默想自己的无限、永恒、威力、善和类似的神品。因此，博学、虔诚的隐修士，多厚思而薄行。有许多教父也引为同调，由他们之诠释救世主对马大[1]的话可知。

立场相反者，也不乏权威名流，他们厚行薄思，以为行动更醇，比如，为了人平安、长寿，做医学试验，并加以应用。人既健康、长寿，自有力量做事，去为善他人，或为国效力，或为善于知己、良朋。他们还说，行动是合教义的，能教人手艺、品德，是人类社会的梁柱。出于此和其他类似的理由，他们把行动，标举于沉思之上。

在两种陈义之外，我不想另树新义，以免生出第三种。只这样告诉仁兄，我心里就踏实了：当得起"思行会通"之名的，非我那诚实、天真、安详、无害的钓艺莫属。

首先，我要告诉您某些人的心得，因为在我看这很在理：论场所，河边是最安静、最适于沉思的，钓鱼人坐在河边，便不由自主地堕入冥想，博学的杜·穆林[2]，似乎就持此见。在关

---

[1] 马大是耶稣的朋友、拉撒路的姐姐。她的事，可见《圣经》中的"路加福音"和"约翰福音"中的相关章节。在中世纪文学中，马大一直是活跃的象征，与沉思的生活正相反。然沃尔顿说的耶稣对马大说的话，则不知是哪一段。

[2] 皮埃尔·杜·穆林（Pierre Du Moulin），法国新教神学家，曾在坎特伯雷担任英王詹姆斯一世的受禄牧师，以协助他做宗教辩论。他的儿子，亦名杜·穆林，曾经做英王查理二世的御从牧师。沃尔顿所引他的看法，出自他的《论预言之应验》（*The Accomplishment of the Prophecies*）一书的序言。

于预言之应验的对话里,他说道,上帝每对他的先知露天机、预来事,总带他们去荒野,或海边,使他们脱离人群、劳生之苦和尘世的烦恼,好冥心静虑,以受天机。

这似乎也为以色列的子孙所仿效,他们一度境况很惨,心里郁闷,快乐和音乐,从心底一扫而空,竖琴暗哑了,悬挂在巴比仑河边的柳树上,他们坐在岸边,哀叹圣城锡安之隳落,默念命途之多舛[1]。

一位西班牙才子说:"河与水中的鳞介,生来是智者沉思的资粮,愚人有眼,但无珠,故视而不见。"[2] 我自不敢班列于前,却还是想出脱于后的,故把我的一得之愚,献给仁兄,先是关于河的,而后是鱼的。我敢说,我讲给您听的,多耐人寻味,反正对我是如此。当我坐在长满鲜花的静静的河边,沉思着要讲给您听的这些事时,曾度过了许多美妙的时光。

---

[1] 《圣经·诗篇》第137篇:"我们曾在巴比伦的河边坐下,一追想锡安就哭了。我们把琴挂在那里的柳树上,因为在那里,掳掠我们的要我们唱歌;抢夺我们的要我们作乐,说:'给我们唱一首锡安歌吧!'"以东人将以色列人征服,拆毁了他们的圣城,掳掠了他们。锡安即《圣经》中所说的"大卫的城"(《圣经·撒母耳记下》第5章第7节:"然而大卫攻取锡安的保障,就是大卫的城。"),是耶路撒冷的一部分,并是它的象征。

[2] 据说是出自一本名叫《沃德索先生的110种见识》的书,1638年译为英文。

先说河。关于河与河里长育的造物,卓有信誉的作家们,曾记有大量的珍闻,我们无须否认其为信史。

如埃皮鲁斯(Epirus)的一条河,就很不寻常,点燃的火炬,能浇灭之,未燃的火炬,则点燃之[1]。有的河水,喝下去就疯,又有河水,喝下就醉,还有的河水,则使人大笑致死[2]。塞拉鲁斯河,短短几个小时,能把棍棒变石头[3];据卡姆登说,类似的事,还见于英格兰与爱尔兰的拉赫默(Lochmere)[4]。阿拉伯半岛上有条河,羊饮进河里的水,毛就变成了朱砂色[5]。名声之大如亚里士多德[6],也说到一条快乐的河,即埃鲁西纳河(Elusina),它闻乐起舞,但凡有音乐,水就冒泡、舞

---

[1] 见普林尼《自然史》第2卷。其中说,埃皮鲁斯地方多多纳的约夫泉,有这种不同寻常的能力。

[2] 也见普林尼《自然史》第2卷。其中说,林塞斯蒂斯河(River Lyncestis)的水能使人醉。至于使人发疯、使人大笑致死,则未知所出。

[3] 塞拉鲁斯河(Silarus River),意大利南部卡帕尼亚(Campania)和巴斯利卡塔(Basilicata)的界河。所谓"棍棒变石头"的事,见多人记载,如普林尼《自然史》第2卷。

[4] 卡姆登说的这口英国井,是在纳尔斯伯勒(Knaresborough);而关于拉赫默的井,卡姆登的书里却没有记载。大概是沃尔顿失记。

[5] 卢奇安的《叙利亚女神》(*De Dea Syria*)中,说有一条名叫阿东尼斯(Adonis)的河,每到了春天,河水就会变成血红色。

[6] 即古希腊哲学家亚里士多德。沃尔顿《钓客清话》第一版上有他本人的一道眉批,说"见他的《论自然之奇观》",然亚里士多德文中并无这样的记载。

蹈、变浑，音乐一停，立刻又澄净如初。卡姆登说，西莫兰（Westmoreland）的克比（Kirby）附近，有那么口井，水涨水消，一天多次。他又说，萨里郡有一条河，人称"鼹鼠河"（Mole）[1]，从源头流下数里，便为山阻，于是穿地而去，行出老远后，又冒将起来，故左近的居民夸口说：他们是在桥上放羊的。而西班牙人说阿纳斯河（Anus）[2]，也与此类似。为免得仁兄失去耐心，我举最后一事，是一位大家、博学的犹太人约瑟福斯[3]说的：犹地亚（Judea）[4]有一条河，一周七日，有六天是飞流而下，然后停下过安息日。

但河的事，我按下不提，且说水里生长的鱼或叫怪物的（叫什么好，就悉听尊便了）。哲学家普林尼，在《自然史》第9卷第3章里说，印度海中，有鱼名"巴莱纳"（Balaena），意思是"旋涡"，它身宽体长，占地可达两英亩多[5]；另有一种鱼，长约200腕尺；又说恒河里有鳝长30码。他还说，这些怪物的出现，须有待暴风自山崖逆吹湍浪，把水底的鱼翻出水面。他

---

[1] 英国确有此河，是在汉普顿宫附近注入泰晤士河的一条小河。在旱季，从博福德桥（Burford Bridge）到莱瑟亥尔（Leatherhead）之间3英里的距离中，河水会消失，流进地下。

[2] 即现在西班牙瓜地安纳河（Guadiana）的古称，它也有一段地下河道，在20英里到30英里之间。

[3] 见他的《犹太战争》第7卷。

[4] 罗马人对今日巴勒斯坦地区的称呼。

[5] 普林尼《自然史》卷4中提到了"ballaenae quaternum jugerum"（每一只都占地4英亩的鲸）。

又说，附近卡达拉岛（Cadara）[1] 的居民建房子，便拿这些鱼的鱼骨当木料。他还说，在这里，时有上千条鳝鱼缠作一团，难解难分。还说这里有鱼名海豚，它爱音乐，一听到常来喂它的大人或孩子叫它，就翕然前来，说它游水之快，如脱弦之箭。关于海豚和其他鱼，博学的卡索邦博士[2]在《轻信与多疑》（*Credulity and Incredulity*）一书里，也有大量记述；此书由他本人出版于1670年。

我们岛国的人，这些奇闻怕是难得一信，所幸有许多怪物如今可以看到，其中的许多，是约翰·特莱底兹坎特[3] 收集的。我的朋友、伊利亚斯·阿什摩尔（Elias Ashmole）老爷，又躬事增华，把它们小心得法地养在家里，就在伦敦附近的兰白斯

---

[1] 据普林尼说，卡达拉岛是红海中的一座半岛。

[2] 卡索邦（Meric Casaubon），英国著名古典学者、神学家艾萨克·卡索邦（Isaac Casaubon）的儿子，詹姆斯一世时代出任过圣职。他的《轻信与多疑》（事实上是 1668 年于伦敦出版）一书里，讲过许多关于海豚的故事。

[3] 当时有两个约翰·特莱底兹坎特（John Tradescant），一为父亲，一为儿子。父亲是旅行家、自然学家，最早把杏树引入英国的人，他在伦敦郊区的兰白斯镇（Lambeth），建立了英国的第一座植物园。他儿子则在弗吉尼亚采集了大量的花、植物、贝壳等，带回兰白斯的植物园里；并将它们编目出版，名为《特莱底兹坎特博物志》（*Musaeum Tradescantianum*，1656 年出版）。后来，他将自己的收藏赠给了伊利亚斯·阿什摩尔，阿什摩尔后来又转赠给了牛津大学，牛津大学的"阿什摩尔博物馆"（Ashmolean Museum），即由此而来。

镇。我提到的其他怪物，或可由此取信于人了。且由我再举几样奇鳞异介，如今您都可以见到，至于是不是非得"眼见为实"，就悉听尊便了。

在阿什摩尔老爷家里，有猪鱼、狗鱼、海豚、兔鱼、鹦鹉鱼、鲨鱼、毒鱼、剑鱼；怪鱼之外，还有蝾螈、几种石砌、塘鹅、天堂鸟、大量的蛇、鸟巢[1]，无一不具形态，造化之奇，真让人赏心悦目，叹为观止。此外，还有许多罕见的东西，和我刚才说的怪鱼相比，当不啻大巫比小巫。这无非是说，水是自然的宝库，里面锁有她的奇迹。

不过，温兄，话至末尾，且由我诵诗一首，权当调剂吧，免得越说越沉闷，诗的作者，是圣诗人乔治·赫伯特先生[2]，题目叫《默念神恩》（*Contemplation on God's Providence*）：

> 主啊，有谁赞美您，能恰如其分？
> 若非全知者，谁能表达您的作品？
> 可有谁知晓您的作品，那样多，
> 那样完美；能了然于胸的，唯它们的主人。
>
> 我们皆知您的爱，您的大能

---

[1] 这里提的奇鳞异介，或许即出自《特莱底兹坎特博物志》。

[2] 乔治·赫伯特，林肯内学院的受禄牧师、诗人，《圣殿集》（*The Temple*）的作者。沃尔顿引的，出自他的《神恩》（*Providence*）一诗，但沃尔顿略有改动。

（确切地说）超凡而神圣；
它们的运行，奇妙而甜美，
万事有尽头，它们却无始无终。

因此我为自己和我的同类
把我的赞美奉献给圣灵。
这是我应付的租钱，
因为我的利润在激增。

关于鱼，《诗篇》里特有一章。为攀到诗歌与奇迹的绝顶，预言家大卫在这章诗里，神游八表，简直要忘其为自己了[1]。他说海，说河，说其中的鱼，取譬之精，纵是积学覃思之士，也为之瞠目。伟大的自然学家普林尼说："造化之奇伟，见之海的甚于见之地的。"[2] 水里或水边的造物，数量之多、品类之繁，堪为此语的见证。而读书人，则可证之于葛斯纳[3]、龙德莱提乌斯（Rondeletius）[4]、普林尼、奥索尼乌斯[5]、亚里士多

---

[1] 大概指《圣经·诗篇》中的第65篇等。

[2] 见普林尼《自然史》第31卷第1章。

[3] 葛斯纳（Conrad von Gesner），瑞士自然学家，他写过许多生物方面的著作，在当时有大影响。

[4] 即纪尧姆·龙德莱（Guillaume Rondelet），法国自然学家。他的主要著作是《海鱼志》。

[5] 奥索尼乌斯（Decimus Magnus Ausonius），公元4世纪的诗人。

德等人。不过，且容我再诵一首诗，好让谈话甜一点，它出自神圣的杜·巴塔斯[1]：

  在海与河里，上帝造那么多鱼，
  百怪千奇。所有造物，
  连地上的，皆可见于水里，
  仿佛世界曾溺于水底。
  海如苍穹，有日、月与星辰，
  亦如天上，有燕、鸦和椋鸟，
  又如大地有瓜、果、玫瑰
  荨麻、蘑菇、石竹与葡萄；
  更离奇的植物，尚有千万，
  长在水里，和鱼一道。
  又有牛、羊、猪、马和兔子，
  有狼、狗、象、刺猬和狮子。
  有男人，有妇女，则更令我叹奇：

---

[1] 杜·巴塔斯（Guillaume de Salluste du Bartas），法国诗人，他最著名的作品是描述创世的长诗，沃尔顿时代译为英文，题做《杜·巴塔斯的〈神圣的星期〉及其他作品》(*Du Bartas, His Divine Weeks and Works*)。沃尔顿在这里所引的，出自其中的《第一周的第五日》(The Fifth Day of the First Week)，但文字多有改动。

着冠的主教，穿袍的修士，
不几年前，他们的标本，
曾展览于挪威、波兰国王的宫殿里。

这话听起来，似是海客之谈。但博学高明之士，多可为之作证，故千万不要怀疑。而较之鱼的数量和形态之繁，鱼的性情、行为的差别，则更离奇、更启我们的深思。关于这些，我还要渎拢清听。

乌贼能从喉咙里，喷出一段长长的肠子，视小鱼离它的远近，自如地伸缩，像渔人摆线。它藏在砾石中，任小鱼咬啮肠的尾端，这时，它一点点地，将小鱼拉近身，再一扑而上，把它抓住，吞进肚子里。故乌贼有"海钓徒"（Sea-angler）之称[1]。

另一种鱼，人称"隐士"（Hermit）的，到了一定年纪，便钻进死鱼的壳，像息影红尘者，孤居壳内，研究风与天气，并通过转动壳，保护自己免遭风与天气所加的伤害[2]。

---

[1] 这记载，出自《蒙田随笔》中的《为雷蒙·塞蓬德辩护》。蒙田在其中又说这事是依据亚里士多德的，其实亚里士多德作品中无这样的记载，这记载见于普鲁塔克的《陆地动物和海洋动物谁更聪明》（*De Sollertia Animalium*）。据此书，有吐肠子本事的也不是乌贼，而是华脐鱼（sea-devil）。

[2] 此说出自杜·巴塔斯的作品。

还有种鱼，伊里安称之为"阿多尼斯"，又名"海宝贝儿"[1]。所以有此称，缘于它天真、有爱意。有生命的东西，它从不加害，对浩瀚水域里的所有居民，都和平待之。而我们钓徒对人类，又何尝不如此！

---

[1] 伊里安（Aelian），公元3世纪的古罗马作家，他最著名的作品，是用希腊文撰写的《论动物的本性》(*On the Nature of Animals*)。这是一本关于动物的逸事、神话、传说、寓言及道德含义的大杂烩。沃尔顿所引用的，出自该书的第9卷第36章。阿多尼斯是古代神话中的美男子，维纳斯爱上了他，然他不接受，后来在打猎时被熊吃了。莎士比亚的《维纳斯与阿多尼斯》即以此为本事。

鱼之中，也有淫荡和贞洁者，关于它们，我略举数例。

先说杜·巴塔斯所称的"萨古斯鱼"(Sargus)[1]吧。由于在他之外，尚无更好的描述，所以我把他的原话说给您听。它虽然是诗，可依我之见，却绝非不足信，因为他的说法，取自探究自然之奥秘的伟大而勤勉的作家。

水中有淫鱼，
名曰"萨古斯"。
征欢深海下，
日日易妻子。
淫情炽如火，
不克餍所欲。
行行向草岸，
调戏公羊妻。
公羊双角上，
罩以绿帽子。

这位作家还写过"坎塔鲁鱼"(Cantharus)[2]；且听他原话怎么讲：

贞鱼坎塔鲁

---

[1] 棘鬣鱼的一种。沃尔顿文中所说的，出自杜·巴塔斯的作品。
[2] 即黑棘鬣鱼。

>　　与此大不侔；
>　　一生恋妻子,
>　　恩爱两绸缪；
>　　恪尽夫妇道,
>　　忠贞长厮守；
>　　情尽于爱妻,
>　　不复有他求。

温兄,话有些长,可到底完了。

温：尽管说,劈兄！您的话,金声玉振,我耳朵都竖直了。

劈：那好,温兄,我就不揣冒昧,告诉您人们怎么说斑鸠:说它们先是默矢忠贞,然后结婚；又说未亡者,不屑苟存于伴侣之既亡,像口碑中的色雷斯妇女(对这事,人们向来是认以为真的)；而未亡者一旦续弦或再醮,则不仅生者,还有死者,不论为夫,或为妇,都脸上无光,有辱斑鸠忠贞的美名。

忠贞与这陆地的珍禽相媲美的,水中有鲻鱼,它可以教人贞洁,可以非难口说圣教、忠贞反不及禽鱼者和破犯戒律的人(保罗说,这戒律写在人心头,到了末日,它将给他们定罪,将抛弃他们,不予宽宥),且听杜·巴塔斯怎么唱它:

>　　说到忠贞的爱,鲻鱼没有匹敌,
>　　倘若渔人掠走她的夫婿,
>　　疯狂伴以哀痛,她追随到岸,
>　　情愿陪伴他,不管生死。

夫妇之道,有如此者,在贞洁的耳朵听来,这诗一定如仙乐了。

反过来,我要说一说家养的公鸡。它和母鸡交配很随意,又不像天鹅、松鸡和鸽子,孵化、喂养、照料子嗣的事,它一点不操心,哪怕它们死光了,也无动于衷。母鸡则不同,它固然也和公鸡乱配,可不指望它,抱定雏儿是自己的,由于道德的印记,它关怀自己的雏儿,甚于一对父母的爱。母爱之深,莫此为大,故救世主表达对耶路撒冷的爱,曾引母鸡为慈爱的典范,好比天父树约伯作忍耐的样板[1]。

公鸡的秽德,亦非无两,有好多鱼,便产卵在石板或石头上,毫不加掩藏,任由蟊贼或其他的鱼当猎物。而另有鱼,如"髯公",则小心保护着子息,不像公鸡或布谷那样,产卵的和配卵的,夫妇俩同辛苦,或拿沙子盖住卵,或守在一边,或找个蟊贼不光顾的地方,悄悄藏起卵来。

这些例子,在老兄和别人眼里未免离奇了。其实却有书为证,或由亚里士多德,或由普林尼,或由葛斯纳和另外许多不说诳话者,听之信之的,也不乏有智慧、有阅历的人。它们也确如我开头说的,大可充当严肃、虔诚之士沉思的资粮。先知大卫说:"在水中经理事物的,他们看见耶和华的奇迹。"[2] 这么

---

[1]《圣经》里并没有过上帝树约伯作忍耐的样板之类的话。也许是沃尔顿的误记。

[2] 见《圣经·诗篇》第107篇第23—24节:"在海上坐船,在大水中经理事物的,他们看见耶和华的作为,并他在深水中的奇事。"

说诚非无故也。确实，这样的奇迹和快乐，可算天上少有地上稀啊！

明哲、虔敬、和平的人，宜拿它们做沉思的资粮，这么说也不是无根之谈，许多虔诚、好学深思者，其言行似可以为证。在古代，有族长与先知，晚近有耶稣的门徒，荣膺其选的十二人里，我们肯定有四个是淳朴的渔民。他给他们灵机，派他们去异邦人那里，传布他的福音；赐他们说万国语言的大能[1]，以及雄辩的口。而关于基督选渔人做他的徒弟，有人又做过如下高论。

首先，他骂文士[2]，骂钱商[3]，从没有为了渔人的职业骂渔人。其次他发现，渔人性子安详，他们的心，是生来适宜沉思的；他们温良、可爱，性静情逸，钓鱼的人，风操也大都如此。不用说，救世主眼里并无难事，可天性忠悫者，他仍有偏心，乐于给他们恩惠，故从打鱼这白璧无瑕的职业里，选了四个人，施予恩典，收作门徒，领他们一道行奇迹。这刚才说的，

---

[1] 《圣经·使徒行传》第2章第1—4节："五旬节到了，门徒们都聚集在一处。忽然，从天上有响声下来，好像一阵大风吹过，充满了他们所坐的屋子；又有舌头如火焰显现出来，分开落在他们各人头上。他们就都被圣灵充满，按着圣灵所赐的口才说起别国的话来。"

[2] 《圣经·路加福音》第11章。

[3] 《圣经·马太福音》第21章第13节：耶稣对在圣殿里兑换银钱的人说："经上记着说，'我的殿必称为祷告的殿'，你们倒使它成为贼窝了。"此语又见《马可福音》第11章第17节。

是十二门徒里的四位。

列举门徒,四个渔人在先——基督的圣意如此,可以说是朗若天光的[1];先是彼得,其次是安得列、雅各和约翰,然后才数到其余的人。

尤可一说的,是救世主当年登上山,改变圣容,他选来陪伴他的三人都是渔民,其余的门徒,他留在山下[2]。人们还相信,其他的门徒,在一心追随基督前,也都是一心一意的渔民;因为基督复活后,他看到大多数门徒聚在一起打鱼。此事见《约翰福音》第21章。

老兄既有言在先,要耐心听我讲,那我就率着性子,说说一位博学的才子所发的高论。他说,上帝亲手指定的人,拿神圣的言辞,写上帝的金科,上帝固然高兴;可依据从前的喜好与行当,巧设比喻,以传达神的意旨,上帝也高兴。他以所罗门为例,说他改宗前,耽于肉体的爱,改宗后,按上帝的盼咐,趋风雅、舍郑卫,写了以美人香草托喻的对话,或神圣的情歌,即《雅歌》,歌唱上帝与教会之爱。其中有言:"他可爱

---

[1] 《圣经·马太福音》第10章第1—4节:"耶稣叫了十二个门徒来……这十二使徒的名:头一个叫西门,又称彼得,还有他兄弟安得烈,西庇太的儿子雅各和雅各的兄弟约翰……"

[2] 据《圣经》,耶稣带着彼得、雅各和雅各的兄弟约翰,暗暗地上了高山,"就在他们面前变了形象,脸面明亮如日头,衣裳洁白如光"。见《马太福音》第17章第1—8节,《马可福音》第9章第2—8节,《路加福音》第9章第28—36节。

的眼目，像希实本巴特拉门旁的水池。"[1]

若此言在理（我看不会有其他了），就可以断言：摩西，即我前面说的《约伯记》的作者，以及阿摩司——一位牧人，都曾是钓鱼的；因为在《旧约》里，您可以找见鱼钩，我记得曾提过两次，一次是由谦和的摩西[2]——上帝的朋友，一次是由谦卑的先知阿摩司。

关于后者，即先知阿摩司，我还有话说。他文风谦恭、平易，对照以赛亚的鸿丽之辞，则他为牧人，为朴讷、厚道的钓鱼人，就不言而喻[3]，虽然两人说的都是正理。彼得、雅各和约翰的信，行文质朴，情溢乎辞，保罗的书札，盛辞丽藻，比喻奇夸，对看起来，谁是渔人，谁不是渔人，当在此不在彼也[4]。

照救世主的吩咐，彼得把鱼钩抛进水，捉来一尾鱼，以得钱付恺撒做税金。钓鱼之合律法，由此可见[5]。在别国，垂钓的

---

[1] 见《圣经·雅歌》第7章第4节。

[2] 《圣经·民数记》第12章第3节："摩西为人极其谦和，胜过世上的众人。"

[3] 《圣经》中有《阿摩司书》《以赛亚书》。

[4] 《圣经》中有《彼得书》《雅各书》《约翰书》，保罗的书信，见于《圣经》中的《罗马书》《哥林多前书》《哥林多后书》等篇。

[5] 《圣经·马太福音》第17章第27节中耶稣对彼得说："你且往海边去钓鱼，把先钓上来的鱼拿起来，开了它的口，必得一块钱，可以拿去给他们，作你我的税银。"

名声很高，流行亦甚广。费尔南·门德斯·平托在《游记》[1]里，说见过一位国王、几名僧侣在钓鱼。而据普鲁塔克，在马克·安东尼和克丽奥佩特拉时代，垂钓亦非下品，他们极尽荣华时，主要的消遣是垂钓[2]。《圣经》说垂钓，亦高尚其义，说狩猎，固也有此笔法，却十不一见。浏览古代的教规，当知教士打猎是禁止的，因为它凭陵赴险，劳力亦乱神；教士垂钓，教规则允许[3]，因为这娱乐无害，能引人入静、入冥思。

博学的波金斯[4]赞垂钓，情采芬芳；学富五车的惠忒克博士[5]，则爱之也深，行之也笃，许多有大学问的人，也多如此。

---

[1] 费尔南·门德斯·平托（Ferdinand Mendez Pinto），葡萄牙人，一生的大部分时间是在中国、日本等远东地区度过的，做过士兵、海员、商人、医生、神甫和大使，还一度是耶稣会的成员。他在《游记》（*The Voyages and Adventures of Ferdinand Mendez Pinto*）中记录的远东的事，曾被当时的人视为海客奇谈，其实是信而有征的。

[2] 见普鲁塔克《希腊罗马名人传》中的"马克·安东尼传"。其中说，安东尼和克丽奥佩特拉一起去钓鱼，他羞于钓不上鱼来，辄遣人偷偷潜入水下去，把别人新钓起的鱼挂在他的鱼钩上。克丽奥佩特拉识破了他的机关，第二天钓鱼，便请了一大帮人来，暗中吩咐仆人，在给安东尼的鱼钩挂鱼时，要挂一条腌鱼，以使他出丑。

[3] 教皇格里高利八世的敕令中，有允许教士钓鱼的条款。

[4] 波金斯（William Perkins），英国著名的清教神学家。

[5] 惠忒克（William Whitaker），剑桥大学钦定神学讲座教授。17世纪英国作家托玛斯·富勒（Thomas Fuller）的《圣邦》（*The Holy State, the Profane State*）第3卷中说："手持着竿子，枯站一小时，像他们想钓的鱼那样一声不吭，对有的人来说是磨难，不是享受；而惠忒克博士则有好焉。"

关于这些，我很想张大其绪，抵掌一谈。可我只提两个人，心里就满足了。两人去今未远，遗芳可寻，依我看，他们是光耀垂钓之门楣者。

第一位是诺威尔博士[1]。他一度担任伦敦圣保罗教堂的执事，他的碑仍存于此，很完好。在伊丽莎白女王（非亨利八世）的改革时代，他因温和、学高、谨慎、虔诚，颇享一时之誉，议会和教士会议，当时公推他，委托他编写《教义问答》[2]，以敷公用。其翼信仰、正风俗，足堪传之后人。这善良的老人，学问固然大，却知道上帝引人进天国，不靠问题多、问题难。他编《教义问答》，像诚实的钓鱼人，出手平易，不纷乱（此书之行世，是和我们的旧《礼拜书》合在一起的）。这个好人爱垂钓，把竿垂纶，持之以恒，堪称世不一出的好钓徒。依教会的规定，向神祈祷有定时（早期的基督徒花时间祈祷，则是自愿），这之外的时间，据人说，这个好人是经常分其十一用来垂钓。又据与他交谈过的人对我说，他把收入的十分之一，往往还有钓到的全部鱼，分给河边的穷乡亲。他常说："宗教的生

---

[1] 诺威尔（Alexander Nowell），英国学者，曾多年执教于牛津大学，1560年，担任圣保罗教堂的执事。他的墓像在1660年伦敦大火中，焚毁于圣保罗教堂。沃尔顿文中提到的画像，如今仍保存在牛津大学的铜鼻学院，它的复制品，则保存在西敏寺公学（他一度担任过该公学的校长）。

[2] 他编的《教义问答》，其中的一部分包括在英国国教的《公祷书》内。

命是慈善。"在尘世的烦恼外过了一天，回家来，他赞美上帝，因为过得无害，遣心之道，也适于教士。他乐于但不贪求后人知道他是钓手，这有画可证，藏于牛津的铜鼻学院（Brazen-nose College），他曾是该学院慷慨的赞助人。在画中，他倚桌而立，面前有《圣经》。一壁厢是他的线、钩和其他渔具，缠作一团；另一只手旁，是各式各样的钓竿，旁边有题字说："卒于1601年2月13日，享年九十五，任圣保罗教堂执事四十五载。虽高年，却未损其聪、害其明、弱其智、瘝其神思。"他获此高寿，据人说，端在于垂钓和中庸的性情。效法他、爱其遗芳者，愿他们也获此高寿！

下一个也是最后的例子，是一位粪土金钱者，伊顿公学已故的学监亨利·沃顿爵士。我常和他一起钓鱼、闲谈，他为国出使，富有阅历、学识和乐观的精神。和他在一起，可算人间的快事。有他的赞赏在，贬损垂钓者，该口息心服了。此公于钓术，也是爱之也深，行之以笃。他常说："闲来垂钓，非闲事也。"因为伏案疲倦之余，把竿垂纶，"可养心，怡神，去忧愁，息躁虑，调伏激情，得满足心。事垂钓者，能养成忍耐、和平的好习惯"。确实，温兄，垂钓之道谦卑，能息心、静虑，人间的其他幸福，是随之而来的。

博学的沃顿爵士，嘴上这样说，他乐观的心，也是和平、忍耐和恬淡的共栖之庐，这一点我是深信的。因为据我所知，到了古稀之年，一个夏日的傍晚，他安坐在河边垂钓，曾把当时的快乐之情笔述一二。它描述了春的美景，词语下笔端，如作诗时面对的河，既柔且甜，故我要念给您听：

仿佛万物都坠入情网,
春气动,情潮荡漾。
新汁挑动缱绻的藤,
鸟唤情人,歌儿嘹亮。

多疑的鳟,潜藏于深流,
扑向伪装巧妙的蚊钩,
岸上有我的朋友,
运巧心、耐心守着抖动的翎[1]。

迅疾的香客,背负夕阳,
穿梭于傍晚的天空,
欢腾小树林里,
有夜莺凯旋的歌声。

阵雨短,微风和,
清爽的早晨,微笑的暮色,
乔安去给沙红色的牛挤奶,
手提干净的木桶,身态婀娜。

调一两杯奶酒,
送那踢球的少年。

---

[1] 指用鸟或禽的翎做的鱼漂。

> 郁金香、报春花和紫罗兰
> 开遍了田野与花园。
>
> 娇羞的玫瑰，开得虽晚，
> 也半露出它的红颜。
> 天下的万物，都一片喜色，
> 迎接这披新装的一年。

亨利·沃顿爵士恬淡的心里，萦绕的正是这般念头。另一名钓客，即约翰·丹尼斯老爷[1]，也曾赋诗赞美自己的快乐生活。他的心愿，您是否也听听：

> 我愿做无害的人，卜居于
> 特仑特或阿汶的河岸头，
> 守着翎管和软木的漂子，
> 看贪饵的鱼儿拖之下水流。
> 我驰怀于天地，默念造我的主，
> 有人却贪财好货，伸不义的手，
> 还有人，心卑志劣，
> 沉溺于杀伐、女色、害人的酒。
>
> 由他们去作乐，
> 拿妄想填欲壑，

---

[1] 即《垂钓秘诀》的作者。沃尔顿引诗时有改动。

我要在清流边，率意地走，
漫步于草地、翠绿的田野，
流眄于雏菊、紫罗兰
红色的风信子、黄色的水仙
浅白的"雄鹅草"，淡青的"野鸽翎"，
紫色的水仙，如晨光之乍现。

仰观苍穹之壮丽，
岂不快哉，在中天
喷火的车、天地的巨眼，
如黄金被点燃。
带水气的云翻滚于天空，
云卷霞飞，七色斑斓。
美丽的奥罗拉[1]，抬蛾首，
走下老提叟[2]的床，
面带昨夜的羞赧。

丘阜与高山耸起于平原，
平原伸向远方的田畴，
田畴分割于众多的水脉，

---

[1] 据古希腊神话，女神奥罗拉（Aurora），即《荷马史诗》中称为"生玫瑰色指甲"的，是开启黎明的神。

[2] 希腊神话中的一个美男子，奥罗拉的情人。他求神赐他永生，却忘了求神赐他青春，所以他老得无可再老了，还是死不了。

水脉环绕于蜿蜒的河流,
经自然的链,河流
朝宗于暴虐的海洋,
在下面的峡谷中,
有湖,有溪,有小河汤汤。

树高而林阔,
点缀着青枝绿叶,
为迎接夏的女王,
凉荫里,百鸟齐歌。
芳草鲜美,撒满芙罗拉[1]的礼品,
银鳞轻轻地游于
清甜的溪水。

以此和更多的造物,
上帝起天堂于人间,
钓徒常有此眼福,
念造物之奇伟,其乐何如?
由外而及里,去妄想,
性逸而情静,
用快乐的眼,观此美景,
心超神越于星斗满天的苍穹。

---

[1] 据罗马神话,芙罗拉(Flora)是司花朵、青春与欢乐的女神。

钓客清话

温兄，配得上这五月良辰的，是这些佳篇美什，不是我朴野的话，所幸我还记得住它们。您能打起耐心，听完诗和我的话，我真是很快慰。诗诵过，话说完，"茅店"在眼前。老兄若不以为渎拢，则余下的话，我既已许过，就算欠您的。改日有空，得了机会，我再还不迟吧？

温：劈兄，您一路妙语，把我钓进了"茅店"。"好旅伴使旅途短"，这话果然在理呢！说来您不信，劈兄，要不是您把"茅店"指给我，我以为还差三英里呢。可既然我们到了，就进去喝一杯吧，提提神，歇歇身子如何？

劈：那再好不过了，温兄。咱且进去，为您明天要见的猎獭人们干一杯。

温：好的，劈兄，也为爱钓鱼的人干一杯。说实话，一路上，有清谈，有佳侣，对钓术和钓鱼的人，我的看法大不同于前了，我现在就想凑个数，做个钓徒。如果明天您准时来我们说好的地点会我，随我和朋友们猎一天水獭，后两天，我就专门陪您，到时我们不干别的，只钓鱼，说鱼，说钓艺。

劈：这事划得来，温兄，明天一早，我准在日出前赶到阿姆威尔山。

第二章
说水獭和雪鲦

劈、温、猎人和店主

第二天

温：劈兄，咱俩真是不约而同。太阳刚起来，我也是刚到这儿，猎狗也刚去追水獭。快瞧那儿！山脚底下，草地那边，点缀着水仙和石芥的。瞧他们身手多棒。快看！快看！瞧他们忙的。人狗杂沓，忙成一团了。

劈：见到您真高兴，温兄。一来就见这么多狗，这么多人，都在追水獭，今天的游耍，算是开门红啦。咱别寒暄，且去会他们。走，温兄，快点，咱们去吧。我都手痒了，区区几丛灌木、几条小沟，能挡得住我？

温：猎人先生，水獭是在哪儿找见的？

猎人：离这儿一英里，先生，当时它在捉鱼。一大早，这鳟鱼就让它吃掉了大半个身子，您瞧，就剩这么点了。我们来时，它又在捉鱼了，我们撞了个正着。幸好我们来得早，日出前一个小时就到这儿了，我们一来，就不让它闲着。这么多人和狗，今天它在劫难逃。要能把它杀死，我要它的皮。

温： 怎么，先生，它的皮值钱？

猎人： 做成手套，值十个先令呢！保护手，防寒湿，獭皮手套是固若金汤啊。

劈： 猎人先生，问您个有趣的问题，你们是猎兽，还是猎鱼呢[1]？

猎人： 我怕无力答复您，这得问卡修詹教团（Carthusian）[2]的人，因为他们发誓不吃肉。可我听说，有许多著名的教士，也一直争论这问题，他们仿佛是各执一端的。但多数人说，就尾巴看，它是鱼。要说它的身体也是鱼，那我得说地上该有鱼走了。因为水獭就时常在地上走，为了给崽子捕食，或捉鱼填肚子，它经常一夜走出五六英里，乃至十英里。据说，鸽子找早餐，动辄飞四十英里远。不过，先生，我敢说这水獭吃的鱼很多，而杀死、糟蹋的鱼，只怕又比吃的还多。这"狗钓徒"（拉丁人的叫法）[3] 端的厉害，百码开外，就嗅得出鱼味[4]。葛斯纳说，它嗅得还远；又说它的睾丸，是治疗癫痫的良药；还说

---

[1] 英国作家托泼塞（Edward Topsell）在他的《四足兽志》（*The History of Four-Footed Beasts*）里说，水獭是兽，海狸因有尾巴，故是鱼。

[2] 11世纪兴起于法国的一个天主教教团，他们不吃兽肉，生活得刻苦自厉。据葛斯纳说，因他们认为水獭是鱼，故水獭不在他们禁食之列。猎人的话，含有对该教团打趣的意思。

[3] 在拉丁语中，水獭名 Lutra Fluviatilis Canicula，意为"水狗"。

[4] 葛斯纳书中并无这样的记载，而是托泼塞的误引，沃尔顿在引用托泼塞时，一仍其讹。

有药草名"安息香"(Benione)，盛进囊里，挂在鱼塘旁，或水獭出没的地方，它就不再光顾了，可见无论地上，还是水里，这厮的嗅觉都很灵。我告诉您，康沃尔郡有个猎水獭的好去处。那地方的獭，多得不可胜数，故博学的卡姆登说，当地有条河，人称"獭川"(Ottersey)，得名的缘由，是河里盛产水獭。

关于水獭，我的见闻就这点。您瞧，它露头了，狗上去了！我看它撑不了多久！走，先生们，跟我来。它这次露头，仿佛让"甜唇"[1]扑着了。

温：噢，天呢！马都过河了，咱们怎么着？也跟过河？

猎人：别，先生，别这样性急。略等等，跟着我就是了。我敢说他们马上就回到这边来，没准还有水獭呢。它又露头了，"疾步"扑上去了！

温：太棒了。快瞧，它果然露头了，在那一角！哈，"卷心木"抓到了！唉，又让它跑了，那可怜的狗也被咬了一口！快看"甜唇"，扑着了！"甜唇"，抓住它！好的，狗都上去了，水上面的，水下面的。这下它没劲儿了，它完了。叼过来，"甜唇"！您瞧，还是条母獭呢，刚下过崽子。咱们去它刚才被捉的地方吧，走不远，也许能找见獭崽子。我要把它们全干掉。

猎人：走，先生们，咱们全去，去捉獭的地方。留心，它就在左近产的崽。哎，瞧啊，果然在这儿，不下五个呢！来，干掉它们！

---

[1] 当是猎狗的名字。下面的"疾步""卷心木"也如此。

劈：别，先生，请给我留一头，我试试能否养驯了它。莱斯特郡有个巧慧的绅士，大名尼赫·塞格拉夫（Nich. Segrave）[1]的，就养驯过一头。不但是养驯，还叫它捉鱼，干好多让人高兴的事呢。

猎人：尽管拿去，先生，可剩下的得杀掉。好了，去找个好馆子，喝几杯好麦酒，唱一曲《老玫瑰》（*Old Rose*）[2]，大家一起乐乐吧。

温：跟我们一道来吧，劈兄。今晚的账我付，到明天，您再做东。我不是想陪您钓一两天鱼吗？

劈：好说，温兄。您投桃，我报李，有您的陪伴，我自然高兴了。

---

[1] 不知何许人。

[2] 英国的一首老歌，见于哈林顿（John Harington）的诗集。描写陌生人相遇于途，一见如故而作乐的事。

第三天

温：走，劈兄，咱们去钓你的鱼。

劈：走吧，我心都痒了。上帝保佑你们，先生们，愿你们再碰上母獭，连大带小杀个痛快！

温：那么，劈兄，您在哪里放钩？

劈：还不到合适的地方，再走一里多地，我才好放钩呢。

温：既然这样，那就一边走，一边说说您怎么看那客店、我的店主和我的伙计吧。那店主是不是很风趣？

劈：温兄，您的店主，我自有话说，可我得先告诉您，杀掉水獭，我还是高兴的。遗憾的是猎獭人少了。少了猎獭人，不守"筑篱月"（fence-month）[1] 以保护鱼，早晚要毁掉所有的河。到时候，那剩不多的几个好人——守国法、守斋戒日如守良心的，就得吃肉去，生活的不便，未可逆料啊。

温：什么？劈兄，您说的"筑篱月"是怎么回事？

劈：所谓"筑篱月"，主要指三个月份，即三、四和五月。通常在这几个月，鲑鱼游出海来，去淡水产卵。而天性所趋，它们还要由淡水去咸水，故过一阵子，鱼苗又将去咸水里。可总有贪婪的渔人，不遵法度，或张网，或设罟，把它们拦住，

---

[1] 即在河中围上篱笆、禁止捕捞鱼的月份。

毁鱼以千计。爱德华一世和理查二世的《敕令集》里，有禁止毁鱼的数款，立得很英明[1]。这些法令，我固然不懂，但革其弊漏，窃以为不难。可我记得一个聪明的朋友常说："人人有份的事，人人不管。"否则，何来那么多网、那么多小于法定尺寸的鱼，天天在我们身边叫卖？川泽之吏[2]，该引以为耻了！

产卵期捕鱼，可以说逆天道，好比取走孵卵的鸡，罪在于反自然，全能的上帝在利未人的律法中[3]，曾予设禁。

可除了逆天道的渔民，可怜的鱼还有许多对头。如适才说的水獭、鹈鹕、麻鸟、鱼鹰、海鸥、苍鹭、鱼狗、长脚鹰、田凫、天鹅、鹅、鸭和人称"水耗子"的格拉伯（Graber）等。诚实的人，自该骂它们，可我不。别人去骂、去杀它们好了，我的天性不够残忍，我只杀鱼，不想杀别的。

至于您问我，您的店主是何如人，说实话，我看他不是好

---

[1] 爱德华一世《敕令集》第1卷第47章第13款说："胡伯河、奥斯河、特仑特河、德温特河、霍夫河、尼德河、约尔河、斯威尔河、提斯河、伊登等河川，即王国内凡产鲑鱼者，自圣母诞辰日至圣马丁日，禁止捕捞鲑鱼，以防幼鲑被网捕杀。"理查二世的《敕令集》则重申了此禁令。

[2] 英国有许多负责看护河道、航行，并监督渔业及修建磨坊的"川泽吏"。最著名的如"泰晤士河管理委员会"（Thames Conservancy）的长官"泰晤士河道官"。

[3] 《圣经·申命记》第22章第6节："你若路上遇见鸟窝，或在树上，或在地里，里头有雏或有蛋……你不可连母带雏一并取去。总要放母，只可取雏，这样你就可以享福，日子得以长久。"

伴。他怪话多，不是调侃《圣经》，就是开下流的玩笑。说这号人风趣，我期期以为不可的。做前一种事，是得助于魔鬼，干后一种事，无非是品行堕落，有所不能止而已。好伴待宾朋，以趣谈，用笑声，又免于恶虐。这样的好伴，值得为他付账。今天晚上，我就带您见一位这样的好伙伴，因为我想在离这儿不远的"鳟堂"过夜，有一位钓手，堪称佳侣的，也时常在那里歇宿。好伙伴，好谈吐，确是品德的源头活水。我们昨晚听到的话，只能毒害人。听听我的店主怎么说，另一个不必提他姓名的伙计又怎么说，后生们就该学得会说话，学得会赌咒了。至于另一位，我只遗憾居然他也是绅士，救乞儿的灵魂，也不比救他的灵魂需要更多的信念，在末日审判那天，只怕他的信仰欠负太多了。您知道，榜样之德，如草上的风，我记得有诗人，曾将它形于吟咏，为人父母者和礼法之士，是该烂熟于心的：

> 许多人
> 信仰来自国家，
> 而得之于保姆和父母者，
> 信仰同样强大。

这由韵文出之的道理，值得聪明人三思。但这事不再说了，我好礼法，但不愿苛责人。还是说我的钓术吧。瞧见远处的树没有，我敢说，在那儿我能钓起一尾雪鯹。我认识个老板娘，人厚道，也干净，钓起鱼后，咱们就找她，歇歇脚，把鱼烹了做晚饭吃。

温：别，劈兄，雪鲦是最次的鱼，我想弄尾鳟鱼办晚饭。

劈：相信我，温兄，这附近钓不到鳟鱼。早晨和您那帮子猎人朋友道别，咱们耽搁得太久，现在太阳都老高了，这青天白日的，钓鳟鱼得傍晚去了。再说，您觉得雪鲦次，是常人之见，看我怎么收拾它，味道绝坏不了。

温：您怎么收拾它？

劈：等钓着了，我再从头给您讲。瞧那儿，温兄，看见了吗？您得站近点，看水面，看缓流的洼处，有二十尾雪鲦呢。这二十尾鱼里，我只逮一条，最大的那条。看我怎么下手。

温：呵，这口气，活脱脱一个老钓徒！不过，您说到做到了我才好信您，现在不信。

劈：我这就让您开开眼，不怕您不信的。瞅准了，最大的那条，尾部有瘀伤的，弄不好是狗鱼咬的，看上去像块白斑。您在树荫里坐着，稍候片刻，我马上把它送到您手里。我绝不瞎说。

温：您这么胸有成竹，我就坐候佳音了。

劈：来啦，温兄，小试牛刀。瞧尾部的白斑，正是那雪鲦吧。抓鱼我十拿九准，拿它做一道好菜，我心里也有数的。我这就领您去一家酒馆，那儿的人厚道，房子也干净，窗上插着薰衣草，墙上贴着歌谣。我的老板娘，人利索，和气，长得也俊，她给我做过好多次菜呢。这次按我的食方，做出来绝差不了的。

温：那还等什么，劈兄，快走吧！我都饿了，恨不得一步到那儿。说实在的，我也真想歇歇，这上午，虽然只走了四英里，身子却有点乏，昨天打猎，现在还倦意不消呢。

劈：别急，温兄，马上就到，那前面的房子，就是我带您去的酒馆了。

老板娘，一向可好？先把上好的酒，给我们来一杯。十来天前，我和朋友来这儿吃过，按上次的办法，把这雪鲦给我们做一下。要给我面子啊，快一点。

老板娘：好的，劈先生，我会尽快的。

劈：怎么样，温兄，我这老板娘快不快，鱼看起来好不好？

温：样样不差，劈兄。咱们还是祈祷、吃饭吧。

劈：好了，温兄，吃得如何？

温：不是我瞎说，劈兄，这是我吃过的最好的菜。这得感谢您，来吧，我敬您一杯，还得求您赏脸呢，万不可推辞。

劈：此话怎讲，温兄？您这么仁义，只怕不用求，我就答应的。

温：那好，我是这么想，劈兄，从今开始，求您允许我称您师傅，我好做您的徒弟。您人这么好，鱼钓得这样快，菜又做得这么可口，不由我起了奢想，要做您的徒弟。

劈：把手给我，从现在起，我就是你师傅了。我把肚子里的货，悉数教给你。我们要钓的鱼的鱼性，你想知道，我就讲给你听，我敢说，我能而且愿意把一般的钓鱼人所不知道的秘诀，通通传授给你。

第三章
雪鲦的钓法和烹制

劈和温

第三天（续）

劈：雪鲦这样烹制，味道固然好，可依常人的做法，则浑不见佳。人们不喜雪鲦，不只因它通身是叉状的小刺，还因它的肉不紧，短而无味，吃来水唧唧的。法国人小视雪鲦，称之为"癞子"（Un Villain）[1]。但烹制得法，也不失一味好菜。可鱼得大，须这样烹制：

> 先去鳞，洗净，再去内脏，为此，在近鳃处掏一个小洞，洞之大小，以趁手为度，喉中的草，务须掏净，否则吃来有酸味。收拾干净后，置一束香草在鱼腹；取两三根木条，将鱼镖上烤叉，用火烤；取醋、酸果汁或黄油，其中多加盐，边烤边涂抹。

---

[1] 出自龙德莱提乌斯的作品。

这样做雪鲦，风味绝佳，出乎你、多数人甚至钓手的想象。雪鲦的身上多涎津，一烤可去。有条规矩，你得记牢：雪鲦要现钓现烤，死了一天的鱼，味道就远逊了。略可比拟的，是树上新采的樱桃，以及跌打过的、在水里存放一两天的樱桃。现钓现烤之外，还要切记：内脏去后，万不可洗，去过内脏的鱼，水里放久了，血便冲掉了，香味为之减[1]。带血快烤的雪鲦，风味殊胜，大可补偿你的辛劳，纠正你的偏见。

雪鲦还可这样烹制：

> 去鳞后，切掉尾与鳍，洗干净，中间切一刀，如切咸鱼一般；复在鱼背上切三四刀，在焦炭或木炭上烤炙，取其不生烟也；烤时，取上好的黄油，其中多加盐，边烤边抹。还可取麝香草，切成末状搅入黄油里，或直接捣入。人不喜雪鲦，无非是嫌它水唧唧，这样烤制，大致可避免这缺点。刚才的雪鲦，令你大快朵颐、称赞不已的，就用这般烤法。但你记住，刚才的鱼，若留到明天，味道反不及灯心草一根。你还要记住，喉咙务须洗净，此事万不可小觑，而去内脏后，鱼身即不可再洗。凡做鱼，都应如此。

你瞧，徒弟，可怜的雪鲦，向遭人唾弃，名誉尽失，我费了多大劲，才挽回它的名声。现在，我教你几招钓它的套数。

---

[1]　袁枚《随园食单》引时谚说："若要鱼好吃，洗得白筋出。"与此正反。

我想以钓雪鲦起步，领你进钓术的门。对新钓手，入门的工夫以它最好，因为易钓，可路数还是要讲的：

去我刚才钓雪鲦的小湾，热天里，总有一打或二十尾雪鲦浮近水面。过草地时，捕两三头蚱蜢，隐在树后，尽量不要动。穿蚱蜢于钩，举起竿，距水面四分之一码为度：为此，须架竿在树枝上。乍一见竿影，雪鲦少不得掉头而下，沉入水底，游鱼中，数它的胆子小。天上鸟过，微影落水，它也会跑。可一霎间，它又来水面，载浮载游，直到影子又把它吓走。待它们浮上水来，你选准最好的一尾（若坐的地点合适，这不难看到），移竿子，要缓如蜗牛，到钓的鱼前。垂饵入水，要轻，距它三四英寸，这样，不由它不吞钩的。你保准钓得来，因为它是皮嘴鱼之一种，这种鱼，是很少脱钩的，故拉它出水前，你尽可以耍它。现在去吧，带上我的竿子，照我的吩咐做。我要坐下来整整渔具，等你回来。

温：遵命，师傅。您传授的，正是我要学的。我这就去，按您的指点做。

快瞧，师傅，我成功了！这太让人高兴了！我钓的雪鲦跟您的一样。

劈：好啊，我也高兴。有个一点就通的徒弟，我很欣慰！师傅看得出，有我点拨，你修炼，很快你就出徒了。可首先你得爱这一行，这可不是瞎说。

温：可是师傅，我找不见蚱蜢怎么办呢？

劈：好办，找一头黑蜗牛，切开肚子，亮出白肉，要不就取块软奶酪，用起来一样趁手的。再不成，就找一头蛆，或蝇子，蚁蝇、大麻蝇、壁蝇，都成。再不，就到牛粪堆里，找一只金龟子、甲虫什么的。顶不济，牛粪堆里还有沙蠋，即甲虫的蛹呢，它是种短而白的蠕虫，状如青蝇的蛆，个头稍大而已。此外，尚有石蚕蛾的蛹，拿它们钓雪鲦，一样好使。

暑日的黄昏，这办法还钓得来鳟鱼呢。你在小河边走，看见或听见鳟鱼跃出水扑飞虫，这时，捉一头蚱蜢，穿上钩，放线到两码之谱；从它所在的河湾处，找一棵树，或一丛灌木站在后边；在水面上，上下抖饵。若站得近些，它一准咬钩，但不一准上钩，因它不是皮嘴鱼。使这路套数钓鳟鱼，活飞虫多可用，但以蚱蜢最好。

温：且慢，师傅，您说的"皮嘴鱼"是什么？

劈：所谓"皮嘴鱼"，是牙生在喉中的鱼，如雪鲦；又如"髯公"，如鲄，如鲤，种类颇多，不可尽数。这种鱼，嘴中的皮一旦着钩，则绝不易脱。反之，牙不在喉而在嘴里的鱼，像狗鱼、鲈鱼、鳟鱼等，它的嘴只见骨，不见肉，这种鱼，倘不吞饵，钩牢它是不容易的，多是饵去鱼空。

温：谢谢指教，我的好师傅。那现在，该如何处置我钓起的雪鲦呢？

劈：好办，送给穷人就是。我保证钓一尾鳟鱼为你办晚饭。从艺之初，把第一批果实送穷人，是个好开头，他们将为此感激你、感激上帝。你既无话，想必是同意了。念你大度，甘心舍鱼，为师我高兴，钓雪鲦的诀窍，再传你几招吧。你记住，三四月钓雪鲦，多取蠕虫，五月、六月，它爱咬飞虫、樱桃、掐腿去翅的甲虫、任一种蜗牛和土墙里的野蜂。浮在湍流，有蚱蜢，它来者不拒；潜于水底，割草人从茂草里找见的野蜂，它也爱吃。八月、九月，天气转凉，可取最硬的奶酪，加少许黄油、番红花，用捶白捣，莫惜力气，直把它捣碎、呈柠檬色为止，复用它做成黄色的膏。还有人制膏以供冬月用，冬季的雪鲦，人们以为味最美，它那叉状的刺，据说此时会消失，或变成了软骨；用奶酪和松脂烤，尤见其胜。鲦鱼或小鲑鱼做的饵，它也爱咬，这一点像鳟鱼，关于鳟和它的饵之种种，容我稍后再说。但有条规矩，你得记住，热天钓雪鲦，饵要垂近水面或水之中，倘天气转凉，就得垂近水底了。若用甲虫或飞虫做饵，在水面上钓雪鲦，务必放长线，别让它看到。雪鲦的子是一道美味，大的雪鲦，若喉咙洗得干净，则它的头，可称全身之精粹。关于雪鲦，眼下且说这么多，但愿你再捉一条来。

我力主雪鲦要现钓现烤，莫以为是我口刁，古人对鱼，也是不厌其鲜的，我撮述一二，供你想一想。

你读塞涅卡的《自然的问题》[1]，当知道古人对鱼的新鲜与否，是很计较的，不活着送到客人手里，似乎就不算新鲜。为此，塞涅卡说，他们通常把鱼养在餐厅的玻璃缸里，宴客时，倘从桌子底下，把鱼活着取来便吃，在主人是天大的面子。他又说，看着鲻鱼死、变颜色，他们是饶有兴味的。但这些不再多说，耽搁得太久了，闲下的时间，我来说鳟鱼和鳟鱼的钓法。

---

[1] 见塞涅卡《自然的问题》第 3 章第 7 节。

第四章
说鳟鱼

劈、温、挤奶妇、莫德琳和老板娘

第三天（续）

劈：无论在我国还是他国，鳟都很受推重。古诗人说葡萄酒、国人夸鹿肉的话，正可移用于它：它的血统高贵。鳟有时令，这一点像公鹿，据人说，它当时令与不当时令，也与公鹿同步。葛斯纳说，"鳟"一词，源出于德语，还说它像餐英饮露的仙人，进食雅洁，漱湍流，枕砾石。他又说，海鱼中，鲻的味最美，淡水鱼里，则无有出于鳟之右者。入时的鳟，纵是最挑剔的美食家，也推它为百味之先的[1]。

讲下去前，有一事你要记住：夏天里，有些不孕的动物，味道是很美的，在冬季，则有不孕的鳟，吃来鲜隽而可口；可这样的鳟，为数盖寡。鳟入时通常在五月，过此以往，就和鹿一样，有江河日下之憾。在有些国家，如德国，鱼的大小、形状等，与我国的差异颇大，鳟也未能免。情人湖或日内瓦湖里，

---

[1] 见葛斯纳《动物志》第4卷。

曾打起三腕尺长的鳟,这一点,有笃实的作家葛斯纳为证[1]。又据摩卡特[2]说,从日内瓦湖打来的鳟,是这座名城的主要物产。你还应知道,在哪些水里,鳟的数量和个头,与寻常的不同。据我所知,肯特郡有条小河[3],鳟多得难以置信;一个小时,就能打出二十到四十尾来,唯个头很小,无有超过鲌鱼者。还有些河,主要是入海或近海的河,如温彻斯特河[4]、温莎附近的泰晤士河等,其中有小鳟,名"鲑鳟"(Samlet)[5],又名"鲥鳟"(Skegger trout),它们吞钩之快、之猛,浑如鲫鱼,我曾于顾盼间,钓出了二十到四十尾。有人说它们是幼鲑,但在这些河里,它们自来长不过青鱼[6]大。

在肯特郡,靠近坎特伯雷地方,还有种鳟,名"福底至"(Fordidge trout)的,人称是鱼中的至味。它得名于钓手们时来捉鳟的小镇。它的个头,多近于鲑,唯颜色不同,二者的区别在此。在入时的季节,将它切开,则一团白肉,莹然如雪。可迄今尚不知谁钓起过它,唯乔治·哈斯廷斯爵士[7],曾捕到过一

---

[1] 葛斯纳说是两腕尺。
[2] 摩卡特(Gerardus Mercator),荷兰地理学家,海图最早的绘制者之一。
[3] 也许指肯特郡的格雷河(Gray),其以产小鳟而知名。
[4] 指温彻斯特的伊勤河。
[5] 其实就是幼鲑,只是还没有入海而已。
[6] 青鱼很少有 8 英寸长的。
[7] 乔治·哈斯廷斯(George Hastings),17 世纪英国乡绅,酷爱打猎、钓鱼。

尾，他是名出色的钓手，如今与上帝为伴了。他曾对我说，依他看，这种鳟咬饵不是饿的，只是顽皮。这话我们最好信，因为他本人和许多前人，曾好奇地翻过它们的肚子，想弄清它以何为食，却没有发现能满足他们的好奇心者。

有平实的作家说，蚱蜢和某些鱼是没有嘴的，它们摄食、呼吸，全凭于鳃的隙；其中的名堂，几不为人知。可这话我们还是信的好，岂不见乌鸦吗，孵出卵，便不再看顾鸦雏了，由神去照管，如《诗篇》说的：他"喂养对他啼叫的小乌鸦"[1]。它们饮露水、吃巢里的虫为活；或别有活法，我们凡人不知罢了。故关于"福底至鳟"的说法，我们莫怀疑，它懂得节令（如人们说的鹳鸟[2]），知鱼时，依我看，哪一日出海，哪天入河，它自有分寸的。一年中似乎有九个月，它生活、摄食在大海，然后来福底至河，守斋三个月。你知道，镇民开始打鱼的时间，守得很准。他们又吹法螺说，这河里的鳟，是别处的鳟都比不上的。萨郡[3]人吹自家的鱼，与之有同调，如塞尔西（Selsey）[4]人吹海扇、奇柴斯特（Chichester）人吹龙虾、阿伦戴尔（Arundel）

---

[1] 见《圣经·诗篇》第147篇第9节："他赐食给走兽，和啼叫的小乌鸦。"

[2] 《圣经·耶利米书》第8章第7节："空中的鹳鸟知道来去的定期，斑鸠、燕子与白鹤，也守候当来的时令；我的百姓，却不知道耶和华的法则。"

[3] 即萨塞克斯郡。

[4] 萨塞克斯郡的地名，下面几个皆是。

人吹鲴鱼、阿莫里（Amberley）人夸鳟鱼的便是。

总之，你要知道，淡水里的"福底至鳟"，据说是不进食的，此言不可不信。不见燕子、蝙蝠与鹡鸰吗？人称之为"半岁鸟"的，一年有六个月，英国不见其踪迹，米迦勒节（Michaelmas）[1] 的前后，它们动身去南方，以就温暖的天气，却仍有失群者，落于同伴之后，空树里、泥穴中，时可发现它们，数千只一群，睡作一处，一冬天，不进点食，居然活下来。阿尔伯图斯[2] 说，有一种蛙，近八月下，就出于本性地闭起嘴，如此过一冬天。这话听来，像是海客谈瀛洲，可我们中许多人都见过，故由不得怀疑。

"福底至鳟"在淡水里生活，靠以前从海中摄取的食，这与燕子、青蛙略似；其全靠清水者，又仿佛人称餐阳光、饮空气的天堂鸟、变色龙[3] 了。故垂钓之乐，是断难求之于它的。

---

[1] 西方基督教国家的一个节日，在每年的 9 月 29 日。

[2] 阿尔伯图斯（Albertus Magnus），神学、物理学者，他的作品有 21 卷之多。据托泼塞《毒蛇志》(*The History of Serpents*) 引他的作品说，普通的蛙"在八月份，是绝不开口的，不吃，不饮，不作声，上下腭咬得紧紧的，用手指、用棍子，都很难撬开它"。

[3] 见杜·巴塔斯的《杜·巴塔斯的〈神圣的星期〉及其他作品》。关于变色龙的这一点，较沃尔顿早些的作家托马斯·布朗（Thomas Browne）在《流行的谬误》(*Vulgar Errors*) 一书（拙译《瓮葬》未收这一部作品，然其中附的约翰逊博士的《布朗传》对它有较详细的介绍）中特有一章是批驳这说法的。当时的人有这样的看法，是由于变色龙能不吃食而走四个月，而且它不仅能扩张自己的胃，也能扩张自己的身体、尾巴和四足。

福底至河里的鳟，且说这么多吧。

诺森伯兰[1]也有种鳟，人称"莽汉"（Bull-trout），和南方的鳟比，它个大、体长。入海的许多河中，则有"鲑鳟"，形状、花斑等，各自有别，盖如我们在某些地区见过的羊，形体、个头、毛之优劣，亦有参差。有的牧地产大羊，与此同理，也有河流，因河道之故，产大个子鳟。

复有一事你要记住：和别的鱼比，鳟长得快，而寿命，自不敌鲈鱼和许多别的鱼。在《生死史》（History of Life and Death）中，培根爵士[2]对此有记述。

你尚须记住的另一桩事，是鳟不同于鳄。鳄的寿命纵然不长，可它一直长个子，至死而后已；鳟则不然，一旦长足了身体，则至死只见头长，不见体增，日趋于委顿，个头亦为之减。你要知道，在产卵的季节，尤其在产卵前，它逆着水流，穿鱼梁，过闸门，犹如神助，纵有湍流、高坝亦不能止，令人瞠目。鳟鱼产卵，通常在十月或十一月，有时因河的不同，而互有早晚。这一点很值得注意，因为别的鱼产卵，多于春、夏两季，当此时，阳光煦照，暖遍了地与河，正是繁殖的好节气。你还要记住，鳟之不当时令，日子很久，可达数月，这一点，颇像雄鹿与公牛，在许多个月里，它们总是长不起膘来，即使和马进同一块牧场，一个月下来，马肥了膘，它们则不。

---

[1] 英国北部一郡，靠近苏格兰。
[2] 即著名的弗朗西斯·培根，《培根论说文集》的作者，他是当时最著名的哲学家。

因此，就恢复体力、长肥、入时而言，鳟不如别的鱼快。

若非太阳高照，地转热，水转暖，鳟是脱不了邋遢相的，它恹如病夫，瘦如芦柴，谁见了谁败兴。冬天，鳟身上多有"鳟虮子"，这是种寄生的虫，状如苜蓿或大头针，附于鳟身，吸它的体液，故冬季的鳟，头大，身小，瘦怯怯的，不餍人意。这虮子，我看是鳟自家长的，非等来年天暖，把它们甩掉，它才能长肥。天暖后，鳟的身体变得强壮起来，于是出止水，入急流，掠过石滩，一荡，一磨，虮子便落下身去了。此后，它的身体变得更强，故游入飞湍里，浮在水面上，静候着飞虫或游上前的小鱼。鳟最爱的是五月蝇，它由鳕蛹[1]变来。一见它，鳟便失了把持，胆大，劲头足，泼剌剌的。五月末的鳟，肥腴而味美，其他月份的鳟鱼，是难望其项背的。

听人说，最好的鳟，不是红的，就是黄的。但也有色白而味美者，如"福底至鳟"便是，唯不常见。有一点要记住：比起雄鳟，雌鳟的头小、身长，味道也略胜一筹。请记住，无论是鳟还是鲑，或任何鱼，头小、背如猪脊[2]者，都是入时的标志。

柳树与棕榈，吐蕾开花有早于其他者，同样，因河之不同，鳟的入时，也有较他者为早的。反之，有的冬青和栎树，展叶较晚，而入时的天数较他者为长的鳟，自亦有之。这一点你记住了。

---

[1] 即青蝇的蛹。

[2] 典型的猪脊背，是从脖子处渐渐隆起，直到背的中部，复由此慢慢降至尾部，侧腹则紧紧往里收。

要知道，鳟有好多种，但人们不知区别，只有少数人曾留意于它，这很像鸽子。在多数地方，鸽子有家鸽、野鸽之分；家鸽里，又有"钢盔头"（hermit）[1]、"小侏儒"（runt）、"信鸽"、"刈草人"（croper）等，名目之多，指不胜屈。以蜘蛛而言，据皇家学会新出版的资料，有三十三种，但它们通名"蜘蛛"[2]。许多鱼也如此[3]，尤其是鳟，虽大小、形状、产地和颜色有别。如肯特郡的雌鳟，就比别处的大。当然，小鳟也是有的，它自来长不大，唯子息之多，超过了大个子鳟。这一点要相信，岂不见鹌鹑与花雀，一窝下来，就有二十羽之谱，然以鹰之贵、画眉之善歌，一次产卵，却超不过四五头。

闲言少叙吧，还是试试我的手艺，钓他一尾来。等黄昏或明天走路时，我再教你如何钓它。

温：师傅啊，我现在可明白，钓鳟，比钓雪鲦要难多了。瞧我这么大耐心，跟了您俩小时，居然不见鱼动，来吃您的小鱼和虫子。

劈：徒弟啊，比这背兴的事，你还没见呢，但你得忍着，

---

[1] 头羽的颜色不同于身体的颜色者，名"钢盔头"。

[2] 英国皇家学会（The Royal Society）创建于 1660 年，几乎与沃尔顿写这本书同时。此处所引的，是 1671 年皇家学会发表的李斯特（Martin Lister）博士所见英国蜘蛛录。

[3] 在我国也如此，如鲤鱼，据《广雅》：鲤鱼有青鲤、黑鲤、白鲤、赤鲤、黄鲤之分；并说兖州人称赤鲤为赤骥、黑鲤为玄驹、青鲤为青马、白鲤为白骐、黄鲤为黄雉，名字甚别致。

要不就当不了好钓手。你刚才怎么说?快瞧!那不是一头鳟吗?还蛮不错哩!我要钓上它,两三圈就能把它转晕。瞧它,浮住了。看我的拿手好戏吧。给我拿抄网!哈!归我了!怎么样,徒弟,我的辛苦,你的耐心,是不是值得?

温:那还用说吗,师傅?这鳟可真棒,咱怎么打发它?

劈:自然是晚饭吃掉啦。咱们且回我的老板娘那儿,出门前她对我说,我兄弟彼得捎话来,说晚上在她那儿歇,还带一位朋友。彼得人风趣,钓鱼是好手,相处是良伴。店里有两张床,你我拣最好的睡。晚上,咱和彼得、他朋友饮几杯,说故事,唱小曲,做无害的游戏取乐,不谩神,不伤人,以消此良夜,你看如何?

温:师傅的话,正合我意。咱这就去。想那店里,麻布床单雪白,薰衣草香气馥馥,我恨不得立刻就扯一条钻进去。快走,师傅,钓了半天鱼,我也饿了。

劈:别急,好徒弟,再等会儿。上一尾鳟,我是用虫子钓的,我挂一尾小鱼,去远处那棵树下,再碰碰运气,就一刻钟,然后咱们去客店。瞧那边,这钩扔下去,鱼要不马上来咬,就算我白说。哈,怎么样,钓着了吧!嘿哟,是一头"呆鲦子"[1],还这么大。你取柳条来把它穿上。咱们走吧,只是得绕点道,去远处的忍冬篱笆,坐那儿去唱个小曲,躲一躲这阵雨。瞧这雨,真是润物无声啊。点缀草地的花,受到这雨露,不免要香馥馥了。

---

[1] 雪鲦中头大而与身体不成比例者。

瞧那阔阴的榉树，我上回取这一条路钓鱼，曾在树荫里歇过。左近的小树林，鸟鸣喈喈，似以友善的心，与回声相竞。那鸟声，渐行渐渺，至樱草山的悬崖，遇一棵中空的树，又嘤嘤然，訇訇然，如死人之还阳。我坐那里，但见小溪里，白水如银，静滑而下，朝宗于暴怒的海。时有卵石、嶙峋的树根，阻水流，碎白波，便有泛溪的浮沫。有时，则见温驯的羔羊，不猜，不忌，佻挞于凉阴里，嬉耍在艳阳下；或偎着"咩咩"的母羊，在她涨大的奶子旁，寻温存，施娇态。美景当前，我心神为之大畅，少不了如诗人说的：

> 我的心出离于尘表，
> 这快乐，不是我命中该得。

当我离开这儿，走进另一片地，则如锦宴重张，别有乐事在眼前：只见一个俊俏的挤奶女，年方豆蔻，尚无世故之心，故异于红尘中人。她心地清明，不无谓地恐惧，无心累，无牵挂，像夜莺一样唱着歌。她声音美，曲子也甜，和嗓音般配。这歌词，是五十年前吉特·马洛[1]所制，不黏，不涩，滑畅如

---

[1] 吉特·马洛（Kit Marlowe），即克里斯托弗·马洛（Christopher Marlowe），伊丽莎白时代的著名诗人、戏剧家，他使用无韵体的诗写戏剧，为莎士比亚的创作铺平了道路。沃尔顿笔下的挤奶姑娘所唱的马洛的诗，其第1、第2、第3和第5节，最早见于他的《多情的香客》，其第4、第7节，见于他的《英国的赫利孔山》。其第6节则是沃尔顿自家的。

莺语。挤奶姑娘的母亲，也唱着歌，与之相应答，曲子的词，是沃特·劳莱爵士[1]年轻时写的。诗是老派的，但雅隽可喜，不是这乱世风行的野调可比的。瞧啊，说谁谁到，看远处，她们又在那儿挤奶了。我送这尾雪鲦给她，劝她们再唱那两首歌给我们听。

二位娘子，上帝祝福你们。我在此钓了半天鱼，就去"银鲤"客店（Bleak Hall）[2]过夜了。今天鱼打得多，朋友和我吃不完，我又不卖鱼，故送一尾给您和您的女儿。

挤奶妇：您心眼儿真好，先生，上帝会报答您。我们会痛快地把它吃掉。过俩月，您要是来这里钓鱼，我就榨点新鲜的酸果汁，混着牛奶送您喝，也算回报您的鱼吧。我闺女莫德琳（Maudlin），将唱一首最好听的小曲子给您，我们俩都喜欢你们钓鱼的，人安详、敦厚。您要不要来点牛奶喝？要喝就请便吧。

劈：不啦，谢谢。只是别有一事求您，在您和您女儿，不需要破费，我和我朋友却要感恩的，还望您赏脸。就是请您女儿为我们唱首歌，八九天前我过这草场时她唱的那首。

挤奶妇：哪首呀？是《牧羊人，盖上你的羊群》（Come,

---

[1] 沃特·劳莱爵士（Sir Walter Raleigh），英国贵族、冒险家、作家，伊丽莎白女王的宠臣，后因叛国罪被处死。他是伊丽莎白时代最具代表性的诗人之一，诗风柔甜，颇具田园风味。

[2] 距埃蒙特镇约一英里处的一座乡村小店，位于李水边上。

Shepherds, Deck Your Herds）[1]？《午休的杜齐纳》（As at Noon Dulcina Rested）[2]？《菲利达瞧不起我》（Phillida Flouts Me）[3]？《契维猎歌》（Chevy Chace）[4]？《琼尼·阿姆斯庄》（Johnny Armstrong）[5]？还是《特洛伊城》（Troy Town）[6]呢？

劈：都不是。是您女儿唱、您和的那首。

挤奶妇：哦，那首呀！我学唱这歌的第一部时，还是黄花姑娘，像我这傻闺女这么大。过了两三载，经事多了，有了心累，才学会下半部，可要说唱得贴切，还是我现在这个年纪。你们既然想听，我们娘俩就好好唱给你们听，我们可喜欢钓鱼的啦。来，丫头，你唱第一部给两位先生，唱喜兴点。你唱完了，我唱第二部。

---

[1] 一首老歌谣。

[2] 17世纪初的一首歌谣；收入18世纪托玛斯·坡西（Thomas Percy）编纂的《英国古逸诗辑存》（Reliques of Ancient English Poetry）。

[3] 一首古歌谣，收入18世纪李特森（Joseph Ritson）的《古谣曲》（Ancient Songs and Ballads）。

[4] 《契维猎歌》是英国最著名的长篇古谣，它描写的是14世纪诺森伯兰的坡西家族和道格拉斯家族为土地而发生的争斗。但沃尔顿这里说的，是詹姆斯一世时期所改编的这一歌谣的"现代本"，收入坡西的《英国古逸诗辑存》，亦收入柴尔德（Francis Child）的《英格兰苏格兰俗谣集》（English and Scottish Ballads）。

[5] 见柴尔德的《英格兰苏格兰俗谣集》。

[6] 16世纪的一首歌谣，收入《英国古逸诗辑存》。

084 ·

挤奶女的歌

来跟我过吧,做我的情人,
我们将尽情地享用
峡谷、高山、丘阜、树林
和田野间的乐事与奇珍。

我们将坐在岩石上,
看牧人放我们的羊群,
清浅的河水淙淙下,
夜莺相伴,好韵成音。

我为你铺玫瑰的床,
我为你编鲜花的冠,
我为你织一袭花裙子,
饰以桃金娘的绿叶子。

睡衣取最好的毛,
剪自我们最好的羊身上,
拖鞋加最好的衬,
纽以纯金的鞋扣子。

芳草、花藤为衣带,
纽以珊瑚与琥珀。
你若因此而心动,

就来跟我一起过。

美酒金樽,价值万钱,
象牙桌子,珍馐玉盘,
我们天天如此,
过得像神仙。

牧童将为你歌舞,
每逢五月的良辰;
你若为此而心动,
来跟我过吧,做我的情人。

温:真是天籁之音啊,师傅!这莫姑娘唱得也甜极了。看来,我们善良的女王伊丽莎白想当五月的挤奶女,真不是没原因的[1]。不操心,不劳虑,没有恐惧乱心神,白天唱得甜,晚上

---

[1] 玛丽女王在位时,她同父异母的妹妹,即后来的伊丽莎白女王一世,被囚禁于牛津郡的伍德斯托克王家庄园,景况颇恶,"有一次,她在伍德斯托克,听见从她的花园里,传来一个挤奶姑娘的快乐歌声,她感慨道,这挤奶女的景况比她好,生活比她的容易,她真恨不得自己是那个挤奶姑娘"[霍林谢德的《英国编年史》(Raphael Holinshed, *Holinshed's Chronicles*: *The Historie of England*, Book Ⅳ)]。商务印书馆出版有尼尔(J.E.Neale)的名著《女王伊丽莎白一世传》(聂文杞译),对伊丽莎白的这一遭遇记述颇详,有兴趣的读者可参看。

睡得香。这敦厚、天真、俏丽的莫姑娘，不正是这样？我愿把奥佛伯里爵士笔下[1]的挤奶女所发的誓愿，移送给莫姑娘："愿她香消玉殒在春天，簇簇的花团，插遍她的灵床。"

挤奶妇的歌

世界和爱情，若青春少艾，
每一个牧人，言出乎本心，
这些乐事，自能打动我，
我会跟你过的，做你的情人。

可田野的羊群，被时间赶入了羊圈，
岩石已变凉，河水凶蛮，
夜莺啊！歌声已喑哑，

---

[1] 奥佛伯里爵士（Sir Thomas Overbury），詹姆斯一世的佞臣罗伯特·卡尔（后晋封为"萨姆塞特伯爵"，关于此人，可参看《邓约翰传》中的相关脚注）的朋友、幕僚。他因反对罗伯特·卡尔与埃塞克斯伯爵夫人弗朗西丝·霍华德（Frances Howard）的婚姻，被关进伦敦塔，后被毒死。他也是当时的文人，"性格特写"（Character-writing）的大手笔，沃尔顿所引的这句话，出自他的性格特写集中的《美丽、幸福的挤奶姑娘》（*A Faire and Happy Milkmaid*）一文的结尾。关于"性格特写"、奥佛伯里和他的这篇文字，有兴趣的读者可参看已故杨周翰先生《十七世纪英国文学》中的"性格特写"一章，北京大学出版社出版。

未来只有俗世的愁烦。

花已枯,沃野荒芜,
严冬的寒气四布,
如蜜的嘴,殷勤的心,
在春是乐事,在秋是愁苦。

你的衣,你的鞋,你的花裙子,
你的玫瑰床,你的鲜花冠,
很快就枯萎,被遗忘,
愚蠢中成熟,收获时腐烂。

你芳草、花藤的衣带,
你珊瑚的纽扣,你琥珀的饰针,
绝不能打动我,
跟你一起过,做你的情人。

别奢谈美食,
妄言神仙,
上帝祝福的才好,
才是美餐。

但青春若长驻,爱情还有果实,
快乐无尽期,无衰老,无穷困,

> 这些乐事，自会打动我的心，
> 我就跟你过，做你的情人。

挤奶妇：好了，我的歌唱完了。稍等等吧，两位钓鱼的好先生，我叫莫德琳唱支短曲子给你们听。莫德琳！把昨儿晚唱的歌再唱一遍，就是那牧羊小子考利敦拿牧笛为你和表妹比蒂伴奏的那首。

莫德琳：好的，妈妈。

> 我新娶个婆娘，
> 可真是倒霉，
> 我娶她，
> 全是少年情狂，
> 哪想过田舍稻粱？
>
> 可青春易逝，
> 红颜易衰，
> 如今她面貌全改。
> 倒不如
> 踏雪履霜
> 手提木桶的挤奶姑娘。

劈：唱得真好，姑娘，谢谢你。过两天，我再拿一尾鱼来，换你娘俩的歌听。走吧,徒弟,别缠莫姑娘了[1],这么下去,她嗓子要坏的。看那边,老板娘叫我们吃饭了。喂!我兄弟彼得来了吗?

老板娘: 来了,还跟着个朋友。听说您在这儿,他们很高兴,正急着见您。俩人很饿,想快点开饭呢!

---

[1]《钓客清话》的编辑者们大都说,揣测文意,温大概是想"奖"莫姑娘一个吻。

第五章
说鳟鱼

劈、彼得、温和考利敦

第三天（续）

劈：幸会，彼得兄。听说您和朋友今晚在这里落宿，我就带朋友赶来，也想歇在这店里。我这朋友有心做个钓友，可今天他刚入手。蚱蜢点水钓雪鲦的办法我已教过他，他出手不凡，钓的雪鲦活灵灵的，有十九英寸。不过，彼得兄，您的伴儿，又是何如人也？

彼得：乡下人，劈兄，叫考利敦，人厚道，也风趣得很，他来会我，是想松松心，吃一尾鳟鱼，可打我们会面来，我线都没湿。只待我明天起个早，钓鳟鱼给他办早餐了。

劈：用不着，兄弟，何必等么久？瞧这儿，要不是大肚汉，这鳟鱼够六个人吃的！

来呀，老板娘，马上把它做了。店里有什么好肉，切一盘上来，你那上好的麦酒也端来！彼得兄，这麦酒是佳酿，是我们祖先的甘棠遗爱呀，美酒延年，所以他们寿命长，行的善事多。

彼得：这话没错，兄弟。吆，这鳟可正当时！来吧，我敬您和天底下的钓友一杯，聊表我的谢意，也祝这新入伙的兄弟明天手气好。我愿送他一支竿子，其他的渔具，您可愿送他？咱们得把他装备起来，像个钓徒才成。我给他打打气，告诉他，他运气真好，能有幸拜在您的门下。通鱼性、懂鱼道、捉鱼、烹鱼，从小鲫，到大鲑，样样教得来，这样的师傅，我真没见过，他挑灯笼难找哇！

劈：还别说，兄弟，我这徒弟，我看还真投我脾气，人爽快、乐观，难得的好性情，我的看家本事也不留了，一股脑都传给他！别不信，徒弟，这是当真的。来，我真心敬你一杯，也敬所有爱我们、爱钓术的人。

温：我的好师傅，您撒下的种子，绝不会落在荒地上。我会加倍回报您的厚望。日后，我要对您恭顺、感恩，尽我的力服侍您。

劈：这就够了，贤徒！咱们吃饭。来呀，考利敦朋友，吃鳟鱼，瞧这颜色多正！刚钓出来时，它有二十二英寸，肚子和有些身段黄灿灿，赛过了万寿菊，又有的身段白花花，不让百合花。但依我看，论色美，还得说是浸在这上好的酱油里。

考利敦：没错，老兄，色美，味道也正，我谢您了。喂，彼得兄，您该谢人家，免得落不是。

彼得：那还用说，我们都感激您，劈兄。吃完饭，我叫我朋友考利敦唱一曲，聊表谢意如何？

考利敦：唱是可以，但别人也得唱，否则我就不唱。我不是卖艺的，只以歌会友，不拿歌换饭吃。所谓：

> 大伙展喉
> 满堂皆欢 [1]

劈：我答应您唱一首，是威廉·巴塞先生[2]应我之请，在近日写的。这位先生，正是《飞奔的猎人》(Hunter in his Career)、《狂人汤姆》(Tom of Bedlam)和许多雅歌的作者。我要唱的，是一首颂垂钓的歌。

考利敦：那我就唱一支说田园生活好的。别人呢？

彼得：我也来一支唱垂钓的。只是咱明天一起钓鱼、一起吃饭，晚上既不分手，待我明儿晚唱如何？到后天，咱们再舍了钓竿，各忙各的正事去？

温：好！大伙儿求歌，有礼、有趣既如乞丐，那明儿晚我也献上一曲，狗尾续貂，聊助各位的清兴吧。

劈：这不成了？来吧，各位，咱先祷告，然后就着炉火饮他一杯，润润喉，再把烦心事唱个精光。谁先来，各位？抓个阄吧，省得你推我让的。

彼得：有道理。哈！考利敦中阄了！

---

[1] 英国谚语，收入《牛津英国谚语典》(The Oxford Dictionary of English Proverbs)。

[2] 威廉·巴塞（William Basse），英国17世纪诗人，生前出版有诗集三部。下面劈唱的歌即是他的作品。

考利敦：那我就先来，我不惯于推让。

考利敦的歌 [1]

做个农夫真是好，

心里美，乐陶陶。

里哏棱，

棱哏里，

心清神自静，

意远天自遥，

万虑不相侵，

何处惹烦恼。

宫廷里多谄媚，

做人真受罪，

里哏棱，

棱哏里，

城市里多浮华，

车马自轻肥。

万虑不相侵，

何处惹烦恼。

---

[1] 这首歌是约翰·超克希尔写的，他是沃尔顿的第二任妻子安妮·肯的舅舅。他的作品，即由沃尔顿出版。

忠厚的乡下人，
言必出己心，
里哏棱，
棱哏里，
骄傲为庄稼、
自己的车和马。
万虑不相侵，
何处惹烦恼。

媳妇穿粗布
咱穿老羊皮，
里哏棱，
棱哏里，
不花哨，可暖和，
活他个古来稀。
万虑不相侵，
何处惹烦恼。

耕地卖力气，
过不上安息日，
里哏棱，
棱哏里，
可日子过得美，
快乐赛皇帝。

万虑不相侵,
何处惹烦恼。

上天降甘雨,
泽我新稼苗,
里哏棱,
棱哏里,
大地起凉荫,
消我身疲劳。
万虑不相侵,
何处惹烦恼。

夜莺与布谷,
"咕咕"复"间关"
里哏棱,
棱哏里,
歌声何清越,
熙熙迎春天。
万虑不相侵,
何处惹烦恼。

乐莫乐兮做农夫,
农夫之所乐兮,
不一而足。

里哏棱,

棱哏里,

自居与农夫有同乐者,

是诳世之徒。

来吧,跟我一起

做个农夫。

劈:好,考利敦!唱得有神气,真不枉此良宵啊!就凭这歌,我会记住你、喜欢你的。你要是钓友该多好?要知道,一个好性情的伙伴,说话不骂人、不下流,真比金子还贵。一夜作乐,早晨醒过来,朋友们相见不羞臊,不胜酒力者,也不因酒后的言行,觉得酒钱花得冤枉,这样的娱乐,我喜欢!尽兴不在钱多,在时候,在伴儿好,所谓"佳侣成欢宴,何用钱刀为"。您就称得上这样的佳侣,我谢谢您。

然口惠不顶实惠,欠债得还钱,故我还是唱我的歌吧,但愿能入各位的耳。

劈的歌

内心有爱,谈吐自佳。

有人吹鹰,有人夸狗,

还有人,取乐于秘室,

追情妇,玩网球。

但这些乐子,

我不嫉,不求;

我只钓鱼，自在，优游。

打猎者，赴险凭陵，
放鹰的，远途跋涉，
比赛必有失败的人，
追女人，难免于
丘比特的网罗。
可这些烦恼轮不到我。

没有哪样娱乐，
比垂钓松心，
其他的消遣，
劳力亦乱神，
我的活，手就能对付，
边垂钓，边用心于学问。

我钓鱼不去大海，
我最爱清浅的河。
我默忖平静的水，
我效法它，用之于生活。
我愿行不逾礼之大防，
我垂泣，因以往的过错。

我候之再三，见胆怯的鳟

扑饵、将之吞掉,
我每感慨于贪心之盛,
竟殒命于这蜗头蝇角;
无鱼咬钩,我盛夸鱼的智慧,
从不为虚妄的饵,营营扰扰。

垂钓时,我粗茶淡饭,
却用钓起的鱼,大摆盛宴,
垂钓虽乐,总不如
座中客长满;
比起鱼吃饵,
我更爱客赴宴。

取战利,总不如
享受战利使人满意;
主也乐于让他的渔人
得人如得鱼;
其他的游戏,都不能使人
既垂钓,又称颂他的名字。

渔民是最早的
我主选来的门徒,
鱼是最后的
我主在尘世的食物。

> 所以我要效法他们，
> 步其踵武。

考利敦：唱得好，兄弟，您简直是拿金币偿债。我们钓手们，都感激写这歌的好人呐。来，老板娘，添酒，咱们为他干一杯。大伙儿该上床了吧，明天还得早起。不过上床前，咱们先把账摊了，免得明天又耽搁，我想日出前动身呢。

彼得：有道理。来，考利敦，你和我睡一张床。您呢，兄弟，想必跟徒弟睡一起了？只是咱明儿晚在哪儿碰头？我和考利敦走上水，去威尔镇（Ware）方向。

劈：我们走下水，去沃潭镇（Waltham）。

考利敦：那就在沃潭见吧。那儿床单干净，干草的香气浓，饭也好，招待周到，过了这村，可就没这店了。

彼得：那就说定了。祝各位晚安。

劈：晚安！

温：晚安！

第四天

劈：早安，老板娘。我见我兄弟彼得还在床上。请给我和徒弟弄份喝的和一点早餐的肉来。快午饭时，务必备一两盘子肉呀，我们回来肯定像饿狼的。来，徒弟，咱们上路。

温：遵命，师傅。您可答应教我钓鳟鱼的，此去河边，您路上给我讲讲？

劈：我的好徒弟，你提的正是时候。

钓鳟鱼，通常用蛆、鲣（有人称之为"鲦"）和真飞虫或假飞虫，这三者，我分别说给你，指点你。

先讲蛆。蛆有多种，有的只产在土里，如蚯蚓；有的产于草木或草木之间，如奶头虫（Dugworm）；还有的则产于粪便或动物身上，如牛或鹿的角中；另有产于腐肉者，如酪蝇蛆、软蛆等。

这些蛆，就某些鱼讲，大多是佳饵。可说到鳟鱼，要以"露水蛆"（Dew-worm）和"红纹蚯蚓"为佳。前者，有人名之为"沙蠋"的，宜钓大个的鳟，后者则宜小不宜大。有一种沙蠋，绰号"松鼠尾"（Squirrel-tail），赤头，阔尾，有斑纹贯背，人称最好的饵，因它最耐活，最有生气，水里的命最长。要知道，死蛆是死饵，比起鲜活活的蛆，它什么都钓不上。"红纹蚯蚓"可见于老粪堆，或与之毗邻的腐地，但牛或猪的粪里最常见，马粪则否，因过热、过干，不适于蛆长。皮匠鞣完革，多把皮子聚成堆,其中的"红纹蚯蚓"最适宜钓鳟鱼。

蛆品种尚多,因产地之别,而颜色、形状不同。如沼泽蛆(Marsh-worm)、食客虫(Tag-tail)、毛毛尾(Flag-worm)、码头蛆(Dock-worm)、栎树蛆(Ock-worm)、镀金尾(Gilt-tail)、沙蠋(它是钓鲑鱼的上好饵)等,数目之多,不胜指屈,盖如地上的草木、空中之鸟,故我不再多举了,然不论何种蛆,拿来钓鱼,要以干净为妙,故使用前,须养它一阵子。未雨不先绸缪,尚有个急就章:在水里放一整夜。倘系沙蠋,则与茴香一道装进口袋。但"红纹蚯蚓"在水里,不得超过一小时,便放进茴香,以备急用。若时间充裕,有心多养它几天,最好放入瓦罐里,多加苔藓进去,在夏季,每三四天换一次新的,冬季,则以一周或八天为间。倘做不到,至少要取出苔藓,洗干净,拿手撮干,再放回罐子里。蛆,尤其是"红纹蚯蚓",若生病,个子见小,辄应使它康复,办法是:取牛奶或奶酪,约一天一匙,滴在苔藓上。奶酪里捣进熟蛋一枚,能让蛆肥,活得久。你记住,"红纹蚯蚓"身体的中间有肉结,若发肿,就是病兆了,要小心看觑,否则会死的。说起苔藓,则种类亦颇多,我虽能一一为你道出,却汗漫无益,不如告诉你最好的一种,即样子像雄鹿角的。唯这种苔藓难得一见,荒地里,时有苔藓如鹿角却白而软者,但非上品。旱季觅蛆,人多穷极而无策,倘水里榨入胡桃叶子或撒进盐,使之发苦、变咸,泼在蛆晚上露头的土里,它会立即出现在地面上。有人说,把樟脑、苔藓和蛆同放入袋子,能使蛆的味更浓,好诱得鱼来。这在鱼是祸机,对你则是福源了。

现在，我教你怎样用钩穿饵蛆，才能在"跑线"[1]钓鳟鱼时，少麻烦，且不至老丢钩。所谓"跑线"、是指贴地用手钓的办法。我尽量说明白，以免你搞错。

以大沙蠋为例。在蛆身之中间偏上处，穿进钩，复从偏下处穿出来。然后，将蛆拉至倒钩上，注意：钩之入处，务须在蛆的尾端，不可在头端，如此，钩尖便可在近头端处出来。将蛆拉至倒钩上以后，复将钩尖穿入蛆头，其出口，宜靠近钩尖第一次穿出的地方，再把倒钩上的那一段蛆往回拉，这样就可以钓了。只需要费两三头蛆，你就能掌握我教你的这些。一旦你掌握，会感到这法子很管用，因此念我的好，因为在地上跑，你再也没有绞线的麻烦。

再说鲰或小鲦。鲰在河里露面，得到三、四月份，这以前，则颇不易得。它性不耐冷，故冬季蛰伏在近河的沟，隐于泥或水草中，因沟里的水草不易烂，可藏身，可保暖，不比流水的河。若冬季在河里，则终风且暴，水流汤汤，不由它消停，裹挟着它，一头扎到磨坊里、鱼坝上，少不得送命。说起鲰，你要记住：首先，最大的不是最好的；其次，中等个、色最白的，那才是好鲰；复次，鲰穿上钩，逆着水拖，务须在水里扭动，且要扭得欢，故须大钩穿之。其法为：钩由嘴入，由鳃出；从鳃拉出两三英寸，复穿入嘴，尖和倒钩由尾部出；取白线一根，捆住钩和鲰的尾，捆得要巧，鲰在水中方扭得欢；这之

---

[1] 一种钓鱼的方法，所以有此称，是线贴着地拖，故须用结实的丝线。

后,将第二次穿鳅时松垮的钓线拉直,用它捆住头,这样,钩上的鱼就大体绷直了;这之后,横流或逆流拖它,看它是否扭得欢。如果不欢,就稍扳一下尾巴,往左,或往右,然后再试,直到它扭得欢起来。不这样,却想钓起鱼,只怕是玄了。可也别奢望它转得太欢。你记住,万一没有鳅,则小泥鳅、棘鱼和其他的小鱼,只要扭得活泼,都可以使用。还有,你若想放在手边三四天(或更长的时间),以便随时取用,则可用盐腌一腌它们。诸盐中,粗盐最好。

复有一事告诉你,这一点老钓徒们最清楚,即有时候,有的水里,鳅是没有的,因此我用假鳅(我一会儿给你看)钓。假鳅钓鳟鱼,和假飞虫一样好。我用的假鳅是一位俏妇人比照活鳅绣的,她的手真巧。鳅模子或身子,用的是布,布上再用针绣;背部是老绿的法国丝,近腹处是葱绿色,色之转化,天衣无缝,宛如真的;肚子也用针绣,部分用白丝,另一部分,则用银线;尾和鳍是翎羽做的,削得细而薄;鳅的眼,是两粒黑色的小珠子;头的颜色,过渡亦巧妙。通体看起来,真是参造化,夺天工,宛如天然,骗得过急水中鳟的利眼。我这就拿给你看。你瞧,在这儿,你要喜欢,就借你用,让人比着做两三只。拿它去钓鱼,好带,也好用。要知道,大个的鳟扑鳅鱼,那一股猛劲儿,活像雄鹰攫松鸡,猎狗抓兔子。我听人说,有一只鳟的肚子里,曾找见一百六十尾鳅鱼,要不是鳟鱼吞了这许多,就是那送我朋友鱼的磨坊主逮住它后,把它们生塞进了鳟喉咙。

下面说飞虫,这是鳟鱼爱吞的第三种饵。你知道,飞虫的种类，多如果子，我略举其中的几种，即暗褐蝇（Dun-fly）、绩翅虫（Stone-fly）、红蝇（Red-fly）、沼飞虫（Moor-fly）、茶色蝇（Tawny-fly）、壳飞虫（Shell-fly）、暗云虫（Cloudy or Blackish fly）、旗蝇（Flag-fly）和葡萄蝇（Vive-fly）等；另有尺蠖蝇（Canker-fly）、狗熊蝇（Bear-fly），还有飞虫的蛹，如毛毛虫等，太多了，我数不尽，你也记不清。它们的生长，也是千差万别，出乎人的想象，讲起来我自己糊涂，你也心烦。但我还是得试验一下你许诺的耐性，稍说一说毛虫，或香客虫[1]。

你一定纳闷，天底下有这么多飞虫、蛆和小的生物，被夏日用来装饰河岸、草地，无论休心还是用心，钓手们都可取以为资粮（这快乐，我自以为享受到的比行外的人多），何以在谈话里单要说它，莫非它得天之厚待？

普林尼[2]说，许多飞虫，生自春天树叶上的露水，也有生于草或花的残露者，又有虫豸，则生于油菜或卷心菜上的残露。变稠、凝结的露水，因阳光的好生之德，三天里，可孵出生物，形状与颜色，各自不同：有的糙而硬，有的滑而软；有的生角于头，有的生角于尾，有的没角；或十六足，或少些，或没有。但无足之虫，如托泼塞用心观察的，在地或阔叶上蠕

---

[1] 数种有迁移习性的毛毛虫之总名。所以称它们"香客虫"，是它们迁移时，总是衔一枝棕榈，像去巴勒斯坦进香归来的朝圣者。

[2] 见普林尼《自然史》第11卷。托泼塞在他的《毒蛇志》里，曾经引用过普林尼的说法，但不同意毛虫是露水化成的。

动，身姿与海浪几无不同[1]。又据他说，虫豸里，有从别的毛虫的卵里产出的，时机一到，它们就变成蝴蝶，到来年，这蝴蝶的卵又将产下毛虫。还有人说，凡是树，都有一己的飞虫和毛虫，它们为树生，为树养。我亲眼见过一头绿毛虫[2]，或叫蛆的，大如豆荚，有十四条腿，八条在肚子，四条在脖子，另两条，靠近尾巴。它是在一丛女贞篱笆上被找见的，人把它取下，放进一口大盒子，采两枝女贞给它，它唧唧地嚼，像狗啃骨头。这样活了五六天，日见其肥，颜色变了两三次，却因喂养者大意死掉了，未变成飞虫。假如活着，它一定变得成飞虫，这种虫，有人称之为"掠食蛾"[3]。夏季在河边散步者，能见到它抓住较小的飞虫，依我看，是拿它们当饭吃。天下既有大飞虫，靠着掠食为生，神自要造出小的，以专供它吃，唯小虫子是怎么来的，我并不知道。有人说，据天意，其寿命本不足一小时，遇有飞虫或事故，就愈发得短了。

关于蛆和飞虫，聪明的博物者们多有记述，我不能尽举，但阿尔德罗凡杜斯[4]、我国的托泼塞和别人说毛虫或香客虫的

---

[1] 见托泼塞《毒蛇志》。

[2] 生于女贞树上的天蛾之幼虫，它并不如沃尔顿在下文说的，将化成"掠食蛾"。

[3] 即蜻蜓。

[4] 阿尔德罗凡杜斯（Ulysses Aldrovandus），意大利著名自然学家，他的《自然志》有十三卷之多，沃尔顿所引的，出自其中的《昆虫志》(On Insects)。

话，却不可不听：别的虫子，安于吃特定的草或叶子，赋它们生命、形体的叶子，也是它们的食物、营养来源和栖身的家。但别有虫子名"香客"，却浪游为生，吃的食很杂。它不耐一隅之安，居无定所，不以一草一花为粮，食无准味，一生仆仆于道路，上下飘荡，无所惧，亦无所安，不以身家为意，不安于一饮一啄。

毛虫的颜色，亦如人所云，真是"洵美且异"。我且说其中的一种，作为鼎之一脔给你尝。下个月有时间，我再把这种靠柳树为生的虫子指给你，到时你会觉得，它与我的描述，可谓缁铢两较：它的唇、嘴微黄，眼黑如煤玉，额头呈紫色，脚与后半身子是绿色的；尾出两歧，黑得像墨；红章由颈、肩迤逦而下，贯于全身，成一圣安德烈的十字架[1]，又如X，复有黑纹贯背部，至于尾，一身之风姿，愈加绰约。据我的所见，每年到一定季节，这毛虫便不再进食，近冬季，又拿一种名叫"奥莱丽娅"（aurelia）[2] 的怪壳子做房庐，如停尸一般，一冬不进食。来年的春季，别的虫子变飞虫，变害虫；它天生的丽质，一变而成花蝴蝶。

你看看，徒弟，这河挡了道，今儿早的散步和我的话，都就此打住吧。咱去那冬忍冬篱笆底下坐一坐，我也好找根线，配我兄弟彼得借你的竿子。我诵一篇杜·巴塔斯的诗吧，也算给

---

[1]　西方基督教中的十字架，形状有 20 多种（如纳粹的"万字形"，即其中之一）。圣安德烈的十字架，形状则如下文说的，"如 X"。

[2]　即蝶蛹茧。

我刚才的话添佐证。

> 上帝不欲把生生之德
> 赐给每一个物种,
> 许多生物,因他的智慧
> 诞之于无生命的造物,
> 却无需爱神之功。

> 如潮气之产蝾螈,
> 需上百个冬天,
> 它触火即灭,
> 不管多旺的火焰。

> 又如炉中的火,
> 诞育生火翼的蛾,
> 火能摧毁万物,
> 它却失火即死,得火即乐,
> 又如牧夫座下,那冰封的岛上,
> 有小鹅产自于树,
> 它多实的叶子,落入水中,
> 不久即变成小小的鹅雏。

> 再如朽烂的船板生黑雁。
> 变形之种种,真可谓奇妙:

> 先是翠绿的树，后是壮丽的船，
> 再后是蘑菇，最后是飞翔的鸟。

温：师傅，今儿早这一路，走得可真愉快，我也长足了见识。不过，您什么时候教我做鳟鱼最喜欢的假飞虫，以及它们的用法？

劈：徒弟啊，现在是过五点钟，咱们钓到九点吃早饭。你去那边榉树下，把这瓶喝的藏在空树根里。到时候，咱们去树底下，弄片牛排，从我包里，摸几根红萝卜出来，美美地吃一顿。我敢说，这早饭是又疗饥，又壮身子。那时候，我再教你怎么做、怎么用假飞虫。行了，这是你的线和竿子，我怎么钓，你就跟着学，看谁先钓上鱼来！

温：谢了，师傅。我尽量照您的指点做。

劈：快看，徒弟！我钓住了一头好的，看来是鳟鱼。快拿网来，去它底下抄。别碰线，要不就糟了。干得好，徒弟，谢谢你啦。

瞧啊，又一条。又有咬钩的来了。快，徒弟，放下你的竿子，照上次的办法，帮我把它弄上来。你看看，咱中午还愁没有好饭吃？

温：我倒是高兴，师傅，可我没有手气。您的竿子和钓具，肯定比我的好使。

劈：你这么说？拿去我的好了，我来用你的。你瞧啊，我又钓了一条。来，像上次那样帮我一下。又来了个咬钩的。噢天呢，它把线扯断了，我那半根线，一副好钩，这下子全丢了。

温：还丢了头好鳟呢。

劈：这话不对，鳟可没丢。你想想，既不曾到手，何来的"丢"？

温：师傅，哪根竿子我都钓不上鱼，我太没手气了。

劈：快看，徒弟，我又钓了一尾。这一大早，我连中了三尾鳟！

咱们吃早饭去，路上，我讲个小故事给你。且说有一个学生（我该叫他牧师）去布道，为的是取得教区的许可，当他们的宣教师。他从同窗手里，借来了一份布道文，当初，这布道文由作者宣讲，曾备受赞许。于是这借的人，一准当时的字样，不改，不易，对会众讲一过，哪知他们第二次听完，却大不喜欢。这借文章的人，就找主人抱怨，人家这样回答他："提琴我是借你了，没错儿，可我没借你弓子。我口说我心，适于我口的文章，别人哪诵得好？"你看，徒弟，诵文章不讲轻重、疾徐，伧音楚调，会糟蹋了布道文，同样，你钓鱼，拖线不当，选点不良，也要白忙一场的。你看我用竿子和渔具钓上了鱼，你就把它拿走，这好比你拿了我的琴，可我的弓子你没有，那就是钓术，你不懂怎样用手摆线，怎样牵它去该去的地方，这你得学。我告诉过你，垂钓是艺术，不练，不下工夫看、想，是学不到的，学而时习之，才能掌握。你记住这个规矩：拿蛆钓鳟鱼，线之修短，要以水之静躁为度。水躁，线则长；水静，线则短。距水之远近，要以饵垂入水底为盈绌，而且要不停地摆动它。

好了,咱们祷告,然后吃早饭吧。怎么样,徒弟,我这个老钓徒谋事之巧,你可佩服?这饭的味道好不好?找的吃饭地点好不好?瞧这大榉树,恰好为我们遮阳!

温:好,都好,我的胃口也好。想起莱修斯[1]的话,还真是有道理,他说:"穷苦人和常斋戒的人,比富人和老饕们吃的饭香。他们刚吃完上顿,肚子还没空,就要吃下顿,饥饿给穷苦人的快乐,老天不给他们。"我记得您也说过:"宁做个有礼、有节、有度的穷钓手,也不做浑浑噩噩的醉君王。"这话我也佩服得很。但愿天底下没这样的王。一费万钱的席,我吃多了,论痛快,都不如这次,连一半也不如。我得谢谢上帝,

---

[1] 莱修斯(Lessius),佛兰德斯的耶稣会教士,他有作品名《高龄者的养生与保健之道》(*A Treatise of Health and Long Life, with the Sure Means of Attaining It*),英译本出版于1634年。其主要内容是说,不暴饮暴食,对人的身体、品德和智力,都是有好处的。

谢谢师傅。

好了,师傅,您答应教我做并摆弄假飞虫的,您请讲。

劈:我既答应过,焉有不讲之理?所谓"一诺千金",债我是要还的,但我欠你的,也只有"千金"之谱,莫以为再多了。我且随手指点你几招,这是一位聪明的钓友[1]最近讲给我的。他是厚道人,一个使蚊钩[2]的行家。

你记住,有十二种手工做的假飞虫,可拿来在水面钓鱼(有一事要先告诉你,用假飞虫,最好在大风天,因水波激荡,真的飞虫不易见,也不易在水面上停)。第一种是暗褐蝇,用于三月[3]。它的身子,可用暗褐色的毛;翅膀,则取松鸡的羽。第二种,是另一品暗褐蝇,身子取黑色的羊毛,翅膀用黑公鸭的毛和尾下的羽。第三种,是绩翅虫,用于四月。身子用黑羊毛做成,翅与尾之下部,宜呈黄色,故取公鸭的翅。第四种是红蚊饵,用于五月初。取红羊毛做身子,绕以黑丝线,羽用公鸭的翅,杂以红阉鸡尾部两侧悬垂的羽。第五种,是黄蚊饵或绿蚊饵,也用于五月。身子取黄色的羊毛,翅用红公鸡的冠羽或尾羽。第六种是黑蚊饵,也用于五月。选黑羊毛做身子,镶

---

[1] 不知沃尔顿所说的这位朋友是何许人,但他一定读过尤里安娜·巴恩斯夫人的《说渔钓》。沃尔顿列举的12种假飞虫(或名"蚊饵")及其用法,几乎是一字不差地抄录的此书。可参见安德鲁·朗为《钓客清话》所撰的《导言》。

[2] 用假飞虫做饵钓鱼,称"蚊钩钓"。

[3] 沃尔顿时代所使用的日历不同于我们现在的,一般较现在的早10到11天。整部书中所说的月份皆如此。

一圈孔雀尾上的绒毛；翅膀，则取棕色阉鸡的翅，杂以它的蓝色冠羽。第七种，是六月用的暗黄蚊饵。黑羊毛做身子，身之两侧，各镶一道黄边，从雕的翅上采来羽毛，用砸过的黑色大麻的纤维捆上，即可做翅。第八种，是沼地飞虫，暗色的羊毛做身子，公鸭的黑胸羽做翅膀。第九种，是茶色蚊饵，适用于六月的中旬。身体取茶色的羊毛，翅膀要两两相对，可选雄野鸭的白胸羽。第十种，是用之于七月的黄蜂虫（Wasp-fly），取黑羊毛做身子，镶几圈黄丝线，取公鸭或雕的羽毛做翅膀。第十一种，是壳飞虫，当用于七月的中旬。葱绿色的羊毛做身子，镶几圈孔雀尾上的绒毛；翅则取老雕的羽。第十二种，叫"黑公鸭蚊饵"，用于八月最好。身子取黑色的羊毛，绕以黑丝；翅膀，则取黑头的黑公鸭之胸羽。这么一一下来，你就有个"飞虫陪审团"[1]了，河里的鳟，就随你陷害，随你定罪好了。

下面，我再教你几招用蚊钩钓鱼的套数，是托玛斯·贝克[2]先生讲的，对垂钓一道，这位绅士潜心有年。但我讲的略有点变动。

第一，竿要轻，要软，由两段接成的竿子，我看最好。线，

---

[1] 在英美法系里，法庭审判都要有陪审团，陪审团由12个人组成。

[2] 托玛斯·贝克，英国什罗普郡人，定居在威斯敏斯特，他著有《垂钓的艺术》(*The Art of Angling*)，沃尔顿在自己的书里，引用过他的许多说法，也参见安德鲁·朗的《导言》。

尤其是接钩的那段三四令[1]长的线，务要细，以三四根马尾为度，上面的线，自不妨粗点。可假如一根马尾即禁得住，则冒上水的鱼将更多，你的收成也更大。再说放线，万不可像常人那样，拉得过长，以免累赘。钓鱼前，务要背对着风，面朝着太阳（若有太阳）。竿梢要低，人和竿影才不致惊跑鱼。影子再淡，鱼也会受惊，败你钓兴的，这一点务要当心。

钓亦有道，不到三月中旬，万不可捕鳟。在三月中旬或四月里，设有微云或微风天气，日色昏黑，此时以"香客虫"钓鱼最好。这虫子，我刚才对你说过，唯它的种类甚多，颜色也不一端。通观蚊钩之钓法，"香客虫"和五月蝇，可以说是根基之所在。其制法如下：

先从钩里面装线。取剪刀一把，剪取棕色的、雄野鸭的羽，以备做翅膀，长短、多少，以钩之大小为度。置羽毛的根于钩头，羽之梢，则置于钩柄之下端，之后，取和钓线相同的丝线一段，绕钩头两匝或三匝，缠牢，复取公鸡或阉鸡的颈羽（鹧之冠毛更好），采下一侧的毛，将毛、丝（或刺绣用的细线）、金线或银线，捆在钩之弯处，即在倒钩下。按住颈毛、银线或金线，朝上缠，取翅膀的方向，要不时松开手指头，以便丝线缠上钩柄[2]。缠时要时刻留心，金线和做蚊钩的其他材料，务要正、要整齐。若发现没有问题，且做好了头，便把它们捆结实。颈毛往上缠，去头部，和头捆住。取一枚针，将翅一劈为二，

---

[1] 英国长度单位。
[2] 即别把手指缠里边。

复取丝线，在两翅间交叉缠，使之张开，朝钩弯处的方向，用拇指按一按翅梢，在钩柄的下端，再缠三四遭。然后细细地端详，看它是否匀称，假如一切都端好，称你的意，则缠定它。

根器迟钝的人，哪怕有再好的指点，也做不出蚊钩；而灵通的钓手，稍加练习，即有大长进。学做蚊饵的佳径，是找来老于此道者的作品，细细揣摩。聪明的钓客，平时在河边走，应留心当日落在水面的是哪种飞虫，若见到鳟鱼来扑它，就该捕一头。身上要常备挂好的钩和一只口袋，口袋里，要装有熊毛、棕色或暗色的母牛毛、公鸡或阉鸡的胸羽、不同花色的丝和刺绣的线，备做蚊钩的身子用。还要有公鸭的冠羽、黑或棕色的羊毛，或猪鬃、头发、金丝或银线、不同颜色的丝线（尤其是深色的），以备做蚊钩的头。还须有其他颜色的羽毛，如小鸟的，如花翎大鸟的。这万宝囊，若常挂在身边，得空就练，一开头，未必不失手，但日子一长，终会得手，甚而无师自通，辟出新的蹊径。而一朝得手，做出一只好蚊钩，又恰巧河里鳟多，天昏昏，风习习，他获的鱼当不在少数，这一激，自激起他的兴致，从此一发不可止，对造蚊饵的艺术，就嗜之成癖了。

温：不过，我亲爱的师傅，风要是都不顺，则我雅欲去一趟"拉普兰"（Lapland）[1]，买他几缕好风来。那儿的巫婆诚实，

---

[1] 北欧瑞典、挪威、芬兰交界处的一地方，位于北极附近。据说那里有巫婆，"她们在鞭绳上捆三个结，甩开一个结，刮和风，甩开另一个，刮烈风，甩开第三个，则掀起暴风雨，如她们在古代之掀起雷鸣与闪电那样"［理查·伊登（Richard Eden），《旅行记》，1577 年］。

她们售的风，花色多，还便宜！

劈：徒弟，我可不想去，哪怕从这树下挪半步，我也不想。你瞧，天开始下雨了。看云彩的势头，不有场蒙蒙雨，不下个雾塞天，算我白说。咱还是坐紧点，借这榉树挡挡雨。恰好我脑子里，又想到一些和蚊钩钓鳟有关的事，且说给你听。

但我先说风。诸色的风，南风为人称道。有诗云：

南风之时兮
飘饵入鱼唇兮[1]

南风之下，人说西风最好；最次数东风，既如此，则风中的季军属谁不待我说。但所罗门有言："看风的必不撒种。"[2]故倘不是东风肆虐，天气奇寒，则埋头于看风者，一定是迷信人。所谓"好马无劣色"[3]，以我的经验，纵然天上有阴云，只要不奇冷，则风坐在哪个旮旯，怎样撒泼，尽管由它去，我不管。可话虽这么说，我仍喜欢在岸的下风处钓鱼。冬天的鱼，比夏天游得深，更靠近河底。其实只要天一冷，鱼就贴着底游，躲在河的避风处。

---

[1] 见于 J.S. 海利韦尔（J.S.Halliwell）的《俗谣集》，据说是牛津郡的谚语，但整个英国都有类似的话。

[2] 《圣经·传道书》第 11 章第 4 节："看风的必不撒种，望云的必不收割。"

[3] 英国谚语，最初收入 1742 年约翰·雷（John Ray）的《谚语集》（*A Compleat Collection of English Proverbs*）。

我答应过你，再说一说拿蚊钩钓鳟鱼的事，趁这如酥的春雨飘飘下，我且细细地说分明。第一是五月蝇。取绿色或柳叶色的刺绣用毛线，做它的身子，绕以蜡染的黑丝，或黑发丝，间以银线。翅膀的颜色，一准当季甚至当天的五月蝇翅膀的颜色。假如做橡树蝇，则身子取橙色、茶色或是黑色，翅膀以棕色的野鸭毛。要知道，飞虫中最好的两品，要推五月蝇和橡树蝇。

我还得叮嘱你一句，钓鱼，无论取飞虫，还是用蛆，要尽量地离水远，拖线，要顺着水来。若用飞虫，则小心线不要沾水，只用飞虫点水。飞虫在水面上，或蘸到水里，要不停地摆，人则不时地顺着水流走。

有几种"香客虫"，是贝克先生推荐的[1]，不仅有镶绕着金丝或银线者，亦有纯黑的；另一些，则黑质而红章。可做的假飞虫里，尚有"山楂虫"，色纯黑，个头很小，并以小为上。尚有橡树虫，它的身子，取橙色或黑色的刺绣用羊毛，翅膀以棕色。晴空丽日，孔雀羽做的飞虫称上选。故你的宝囊里[2]，万万少不得孔雀毛。做蚱蜢身子所用的羊毛和刺绣的线，亦不可少也。凡飞虫，总是越小越好。色艳者，用于昏天，黑而色淡者，付之光鲜日丽的天气，都是最发人钓兴的好办法。最后你要记住，你那百宝囊里的货色，要不时地更换，丹与素、玄与黄、

---

[1] 见他的《垂钓的艺术》。

[2] 1681年詹姆斯·切塔姆（James Chetham）的《钓手便览》一书说："钓手要随身携大口袋一只，要多装一些下列的物品：……"沃尔顿这里的话即源于此。

色明与色暗，要因季节、因你的心思而变。

钓鱼用真飞虫，亦复大佳，亦颇能起人的兴致。找它们的方法如下：捕五月蝇，当于河的岸边，时间在五月或五月之前后，雨前最是相宜；橡树虫，则于五月初至八月杪，橡树的干、橡树的残株或灰里，都可找到。它绿而稍浅，颇为易得，头抵着树根做"拿大顶"状的，就是它。发芽后的山楂树丛里，可得小的黑飞虫，或名"山楂虫"的。有这些飞虫在手，再配上我钓雪鯵时给你看的短线，外加一头蚱蜢，你就能藏在树后或深坑里，行你的"点钓法"了。虫子在水面，要不停地摆，宛如活的，人要藏好，不让鱼看见。这时若有鳟鱼，则一定入你的罟中。钓鳟鱼，要选大热天，黄昏最相宜。

好了，徒弟，雨也住了，话也完了，关于蚊钩的钓法，且说这么多。你看那草地多美，这泥土的味儿，也真香啊！赫伯特先生[1]有一首诗，正是写这样的天气，这样的花。来，我把这大圣人的诗念给你，然后我们谢谢上帝，我们有这福，端赖于他。再以后，就去河边，静静地坐下来，试着再钓一尾鳟鱼。

> 甜蜜的白日，安静，明亮，清新，
> 天与地结就了新婚，
> 今夜里，甘露将为你陨落而哭泣，
> 因为你必死。

---

[1] 即诗人乔治·赫伯特。此诗名《美德》(*Virtue*)，是《圣殿集》的第61首。

> 甜蜜的玫瑰,花色美艳,
> 令莽汉凝注,试其双眼,
> 你的根须扎在坟墓里,
> 你必将死去。
>
> 只有甜蜜、善良的灵魂,
> 如四季不凋的树林,
> 当世界变成了煤炭,
> 你却永存。

温: 师傅,您教我蚊钩的钓法,循循善诱;您领着我消此良晨,无漫神伤人的恶行;您曲终而奏雅,念给我赫伯特先生的诗。我真是太感激您了,师傅。我听人说,赫伯特先生也爱垂钓。这我太相信了,他的风操,正合于钓鱼人,以及您爱的、您赞不绝口的原始基督徒们。

劈: 太好了,徒弟,我的话、我的指教能让你满意,我也是说不出的高兴。

赫伯特先生的诗,你既这样喜欢,则还有个教士,一位博学而可敬的人[1],自称是师法于他的,写过一首说我们《公祷

---

[1] 即克里斯托弗·哈维(Christopher Harvey),诗人,《会堂集》(*The Synagogue*)的作者,这是一组宗教诗,1640 年附于赫伯特的《圣殿集》后出版。沃尔顿曾写诗为之吹嘘,哈维也投桃报李,作诗吹捧沃尔顿的《钓客清话》。

书》的诗,颇得赫伯特先生的遗法。这人是我朋友,自非垂钓之敌了,所以你肯定更喜欢这诗的。我念给你听听:

> 什么?按书祈祷?还"公用"?
> 没错,怎么着?
> 谢恩,
> 与祷告,
> 岂能随便,
> 不讲方式,
> 时间和地点?
> 或说,或诵,
> 全依程式,
> 凡祷告者,
> 都要一致,
> 言之于口者,
> 要发自心里。
>
> 当不为人所见,
> 独处于一室,
> 祈祷,
> 自可以随心所欲,
> 但求
> 内心之感情,
> 见知于

冥冥的上帝。

但率众
做公共祈祷,
就得这样,
好让听到的人,
不怕按他的话,
调顺自己的心,
并说"阿门";
不担心
自己意在祈祷,
却陷于渎神。

言辞的生命在虔诚,
权威的规定
既有好处,
又何必不取?
若是好祷文,就越普遍越好,
照教会的话与意思祈祷,
是所有祈祷中的
洪钟大吕。

好了,徒弟,竿子在水里自行其道,咱们也该看看去。你挑一根,赌赌哪个上鱼吧。

像这样用"死竿子"钓鱼，或用"夜钩"，好比是拿钱放贷，主人不劳动，自有钱、竿子为之奔忙。人只管吃、睡、玩，像我们刚才，万事不操心，悠然如维吉尔笔下的素心人[1]，在榉树的阔荫下，闲坐，俯仰，一欠，一伸，不亦快哉！不是我瞎说，徒弟，钓鱼的人，自己有把持。说什么快乐，道什么幸福，谁比得过他？做律师的，事多得像苦海，当政客的，不放冷枪，就躲暗箭，颠颠倒倒不得安闲，咱们却逍遥于川泽，放旷乎人外，听鸟唱，俯清流，看素波如银水泻。睹物而感怀，少不得"心之悄矣"、"如川之静"了。所以，徒弟，勃特勒博士[2]说草莓的话，大可用之于它哩：上帝当然能造更好的浆果，可当然他也没造。我照这话下个断语吧：比垂钓更安详、更无害的消遣，上帝还没造出来。

且听我说，徒弟，上一回，我在这樱草鲜美的岸上坐着，低头看那草地，突然觉得，查理皇帝[3]说佛罗伦萨的话，真像

---

[1] 维吉尔有牧歌名《提提鲁斯和梅利比》(*Tityrus and Meliboeus*)，其中提提鲁斯和梅利比第一次对话，即在"一片阔阴的榉树下"。

[2]《钓客清话》最早的注释者约翰·霍金斯1808年说："此处提及的勃特勒，我以为是'威廉·勃特勒博士'(Dr.William Boteler)，沃尔顿时代最著名的医生，富勒曾称之为'当代的埃斯库雷普'(Aesculapius，罗马神话中的医神)。他发明过一种药，人称'勃特勒药酒'。直到不几年前，伦敦的一些药店还有卖的，药瓶的标签上有他的头像。"

[3] 或指查理五世，1519年至1558年在位的神圣罗马帝国皇帝。1530年，他曾围攻佛罗伦萨，并攻陷了它。但沃尔顿所引的话，则不知出于何典。

是因它而发：这太美了，不是圣节，我们不该有这眼福。后来，我去那草上坐，披心迹，陈盛藻，作诗纪兴，以泄我志。我来读给你听：

钓徒述怀

我愿在芳草岸边，
心与清波俱闲，
河水淙淙如歌，
我手把钓竿，真是快活。
坐看贞禽斑鸠，
雌雄追逐求偶。

西风吹我襟，
淑气娱我心，
甘露坠花丛，
时雨洗氤氲。
看画眉携雏，
听肯[1]展好音。

看鸟儿筑巢，
我倦念亦消，

---

[1] 沃尔顿的第二任妻子。

> 我低沉的心，
> 出离于尘表，
> 和俗人之所好。
> 岂不快哉，
> 没有官司缠身，
> 和宫廷的喧闹。
>
> 我愿牵狗负笈，
> 消长日于溪边，
> 看日出日落，
> 努力加餐饭。
> 第二天一早，
> 向太阳问安。
> 在这里，
> 我愿沉思以消永日，
> 求安静的生涯，
> 以达美好的坟墓。

我作完诗，离开这里，只见那忍冬篱笆下坐着一位钓友，这老兄你真该结识一下。我挨着他，刚刚坐下，便遇到一桩好玩的事。趁着天还下雨，我从头讲给你听。

且说有一帮吉卜赛人，坐在篱笆的另一侧，在他们旁边的，则是一帮乞丐。吉卜赛人在分那个礼拜搞来的钱，钱的来路，不外偷鸡、摸狗、算卦、变戏法等。诸如此类的奇技淫巧，正是这妖帮的拿手戏。那礼拜的钱，只有20先令有奇；这零头，公意是分给本帮的穷人；剩余的20先令，他们则同意按身份的高低，由帮里的四贵人瓜分。大贵人，可取20先令的三之一，谁都清楚，这该是6先令8便士；那二贵人，取四之一，这也不用算，是5先令；三贵人取五之一，即4先令；最后是四贵人，他得六之一，谁都看得出，这是3先令4便士。你看：

6先令8便士的3倍	等于	20先令
5先令的4倍	等于	20先令
4先令的5倍	等于	20先令
3先令4便士的6倍	等于	20先令

而分钱的，也真不愧是吉卜赛人，他把上面说的钱额，给每个贵人分下去，居然还剩了一先令给自己。你看对不对：

先令	便士
6	8
5	0
4	0
3	4

一合计，只有19先令了。

四个人一看,这分钱的,居然自己留了一先令,想多要,道理又讲不出,可王公贵人的脾气一犯,自己又拗不过自己,于是纷纷妒忌得钱的那厮,竟至于扭打。人人都说,自己该要那剩头,揎拳头,撸袖子,辱骂继之以拳脚,争斗之激烈,倘未见识过吉卜赛人的"信义"者,怕是很难相信的。我们若非二十年来,经乱世,见人心之浇漓,也不会明白钱之为患,竟一至于此[1]。可吉卜赛人到底乖,他们才不去公堂,而去找他们的好友——鲁盗、夏骗和甫归了道山的英国人梁上君[2],做这事

---

[1] 指英王查理一世和议会之间为造船税而发生的冲突。在英国史上,造船税不是议会通过的税收,而是在有战争时,由国王直接加给沿海地区的、以征集海军的费用。1629年查理因与议会发生争吵而解散议会,直接统治国家;因失去议会支持而得不到税收,他被迫征收造船税以应急。然而照传统的做法,造船税只能在国家有战事时征收,不能用于他途,故查理的举动引起举国的不满。1635年,查理又加重造船税,并将征收的范围扩大到内陆地区。1636年,查理又试图将这一项临时性的税收变为长期的、固定的。于是国内大哗。最终导致了英国内战,结果是查理一世被砍了头。沃尔顿作为保皇党,他的立场是不言而喻的。他以寓言的方式,表明了对议会的反感。"吉卜赛人",显然是指议会,他们为了钱而掀起内战。当然,他的立场是不对的。

[2] "梁上君"原文做"Gusman"(古斯曼),指西班牙作家马提奥·阿勒曼(Mateo Alemán)《古斯曼·德·阿尔方歇传》(*Guzmán de Alfarache*)里的主人公,这是个梁上君子。这部作品在16、17世纪几乎译成了欧洲所有的文字,英译本出版于1630年。1651年,英国议会下令逮捕过一个窃贼,名"詹姆斯·杏德",第二年,即有一个署名"G.F"的人,根据这窃贼的故事写了一本书,题为《英国的古斯曼:无与伦比的窃贼詹姆斯·杏德传》。

的仲裁者、公断人。这样，他们就离开忍冬篱笆，到下个村子里算卦、骗钱去了。

这伙人刚去，就听见乞丐们也哄吵起来。他们争论的是：心术"不正"和心术"歪"，有没有不同。有个丐姐说，这是一码事，但马上有人反驳道："不正"若是"歪"，那一名"木工"，岂不是一根"杠"子？她只好承认自己的错。这时又有丐姐接过话头说："不正"是不"不歪"，怎能是"歪"呢？但又有丐兄反问道："不正"若是不"不歪"，则"不好"就是不"孬"，故"孬"种是"好"汉，这成什么道理？于是她也承认是自己错了。火不热，马有卵，规不圆，矩不方，像这等是非无度的话题，你立我破，他们往往复复二十多个，丐民的巧辩、狂热，一展无遗，仿佛出自那裂教者的悠悠之口。且说这一帮乞丐，不多不少，恰足九缪斯之数[1]。这"歪"与"不正"的道理，有时他们交口齐上，吵得谁也听不见谁。最后有丐兄出来，劝四座莫喧，听他一言，说克劳斯老爹，即本·琼生

---

[1] 沃尔顿生活的时代，许多信徒不满于国教改革的不彻底，于是纷纷反抗国教，一时间兴起了许多教派，如清教、长老派等，他们为了教义而唇枪舌剑，甚至大动干戈（英国内战即有宗教因素，如控制长期国会的，就是清教徒；克伦威尔和内战中的大辩客密尔顿也是清教徒）。沃尔顿作为保皇党、国教徒，对他们自不以为然。这段寓言，即是这态度的流露。

(Ben Jonson)在《丐民酒店》里封之为丐王的[1]，将下榻于一个麦酒馆，店的名字叫"顺手捞"（Catch-her-by-the-way），位于去伦敦的官道边，距沃潭渡不远。他要大家别再耗时间，先丢开这话题，晚上讨教克劳斯老爹好了，他是决疑的高手。至于现在，且抓个阄，看下一首歌轮到谁。这主意乞丐们都同意。最后，阄落在了最年轻的丐姐头上，她是个货真价实的处女哩。她唱的歌，是50年前佛兰克·戴维森[2]写的，到末尾的重唱部分，别的乞丐也跟进来，和她一起唱。小曲是这样的，但还是先听末尾的重唱吧：

> 艳阳照当头，
> 乞丐肆游戏，
> 残羹与冷饭，
> 足以度今日。

---

[1] 沃尔顿记忆有误。《丐民酒店》（*Beggar's Bush*）不是本·琼生的作品，而是约翰·佛莱节（John Fletcher）的戏剧。剧中，佛兰德斯伯爵弗罗莱兹（Florez）的父亲杰拉德（Gerrard），假扮成乞丐，化名"克劳斯"（Clause），在布鲁日附近的酒馆里被推举为"丐王"。

[2] 佛兰克·戴维森（Frank Davison），英国诗人，作品有《游吟集》（*A Poetical Rhapsody*），其中除自己的诗外，还收入了别人的诗。沃尔顿所引的这首赞美乞丐生活的诗，即出自这本诗集，但作者不是戴维森，而是一个署名A.W的作者。

谁家六弦琴,
如我手板好?
乞丐经过处,
莫不有欢笑。
丐是人中王,
吃喝肆欢愉,
困即卧草眠
去来自如意。
艳阳照当头,
乞丐肆游戏,
残羹与冷饭,
足以度今日。

纵浪大化中,
天地为我庐,
谁人得如此?
都缘不自如。
万物备于我,
何用钱刀为。
充巷皆乞丐,
田野任来去,
不为利而往,
不为守财惧,
巷陌春睡足,

葛天之民欤？
艳阳照当头，
乞丐肆游戏，
残羹与冷饭，
足以度今日。

虮虱生纨袍，
饮啄肆逍遥，
胆敢咬乃翁，
在劫命难逃。
寸缕皆我土，
虮虱尽我臣。
乞丐生涯好，
葛天氏之民。
艳阳照当头，
乞丐肆游戏，
残羹与冷饭，
足以度今日。

温：谢谢您，我好师傅，您讲的故事真逗。这歌的作者，倒是性情中人，您念得也有腔有板的。

劈：可你别忘了昨晚你答应人家的轮唱。那乡下人，厚道的考利敦，还等着你我的歌呢。我那歌是很久前学的，有的词都忘了，我得找补找补。可你瞧，雨停了，咱们且遛一遛，闲步去河边吧。竿子贷给鳟鱼这么久,看它付我们什么利息。你别说,咱毁人而自肥,还真像那些放高利贷的。

温:噢,快看,师傅,鱼!一条鱼!嘿呀,我让它跑了。

劈:这么条好鱼,太可惜了!我要有运气抄起那条竿子,十有八九不像你,竟让它把竿子扯直,把线揪断。不等竿子伸直,我就把它提上来。除非它个子太大,和那条45英寸的鳟相伯仲。那可真是巨无霸,都上了画,你去威尔镇的乔治客店,在我房东李科比家里能见到这画。可话说回来,它要真有那么大,我就送它一根竿子!我是说,我就把竿子扔进水,下水去跟它一程,总得捉住它[1]。碰到"巨无霸",我可没少这样做。以后你也得学会这一招。我怎么对你说了?打鱼是艺术,最起码捉鱼是艺术。

温:但师傅,以前我听您说,那巨无霸是一头鲑,怎么现在又成鳟鱼了?

劈:徒弟,到底该怎么叫,真是难说呀。就说野兔吧,是雌,是雄,据村夫野老说,一年数变,学问大者,也多有这样想的,因为他们解剖过,证据面前,岂由人不信呢[2]?兔子忽雌忽雄,视之为怪也可,谓之为常也可。卡索邦《轻信与多

---

[1] 鱼上钩后,假如在岸上遛鱼有障碍,则钓鱼的人往往把竿子扔下水,然后自己也下水追着竿子走,往往大鱼才如此。但《钓客清话》续集的作者科顿是不赞同这样的。

[2] 托泼塞在他的《四足兽志》里说,许多"老百姓和一些有学问的人都持这看法",然他斥之为无稽之谈。

疑》[1]称，古有医士之博学者，名"嘉斯伯·衷塞鲁"（Gasper Peucerus），他说有蛮陌之民，岁变狼一次，或人首而狼形，或人形而狼性。故入淡水则为鳟，回海水，则易颜色，变种类，这等事，难可道也。所可道者，是它的形状、颜色和斑点，莫不具鳟的特征。但不认它是鳟的，仍有人在。

温：可是，师傅，我抄的那头鳟，好像把钩吃进了肚子，它会不会死呀？

劈：哪儿这么容易，钩若不卡住它喉咙，十有八九死不了，不用多久，水一沤，钩就锈了，最后还不是甩掉？像马蹄里的石子，留一块淡斑而已。

好了，徒弟，看看我的竿子去。快瞧，我这儿也上鱼了，但像是一尾"呆鲦子"。这也不怕，等去客店会我兄弟彼得和考利敦的路上，送给哪个穷哥们，他不高兴？瞧，又下雨了，再给你的钩装上饵，把它扔水里去。咱且退到那榉树底下，让我多点拨你两句，把你造就成个高手，正是我的心愿哩。

温：太好了，师傅，这也是我求之不得的。

劈：行了，既然坐稳了，我就再说两句鳟的钓法，这之后，我们说鲑。鲑之后，就是狗鱼了。

钓鳟鱼，是不单以白天为限的，夜间也一样好；最好的

---

[1] 见"第一天"的注释。卡索邦在《轻信与多疑》一书里，实际上是驳斥了衷塞鲁的看法，并说希罗多德（Herodotus）也认为人变狼是不经之谈（见《希罗多德历史》，商务印书馆王以铸译本，第306页）。嘉斯伯·衷塞鲁，亦称嘉斯伯·衷塞尔（Gaspar Peucer），16世纪人，在几何学、神学和医学上多有撰述。

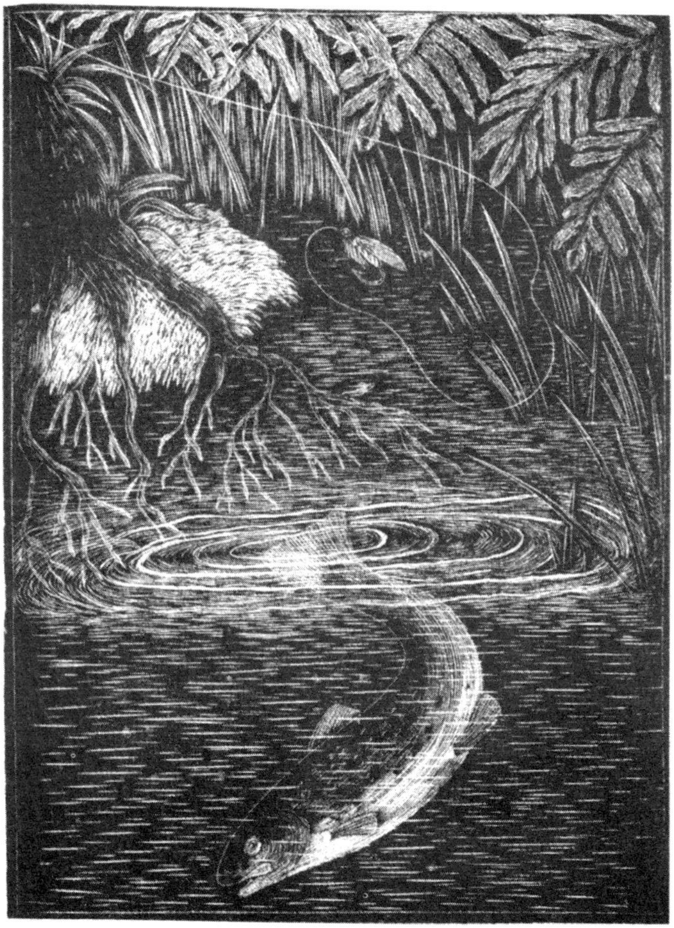

鳟，多在夜里游出洞子。其法为：取大沙蠋或园里捉来的蛆一至二头，悬垂于水面（这种蛆，白天惯常用于缓水，因普通饵不易被鱼看到）。急流的近处每有静水或死水，在这里垂饵，要左摆摆、右晃晃，若洞里有好鳟，它就会来扑的。所谓"月黑易捉鱼"，天越黑，鳟的胆越大，直趋水面，盯着游动在水天之间的青蛙和水耗子，以相机捕捉之。死洞子里倘有波纹动，则通常有大个的老鳟。鳟之老而大者，每狐狸心、兔子胆，白天里晏居而伏处，轻易不出门，像蹲窝的兔子。鳟、兔之吃食，吝于白天，奢于晚上。夜壮怂鱼的胆，天一黑，老鳟则贸贸然而来，大嚼一场的。

钓老鳟，线要结实钩要大；要从容，它好有工夫吞钩子；别怕它弃钩，这白天的把戏，夜里它轻易不耍的。假如夜不黑，可取艳色的假飞虫，它一见就会扑的。岂止假飞虫，就是死耗子、布片子，凡水上有动状的，它见了有时也冲上来。这法子倒不坏，可惜我很少用，因为黑灯瞎火的，不如白天有乐趣。

在汉普郡，水清浅而峻急，川之美，鳟之富，独步于英国。当地的人，每持火把在夜里捕鳟，见到鳟，就用鳟枪投。类似的办法还有其他。以前我只是听说，故不信，后来见了，但不喜欢。

温：可是，师傅，难道鳟在夜里看不见人吗？

劈：岂止看见，还闻得见呢！昼与夜对鳟鱼没有两样。葛斯纳说，水里的獭，可嗅出40佛朗[1]以外的鱼，此说之有据，

---

[1] 佛朗（furlong），英国长度单位，1佛朗大约为201米。

可见于弗朗西斯·培根爵士的《自然志》(*Natural History*)，其第100节称：水为声之媒。证明之法如下："取石两枚，在水深处扣击，附近河岸站着的人，将听到声音砰砰然，不因水而减。"书中尚有类似的试验：取锚一柄，缚以长绳，使之落在海底的岩石或沙子上。这道理，既由博学如培根者记载、证明，浅陋如我，岂敢不相信鳝鱼会遭雷声惊扰呢？此事恐不像有人说的那样，只由于地震撼动了大地吧？

曾有人对我说，在某地的鱼塘，他见过鲤鱼应着铃响或鼓声来进食，当时我听了还笑话人家，得闻培根爵士的大道理，我赧然有愧色！故以后钓鱼，我尽量不出响动。别人闹动静，也成，但先驳倒了培根再说！

别以为培根的见解是孤掌之鸣，我们的大学者哈克威尔博士[1]，似乎也信这道理。他有书名《为神力与神恩辩》(*Apology of God's Power and Providence*)，其中引普林尼的话说，罗马有皇帝，辟鱼塘一泓，其中养的鱼各有名号，呼甲则甲来，呼乙则乙至。又据《雅各书》，海里的各类水族，已经被人制服了[2]。普林尼又说，安东尼娅（Antonia），即德鲁苏斯（Drusus）的妻子，蓄八目鳗一尾，两边的鱼鳃上，有她挂的珠宝或耳环。更有心肠软的，养的爱鱼死去，他们竟哭成泪人。这些话，

---

[1]　哈克威尔（George Hakewill），神学博士、牛津大学的学者。他有许多神学著作，据鲍斯威尔说，他的文风对约翰逊博士有大影响。

[2]　见《圣经·雅各书》第3章第7节。官话本原文是："各类的走兽、飞禽、昆虫、水族，本来都可以制伏，也已经被人制伏了"。

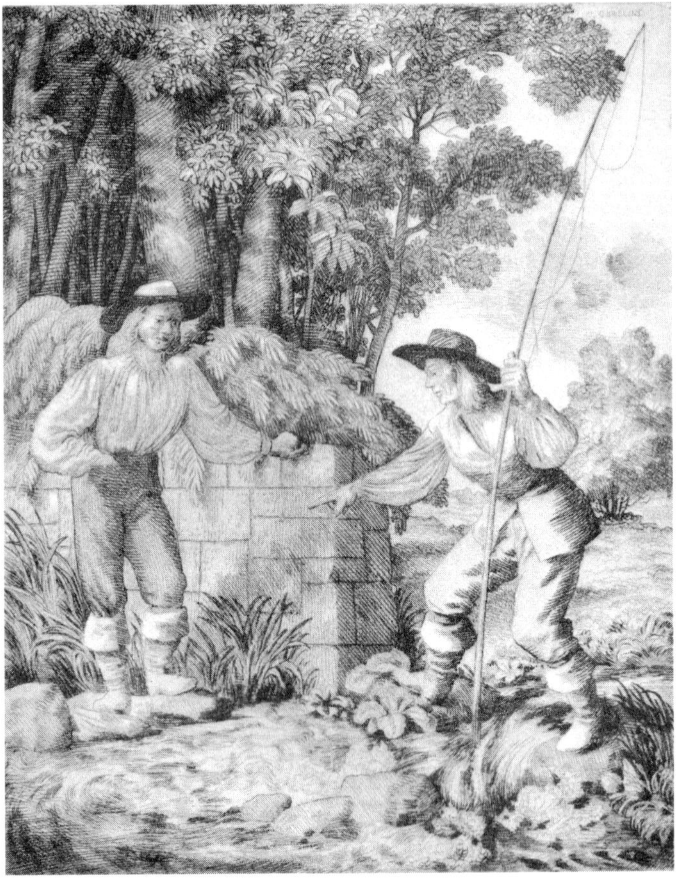

人听来多以为怪，可复有马夏尔[1]的诗为证：

> 钓鱼的，若不想做罪人，那就忍着，
> 因为此处游的，都是圣鱼，
> 它们识得那威力无双的君王，
> 亲吻他的手，还各有名字，
> 一旦被叫，就翕然游向它们的主子。

我所以不厌其繁说这些，是要钓鱼的人忍耐，别骂咧咧，免得被听见，一条鱼也钓不来。

下面我要讲的，是一件真事。且说在赫里福德郡，有小镇名"莱奥敏斯特"，镇的附近有一块地，据人们观察，羊在这地里吃草，总比别处长得肥，毛也润。今年在别处，明年回这里，再去别处，再回这里，毛的质量，也因之而低昂。我说这事是要你相信，草如此，水也如此，甲水捕的鳟，或许苍白、无生气，说不定还一身虱子，可在紧挨它的乙水，钓来的鳟却活泼泼，有生气，赤头赪尾红身子，大好充肠。别不信，徒弟，我曾在某草塘钓到过好多鳟，那身条，那釉彩般的颜色，看都把人看饱了。说起来，我心里还怦怦地动，故请所罗门为我的

---

[1] 马夏尔（Martial），公元1世纪著名的古罗马诗人，以写"警策诗"最为人知。下面的诗见《马夏尔集》卷5"警策诗"之30首。其中的君王指多米提安皇帝，鱼是八目鳗。

话收场吧：上帝造万物，各按其时成为美好[1]。

照我的许诺，下来该说的是鲑了。可倘不嫌渎扰的话，我想说两句茴鱼。因它的身形、食性酷似于鳟，故简单说说，也练练你的耐性。说完了，咱们再看鲑。

---

[1] 见《圣经·传道书》第 3 章第 11 节。

第六章
说茴鱼

劈

第四天（续）

灰鱼与茴鱼，在有人看来，区别盖如青鱼和沙丁鱼。可依我看，别国或许如此，在我国，它们的不同只存于名字。阿尔德罗凡杜斯说，它们是鳟之一种。复据葛斯纳[1]，在他本国，即瑞士，茴鱼被称为鱼之至味。在意大利，五月的茴鱼大受珍重，价颇昂，他鱼难望其项背。法国人称雪鲦为"癞子"，而莱茫湖之灰鱼，却有"骑士"之称[2]。他们推重灰鱼或茴鱼，说它吃金子，又说茴鱼之得自卢瓦河者，剖开肚子，每见金沙。还有人说，它们吃水里的麝香草，故甫出水面，多有这草之香味。这想法不无根据，我们说胡瓜鱼吃紫罗兰也以此，因它刚出水时，馥馥生香，气类紫罗兰。阿尔德罗凡杜斯说，鲑鱼、茴鱼、

---

[1] 见葛斯纳《动物志》第 4 卷。

[2] 此说也出自龙德莱提乌斯的作品。关于此人，参见本书"第一天"的注释。

鳟鱼和清湍里生活的所有鱼，其得于造化者厚，身停匀，色端好，天生此尤物，正在于迷人心、惬人意、伴人流连于樽酒宴席。这话之真假，我不置辩，可肯定的是，写到灰鱼的人，莫不说它有药石的功效。据葛斯纳，灰鱼或茴鱼的油，加少许蜜，装进小玻璃瓶，在太阳下晒一至二日，治"红眼""黑眼"[1]和所有眼疾，每有奇效可观。萨尔维亚[2]说，灰鱼（Umber）的名字，得于它的游水之疾，如影子，如鬼魅，倏然不见。它的气与味，尚可一提，可我只说圣安布罗斯（St.Ambrose）[3]、光荣的米兰主教，生当教会持斋甚诚的时代，曾叫它"花鱼"，即"鱼中的花"。他爱之也深，一篇长的谈话，茴鱼不光临，他绝不饶它。但我得饶过它了。下面我说说这美鱼的钓法。

首先要记住，它的个头不及鳟鱼，最大者，亦不过十八英寸。它生活的河、爱吃的饵和捕它的手法，和鳟鱼略同。它也咬鲰、咬蛆、咬飞虫，唯鲰不常咬，对飞虫，则玩耍的意甚于吃它的心。它比鳟傻，故胆子大，一只飞虫，竟接二连三地扑，无虑二十次。故偶尔失手，尚可再来。钓它使用的蚊钩，一向以长尾的鹦鹉——一种异邦的怪鸟——的羽毛做成；但类似于

---

[1] 即眼翳。

[2] 萨尔维亚（Ippolito Salviani），教皇尤利乌斯的御医，著有《水族志》(*Aquatilium Animalium Historiae*)。

[3] 即圣奥古斯丁《忏悔录》里屡次提到的"圣安布罗斯"，教会"四博士"之一。"花鱼"一说见于圣安布罗斯的《论创世的六日》(*Hexaemeron*)第2卷第2节。

蚊蠓、蛾子的飞虫，它也扑；凡飞虫，只要不大，它多不放过的。

在冬季，它深藏而不露，过四月中旬、入五月和炎暑季节，它则摇着头，摆着尾，乐颠颠地游出来。它身子端匀，肉很白，如瓠犀的小牙，虽生于喉咙，但仍有一张薄嘴，故着钩后，常比其他的鱼易脱。在优美的多佛河（Dove）、特仑特河和流经索尔兹伯里的小川中[1]，这种鱼有很多，可细究起来，终不如鳟鱼常见。且依我看，说吃，它不那么餍口，说钓，也不太有趣。故我要撇下它，回头说鲑和它的钓法去。

---

[1] 指阿汶河（Avon）。

第七章
说鲑鱼

劈

第四天（续）

鲑有"淡水鱼王"的美称，它生活的河虽入海，但它高居于上流，离河口远，故浮游于海之外，不染潮咸。据说，大多数河里，鲑产卵在八月。这时，在砾石滩中，它选择一个安全的地点，掘洞如墓穴状，产卵于此。雄鱼尽过了天职，便巧妙地藏起卵，覆以砾石。之后，则望望然去之，由造物主照管。他运煦日于当空，冷水变暖，生命之息勃勃于卵中，到来年的早春，则有小鲑临世。

鲑在淡水的时间有定数，尽过天职，雄鲑与雌鲑就要在冬季之前，急急赶赴大海。倘阻于水闸、鱼堰，或迷路在淡水中，则失群的鲑将患病，日形消瘦，如红颜之凋零。下颚出软骨数茎[1]，似鹰喙，致不良于食，憔悴日损，最后死掉。据人说，离

---

[1] 鲑每到生育季节，则雄鲑的下颚处便生出一根硬刺，以便在争夺雌鲑时作为武器使用。

开了海，它能这样活一年，却变得淡而寡味，失去血色、体力，到转年，就憔悴万端不免于死了。入海的许多河盛产一种小鲑，人称"斯开格"（Skegger），据说是没去成大海的病鲑之子，它们量虽大，个头却小。

然老鲑若去海里，则致它憔悴的软骨会消去，或被甩掉，像常人说的鹰之脱喙[1]。体力也将恢复，到来年夏天，它回过去的河，重续旧日的鱼水之欢，故有才子说，它像是大贵人、阔财主：河里消夏，海里避寒，冬宫夏殿，一应俱全。这般的福命，据弗朗西斯·培根爵士的《生死史》，却享不过十年[2]。据人说，鲑长个子固然在海里，可长膘则离不开河；又说它们离海越远，膘越肥，味越鲜。

由淡水入海水，诚然不易，可出海入河去产卵、去找旧欢，则尤见其难。为此鲑要闯水闸，跃过河梁和篱笆，腾空一跳，那高度不是常人敢想的。葛斯纳说有的地方，竟出水八英尺高[3]。国人卡姆登在《不列颠志》里，说派郡[4]蓑苇河（Tivy）的入海处，亦有类似的奇观。素练悬空，奔迸而下，

---

[1] 鸟是不脱喙的。

[2] 沃尔顿误记。培根没有说过鲑有十年的寿命，而只说鲤鱼、鳝鱼等有十年的寿命。

[3] 葛斯纳说的不是八英尺，而是"八肘尺"（每肘尺约相当于18至22英寸）。见他的《动物志》第4卷。

[4] 指派姆布鲁克郡（Pembrokeshire）。

出海来的鲑，翩然一跃就进了河，气力之大，身段之巧，每令人瞠目。这里地势甚高，加之有鲑的神技，故名声远播于外，无怪有"鲑跳濑"（Salmon-leap）之称。我的老友麦克尔·德雷顿，在长诗《括地志》[1]里，也提到过它。你听：

> 当鲑鱼成群结伙，
> 出海来寻找清水，
> 逆流而至蒗苇河，
> 但见蒗苇河道内，
> 高岩阻水流，
> 素练悬空垂。
> 望瀑布之高悬，
> 觉己身之力微，
> 它弯身如满月，
> 尾衔之于嘴，
> 腾身而上扬，
> 如开弓之箭飞，
> 一计不成又一计，

---

[1] 麦克尔·德雷顿（Michael Drayton），英国诗人，《括地志》是他最雄心勃勃的作品，他试图以诗的形式，描述伊丽莎白时代的山川地貌、历史风俗、文物古迹。但他只完成了第一部。沃尔顿在引他的诗时，略有改动。

> 百折而不回,
>
> 终于逆流而上,
>
> 跃过飞湍之水。

关于鲑跳或鲑的翻跟头,德雷顿的说法如此。

又据葛斯纳和另一些人说[1],英国鲑鱼甲天下;又说北方诸郡的鲑,肥大如泰晤士河中者固也有之,可味道总不及。

我曾对你说过,据弗朗西斯·培根爵士的观察,鲑的寿命超不过十年。可它兴也勃,据说在入海后,转眼间,就从鲦子大的仔鲑,蓬蓬然成了大鲑,快得像雏儿成鹅。这个看法多得于下面的实验:当鲑去大海时,从鱼梁处截获幼小的鲑,把有标志的丝带、布或线,系在它们的尾部,通常是六个月后,鲑从海里返回,在原处捞出其中的数尾,以较其大小。类似的办法,还曾用于小燕子:据观察,它离开六个月后,又参差其羽,飞回原来的烟囱,筑巢,安家,过夏季。故许多人以为,每一头鲑通常都回它出生的河,像小燕子之归故巢一样。你要知道,雄鲑往往比雌鲑大,冬天滞留在淡水里,也更不禁熬,更憔悴。唯冬季的雌鲑,虽略存风韵,可吃起来却有水气,不餍口。

万事有常,亦有变。我国有几条河,鳟和鲑入时则在冬季。

---

[1] 见葛斯纳《动物志》第4卷,他在书中举贝龙尼乌斯(Bellonius)的看法说,塞纳河与罗亚尔河(都是法国的名川)里的鲑很大,但还是不如泰晤士河中的大。葛斯纳本人,则认为莱茵河中鲑最好。

如蒙郡[1]的魏耶河（Wye），据卡姆登说[2]，它们正当时令的季节，是九月到四月。不过徒弟啊，这些事，还有其他好多事，咱们别说了，这浩浩无涯的，咱这点工夫，不过是小扁舟，哪转得过来？我还是教你怎么钓吧。

鲑不同鳟鱼，它佻挞无常性，难得在一处久停，又贪恋河的源头，得寸而进尺。鳟和别的鱼，总是贴着水边、河岸和树的根，鲑则否，每游必去河水深阔处。钓鲑鱼，要在水的中间或近底处下饵，才能捕住它。饵和钓鳟鱼使用的相同，即蛆有人叫作"蓬克"（Peek）的小鱼和飞虫等。

据人们的观察，它咬小鱼，可不常咬，它吃飞虫，但更爱的是蛆，蛆里又以沙蠋或园蛆为最。蛆务必要干净，故使用前，要在苔藓里养七到八天，倍其数，养十六日、二十日或更长，则更好。这样的蛆更干净、更壮实、更鲜活，在钩子上活得更久。若养得长，则蛆要凉爽，苔要新鲜；还有人建议放一点樟脑进去。

好多钓鲑鱼的人，常在竿梢上配一个金属环，以便鱼中了钩后，线通过环子，要长便长，要短则短，无不如意。有了环子，自不能少转轮，这通常在竿的中间或握柄上。但百闻不如一见，见自明白。

还有一事，可称不传之秘，我却要告诉你。以钓鲑和鳟知

---

[1] 即蒙茅斯郡。
[2] 见他的《不列颠志》。

钓客清话

名的人中，有老奥利佛·亨利（Old Oliver Henly）[1]，他赴道山前，我常伴他钓鱼。我总见他从渔袋里，摸出三四头蛆装进衣服口袋中的小盒子，通常过半个多小时，他才取出来做饵。我问他，这可有什么文章吗？他说："无他，择其佳者备下一次装饵罢了。"可他钓的鱼，每胜过我和同他一起钓鱼的人，以鲑为甚。最近，他托心腹的密友之一才告诉我，他盛蛆的盒子里，抹有长春果的油，是一滴、两滴或三滴，却未可知；油不是榨的，就是泡出来的。复据他说，蛆在盒子里放个把小时，则熏染其味，香不可遏，欲鱼不来咬，哪里可得！这秘诀，因是前不久才听朋友说，尚不曾亲手一试，故难论其效验，想来，理是通的。读者亦可参阅弗朗西斯·培根爵士的《自然史》，书里证明：鱼是有听觉的，鱼之有嗅觉，当更不在话下。我清楚记得葛斯纳说过，獭在水里可嗅出气味，獭如此，鱼不能，岂有此理呢？这结论，且待爱钓术或有心推进钓艺者去考究、去勘验吧。

另有两个试验，我也说给你听，但不是我亲手做的，是一位好友、一个老到的钓手写给我的。我不易一字，照录给你。后一种办法，他说，只因太妙了，当秘不示人，故以"雅言"[2]出之，免得人人都知道。

---

[1] 不知何许人。
[2] 指拉丁文。

"从栎树的干上采蕨草，榨其油（气恶不堪），拌以松脂和蜂蜜，涂在饵上，自能诱鱼来。"另一种办法是：Vulnera hederae grandissimae inflicta sudant balsamum oleo gelato, albicantique persimile, odoris vero longe suavissimi（采常春藤之茎大者，斩其身，则膏油沥沥，色白如乳，异香扑鼻）。"鱼闻到它，不啻于醍醐，唯恶臭如树脂者，亦有同效。"

依我看，这虽无必通之理，或有可验之效，化学家如乔治·哈斯廷斯爵士[1]和其他人，也有证据有利于它。但这些无复多言，尤其是眼下。

撇下鲑鱼前，有件事尚可一说。鲑的品种颇繁，"太肯"（Tecon）即其一，有地方称之为"仔鲑"，亦有称之为"斯开格"的[2]。但它们和另一些我不便于举名字的鱼，也许是另一种鱼，如青鱼之于沙丁鱼；且河不同，鱼也不同。但这等事，让比我有闲、有才的人琢磨吧。

最后，我还得借用你许诺的耐心：入时的鲑和鳟鱼，乍出水、余息不绝之际，身子斑斓若五彩，红的，如云霞，黑的，如漆墨，文与质，彬彬相得。滥施丹铅的女人们，粉黛以冶容，

---

[1] 见"第一天"的注释。
[2] 理查·富兰克《北方回忆录》称："在南方，人称之为'仔鲑'，往西，则人们多称之为'斯开格'，往东它则以'penk'为名，然到了北方，人们则称之为'幼仔'、'鸡距'。"关于理查·富兰克，见安德鲁·朗的《导言》。

贴得黑一块紫一块[1]，世人居然说好，比起鲑和鳟鱼来，又不知该何以为心了。但我且撇下它们，接着说狗鱼吧。

---

[1] 在脸上"贴黑"，是查理一世时期由法国传入英国的"时样妆"。"护国公"克伦威尔时代，清教当权，颇严格，但"贴黑"的时尚却存留下来，一直到了18世纪还流行。"贴黑"最初的用意，是做假痣（因维纳斯即有黑痣），后来，形状则愈出愈奇，有星状的、月牙状的、十字状的，甚至有马状的。据阿迪生说，18世纪的妇女，每以"贴黑"的形状表明其政治立场（见《旁观者》第81期）。我国南北朝时期，则有"贴（帖）黄"的风尚，然多是直接用黄颜料在眉黛间涂，间亦有贴的，如《木兰诗》之"当窗理云鬓，对镜帖花黄"是也；亦有涂成星月状的，如梁简文帝《美女篇》之"约黄能效月，裁金巧作星"是也。

第八章
说狗鱼

劈和温

第四天（续）

劈：人称鲑是河里的王，剽悍的狗鱼，是水中的霸。葛斯纳若没有搞错，则狗鱼有娘生的，有草长的，这水草的名字，就叫"狗鱼草"。据他说，若月份相宜，水塘相宜，复有太阳的热，这水草和另外的胶质物，辄变成狗鱼。许多狗鱼肯定是这样生的，要不，就是人不知鬼不觉进了水塘，这我们天天有证据。

弗朗西斯·培根爵士，在《生死史》一书里，说淡水的鱼中，狗鱼命最长；惟他看来，"长"亦不过四十年。还有人说不过十年。但葛斯纳说，1449年，瑞士打出一头狗鱼，颈上有环，铭以希腊文，据当时沃尔姆斯[1]主教的翻译，这是腓特烈

---

[1] 沃尔姆斯（Worms）是位于德国西南部莱茵河上的一座名城，这里提到的沃尔姆斯主教名约纳斯·达尔勃古斯（Johnnes Dalburgus）。

二世[1]放进池里的,距它之出水已有二百年[2]。但狗鱼的寿命,无复多言;你只要记住有人说过,狗鱼之老而大者,有气派,有威仪,却不中吃,美食家推为至味的,是半大的狗鱼。鳝鱼相反,人说鳝不厌大,不厌老,老而弥胜。

狗鱼都活得长,养鱼人则吃不消,因它的命,得靠其他鱼的死维持,甚至有它同类;有作家骂它"水霸"或"淡水狼",都因它那大胆、贪婪、吃鱼的本性。葛斯纳讲过一件事[3],可见其贪猛:说有个人,牵驴去池塘里饮水,那狗鱼,想必把塘里的鱼吃光了,故一口叼住驴唇,死也不撒嘴,驴子把它拽出水,无意间,驴主人钓了一头狗鱼。葛斯纳还讲过另一桩事[4],说在波兰,有姑娘在水塘里浣洗衣服,不想被狗鱼咬了脚。我听说,离考文垂不远的吉灵沃斯水塘,也有过狗鱼咬女人脚的事。我有个养"驯獭"的朋友,姓塞格拉夫,记得我给你提过,他对我说,他见过一头狗鱼,饿昏了,竟跟他的獭搏斗,争獭到手的鲤鱼,结果被拖上了水。我已告诉你是谁讲的这些事,

---

[1] 腓特烈二世,神圣罗马帝国最有作为的皇帝之一,在位时间是1220年至1250年。

[2] 葛斯纳《动物志》中有一封给费迪南皇帝的献函,其中提到了此事。哈克威尔在他的《为神力与神恩辩》中也引述了它。哈克威尔不曾说过上面的铭文是希腊文,也没有说沃尔姆斯主教翻译过它。而葛斯纳却说过这些,但他的书是用拉丁文写的。看来沃尔顿这个五金匠还懂点拉丁文。

[3] 见葛斯纳《动物志》第4卷。

[4] 同上。

我还要告诉你，这些人，一向无虚言。我引句智者的话，为这一段收场吧：劝肚子很难，它不长耳朵[1]。

这些若不足以取信，则还有一件事，却不容怀疑，即狗鱼吃同类，每有它的喉咙、肚子所容不下者，它先吞半个身子，另一半含在嘴里，等消化了吞掉的一半，再一点点地，把剩下的吞进去。这有点像牛和类似的兽，它们吃食，也不直接咽进肚子里，而先送到中间的袋囊，再嚼，再消化，此即人说的"倒嚼"是也。还有，狗鱼咬东西，往往不关饥饿，如有人说的，诱鱼的饵走近身，也能惹恼它，扑上就是一口。

据人说，狗鱼吃有毒的东西（如毒蛙），但不为之害，因它身上有天然的药膏，可解所有毒。表面它是凉的，其实有奇怪的热，不管什么鱼，它都能慢慢地消化，不因之害病。还有人说，它吃毒蛙，如产卵期的鸭子，必先杀死它（因此时的蛙有毒），复甩打，水里几上几下，涮去毒，便放心地吃，无危险。葛斯纳[2]称，曾有波兰绅士信誓旦旦地对他讲，说亲眼在一头狗鱼肚子里，找到两只幼鹅。饿昏的狗鱼，咬、吃掉来池塘戏水的狗，也事固有之，不容疑也，所谓"饥肠无耳"嘛。

狗鱼性独，居常抑郁而不自得，却胆大，鲁莽灭裂。说"独"，是它自来自往，游与憩，决然不和他鱼为伍，石斑鱼、鲦鱼和大多数鱼，则群出群人，每不像它；说"胆大"，指它不怕影子，也不像鳟鱼、雪鲦和其他的鱼那样，怕见人，怕人见。

---

[1] 英国有格言说：饥肠无耳。
[2] 见葛斯纳《动物志》第4卷。

据葛斯纳说[1]，狗鱼的颚骨、心、胆可入药，止血、退烧、驱疟疾、防治瘟疫等，有奇效可观，每能造福于人。唯它咬的伤口有毒，很难治愈。

又据观察，狗鱼产卵一年仅一次，而其他鱼，如泥鳅，则产多次。正如家鸽月月产卵，而鹰之类的猛禽则像狗鱼那样，十二个月里仅仅抱一次窝。你记住，狗鱼产卵多在二月尾，亦有迟至三月者，视天之冷暖定。它这样产卵：雌与雄，双双游出河，躲进一条河岔子；雌鱼排卵时，雄鱼浮在上面，撩云播雨，唯不亲芳泽。

关于这事，可说者犹多，但穷其形，尽其相，怕有人嫌琐碎、支离，故不复多言。惟另有一语要渎扰：最好的狗鱼，公推河里的，大塘或小湖里的次之，小池中的最劣。

说下去前，我还要对你讲一件事，就是狗鱼和一些蛙之间，仇隙甚深，至不可解。波西米亚一主教名"杜布拉维乌斯"（Dubravius）[2]，有《鱼和鱼塘》一书，读过的人，自明白这一点。他书里说，有一事为亲眼所见，难安于缄默，故来告诉读者：

---

[1] 同上。

[2] 约翰·杜布劳（Johann Dubraw）的拉丁名字。他是16世纪摩拉维亚（Moravia）奥蔑兹（Olmutz）地方的主教，他的《鱼和鱼塘》（*Fish and Fish-Ponds*）一书出版于1559年。英译本出版于1599年，并更名为《农政新书》（*A New Booke of Good Husbandry*）。他讲的故事，见该书的卷1第6章。

一天，我和瑟佐主教在波西米亚的一座大鱼塘边上散步，有狗鱼在水边假寐。忽见一蛙跳踉而至，径捽其首，嗔目鼓腮，意甚怒而恨恨然。它张开腿，匝住狗鱼的头，复探向它的眼。眼在狗鱼的身上，至柔至嫩，它不堪蛙的牙齿穿咬，故婉转于水中，状甚痛楚，复颠倒于水草间，想摆脱这冤家，但穷其技而不得。蛙还是雄踞在狗鱼头上，做得胜状，牙、脚交下，至于再，至于三，这狗鱼，终至体力不支。蛙见状，和它一道沉入了水底，俄又出水来"呱呱"一叫，意甚得，如得胜之将。不久，就退回它的秘穴去了。主教目睹这激战，吩咐他的渔人取网来，想捞起这狗鱼，看它的伤几何。等捞来一看：两只眼全被吃掉了！我们见之骇然，可渔人说不必，狗鱼受这款待，事之常也。

这故事，见杜氏作品的第6章，我曾读给一个朋友，不料他回答说："无稽之谈，你见过老鼠取猫眼吗？"但他不知道，天下有一种蛙叫"渔蛙"（Fishing frog）[1]，即达尔马契人（Dalmatians）称为"水魔"的。关于它，我可以讲一个不寻常的故事。但你要先知道，蛙中有怕水蛇[2]的，每到水蛇出没处，

---

[1] 亚里士多德、普林尼和古代的自然学家们，都曾记述过这种蛙。古希腊的居民，亦有称之为"海魔"者。
[2] 英国并无水蛇，唯有一种草蛇，其雄者可以在水中游很长时间，这种蛇非卵生，而是胎出的。

它便横衔一根水草，倘与水蛇不期而遇，这草可消其蛮力，避其毒焰。和水蛇比，蛙又每每跑得快。

蛙分"水蛙"与"旱蛙"[1]，犹之于蛇分"水蛇"与"旱蛇"也。旱蛇是卵生，它之产卵、孵卵，每于老粪堆或热处；水蛇无毒，却非卵生（这是某精于格物的人对我讲的），而是胎出的，小水蛇出了娘肚子，母蛇并不扔下不管，而是步步紧随，一有危险则收进嘴，游离开险境，等觉得危险过去，又放它们出嘴来。这种事，钓鱼的人时有所见，并是嘴边的家常话。

可我这是扯到哪儿啦？怎么一提杜布拉维乌斯的书，就跑这么远的题！快打住。还是照我的许诺，教你怎么钓狗鱼吧。

狗鱼平素吃鱼和蛙，偶尔也吃水草，即人说的"狗鱼草"[2]，我曾告诉你，有人认为它正是这草变来的。因据他们的观察，在没放狗鱼的水塘里，时可见到许多的狗鱼；这些水塘，莫不有大量水草，是狗鱼生身之父母，也是衣食之父母。但水草变的狗鱼，可否像其他的狗鱼那样，也生产后代？这得让更有闲、更好奇的人去琢磨，我还是教你怎么钓狗鱼！钓狗鱼，分"呆饵"和"游饵"："呆饵"者，指竿子拴在或停在某处，人可以走开；所谓"游饵"，是饵随身牵着，不停地动。两种饵的用法，我都教给你。用"呆饵"，无论取鱼，还是蛙，都以

---

[1] 所有的蛙都是水陆两栖的，虽然有的在水里待得多，有的在陆地待得多。但产卵时不去水里的蛙，则一种也没有。

[2] 可参看安德鲁·朗的《导言》。

活的为上（死的亦可用）。然要它们活得久自有道，不可不察。

先看活饵。活饵中，依我的看法，上上者是石斑鱼和鲦鱼，每诱得狗鱼食欲大起。饵上命最长的，却数河鲈。剪下它的背鳍，万不可伤着它，取一柄刀，不可太锋利，在头和背鳍之间破一口，纳入捆钩的金属线，瘀伤要小的无可再小，人不勤，手不巧，是万难做到的；从鱼背下，将线穿到近尾处，复破一口子，将线拉出来；然后用丝线捆住它，松紧要适度，以免它受伤。还有人用串针，这样破口与走线，尤见其便；可"听人说的终觉浅"，事非经过是学不好、学不快的。故我撇下这一头，且教你怎样做蛙饵。

温：可是师傅，您刚才不是说某些蛙有毒吗？碰它们岂不是太危险？

劈：是这样，所以我要教你怎么防它。你先记住，蛙可分两类，用我的话讲，叫"肉蛙"和"鱼蛙"[1]。"肉蛙"者，是"土生土长"的蛙，它的种类颇繁，色亦有差，有浅绿，有淡黑，有棕色，也有斑点的。绿蛙身子小，据托泼塞说它有毒。毒蛙尚有蟾蜍，即俗称的"癞蛤蟆"，它体大，瘦骨锋棱，母的尤甚，生活、繁衍多在地上，但时而也下水，唯不常也。又据托泼塞称，旱蛙有卵生的，也有黏土、黄尘所化者。后一种，在冬季归于黏土，转年的夏天，又化为生物，这是普林尼

---

[1] 沃尔顿的这段话，是套自托泼塞的《毒蛇志》。

的看法[1]。"天雨蛙"的道理，卡丹纳斯曾试言之[2]，可我若是老天爷，则除水蛙外，别的一概不下，因在我看来，水蛙是无毒的，尤其是水蛙之得天时者，即二、三月间，化自水沟之黏土，或产于黏土中之黑卵者。据人观察，在这产卵期，雄的和雌的为相媚悦，拿筋斗，翻鹞子，花样百出；"呜哩哩"，"哇啦啦"，此唱彼和。这才情，是旱蛙或癞蛤蟆绝没有的。

用水蛙钓狗鱼，要选颜色最黄的，因狗鱼最爱吃。可要它活得久，却有章法可循：

把钩穿进它的嘴，从五月中到八月间，这还容易办到。可到八月就不同了，这时它的嘴已长成，蛙大了嘴贵，从此坚闭不开，不吃，不喝，为时长达六个月，它靠什么活命，怕只有天知道[3]。鱼钩（或者说捆钩的金属线）从嘴里扎进，从腮部穿出；取细针、丝线，把腿之上部和拴钩的线缝在一起，针脚不要多，只能一针；或将小腿与拴钩的金属线捆住。下手时，要有温香怜玉之心，仿佛你爱它[4]，我是说，尽量少害它，它才活得久。

---

[1] 见普林尼《自然史》第9卷。

[2] 卡丹纳斯（Cardanus），意大利著名学者，对代数学很有贡献。他在自己的作品中，曾经说蛙和鱼常被风从水中抛起很高、很远，落在平原上，就如同下雨一样。

[3] 莫知所出。

[4] 这一句话颇为后人所诟病，如约翰逊博士。拜伦有诗说沃尔顿：这古怪、冷酷的老纨绔，喉咙里活该卡一只鱼钩，由小鳟朝里拖。（《唐璜》第13章第106节，第7行、第8行。）

活鱼和蛙做"呆饵"的办法，我既已教你，接下来教你它的用法：取线一根，不到十四码长，亦不可短于十二码，系之于钩，拴在狗鱼洞或其出没点之附近的树枝上。取叉形棒一根，把线绕上，留半码之谱，棒之尾端劈一口如V形，以防棒上的线狂脱。棒之大小要适度，否则不等狗鱼咬，鱼或蛙就把它拉到水下了。这样，狗鱼来扯线，因线是轻纳于槽里的，故能爰爰绰绰，引之而出，拉饵到身边，一口吞掉。不载浮载游、凝然而处于水中央（因为这里最容易捕到狗鱼），正是"呆饵"之为"呆"也，可取小铅坠、石头、瓦或草皮，串之如玉旒状，同叉形棒一起抛进水，在水底如船锚然，使叉形的棒子，不因风而动，或被意外冲去水边，免得狗鱼未到饵先走。这办法很好，可用于好多种"呆饵"，你不妨一试的。

活鱼和蛙做的"呆饵"，若遇到风天，可缚在一节树枝或一捆稻草上，在池塘或小湖里，它随风飘荡，任意东西，倘池子里狗鱼多，则站在岸边的钓鱼人，很快可见到垂钓的乐趣。垂钓之乐，亦可求之于池塘里穿梭捕食的鸭或鹅，即把活饵绑在它的身子或翅膀上。再者，取尿脬、树枝或干草把子，缚三四头饵在上面，让它顺流漂，人跟在岸上，亦有同趣。活饵钓狗鱼的办法还有许多，但你得边练边学了，因时间不宽裕，不容我多说。

至于死饵钓狗鱼，你陪我或随便谁钓一天即能学会，再说，拿死鲦鱼或石斑鱼做饵，水里拖上拖下，是小道，用不着花工夫教你。但我这儿缺斤短两，别处会给你大秤的。有人告诉我一个秘诀，我这就说给你听：取常春藤的树脂，在薰衣草油里溶解，涂在钓狗鱼用的死饵上；找个合适的地点抛下水，在水底停不久，便拉出水面，逆流拖之；这饵后面，保准急煎煎地追着一头狗鱼。还有人说，苍鹭大腿中取的骨髓，涂在任何饵上，对任何鱼，都是天大的诱惑。

这秘诀，受赐于一位有名的朋友，他口称此举是为礼贤，但我从没试过。但这钓狗鱼的办法若无益于你，则我这儿还有一招，是说狗鱼到手后怎么烤的，法子很妙，因我亲手试过，我讲给你，但你嘴要严，别散布。这烤法，有分说：狗鱼小不得，务须半码以上，大而益善。

> 首先，在鳃部剖开狗鱼，如需要，朝腹部再破一细口。由此取内脏出来，留出肝；取百里香、荷兰薄荷和少许冬薄荷，与肝一起剁碎，再掺进淹牡蛎和两三只鳀，要整的，因鳀能化掉，牡蛎则否；再加甜黄油一磅许，拌进切碎的香草，用盐淹透。狗鱼过一码，掺入香草的黄油需一磅多，不足一码，则黄油为之减。搅匀后，加一两片豆蔻，装进狗鱼肚子；缝上肚子，以便纳进所有黄油；倘纳不下，则能装多少装多少。但不要去鳞。取烤叉来，从嘴进，由尾出。劈木棍三、四或五片，或取细板条，截适量的带子；板条绕狗鱼一匝，由头到尾捆上，带子宜密，以防露"馅"。上文火，边烤边涂红葡萄酒、鳀[1]和黄油拌的调料；下接一只盘子，以承滴落的津。火候一

---

[1] 可能是指用鳀做的酱。

足，取吃鱼的盘来，承在烤叉下，剪断束带，烤得香喷喷、满腔调料的鱼便落到你盘子里；且首尾俱完，不烂，不碎。在肚子和盘中的调料里，加少许上好的黄油，复取橙子三或四只，榨其汁，混在里面。在肚中放牡蛎时，两瓣蒜是少不了的，狗鱼下了烤叉，可把蒜整瓣取出；为增其风味，亦可把蒜抹在承鱼的盘子上。唯用蒜与否，可悉听尊便。M.B.[1]

这一碟烤鱼，味道是太好了，除钓鱼的人和忠厚者，谁都不配吃。我念你人诚实，又有钓鱼的样儿，这才托心腹，把秘密告诉你。

下来要说的，是据葛斯纳称[2]，在西班牙，通国不见一头狗鱼，狗鱼最大的，在意大利的斯拉西闵湖（Lake Thrasymene）[3]；而产于英国者，不与之抗行，也与之雁行。他又说，英国的林肯郡，每夸口它的狗鱼最大。正好比萨塞克斯人吹法螺，说他们有四种鱼个头甲天下：阿伦戴尔的鲻、奇柴斯特的龙虾、塞尔西的海扇和阿莫里的鳟鱼。

可我不再占你的时间讲这些了，下来我说一说鲤鱼和它的钓法，至于如何烹制，且等我钓来再说。

---

[1] 不知何许人。
[2] 葛斯纳《动物志》第 4 卷。
[3] 该湖位于意大利的中部，公元前 217 年汉尼拔在布匿战争中大败罗马将军弗勒明纳斯（Gaius Flaminius），即在这里。

第九章
说鲤鱼

劈

第四天（续）

鲤是河中的女王，它雍容、婉雅、敏慧。唯初不产于英国，入国之日亦浅，但如今已归化。据说引之进英国的，是一位姓马斯考[1]的先生，他当时住在萨塞克斯的普鲁姆斯迪德，故该郡的鲤鱼，每盛于他郡。

你该记得，我曾引葛斯纳的话说，在西班牙，是通国不见狗鱼的。故百余年前，英国之无鲤鱼，亦可推想。里查·贝克

---

[1] 莱纳德·马斯考（Leonard Mascall），16世纪英国人，曾担任帕克大主教的司膳，写有《垂钓书》(*A Booke of Fishing*)。他在其中说，"据我所知，最初引鲤鱼入英国的，是萨塞克斯郡普鲁姆斯迪德地方的麦斯特·马斯克特"。但在1496年尤里安娜·巴恩斯夫人的《说渔钓》一书中，即已提到了鲤鱼，可见鲤鱼入英国的时间要比这早。鲤鱼本来只产于亚洲（主要是东亚），后来才传入欧洲和北美等地。

的《列王本纪》里[1]，有两行诗似可为之佐证：

> 忽布[2]与火鸡，啤酒和鲤鱼
> 攘攘一岁间，翩翩入英伦。

出水后命最短的，海鱼推青鱼，淡水鱼数鳟；而鱼脱于渊，命最长的除鳝之外，要说鲤鱼。故鲤鱼之由外国传入的说法，可又得一佐证。

据观察，鲤鱼和泥鳅之产卵，一年有数月，狗鱼和其他的鱼大多则否。可为旁证的，有家兔和野兔。此外，鸭子产卵，一年九个月的有之，一年只一月的亦有之。这说法我们还是信的好，因捕到的鲤鱼，雄无白，雌无子，这种事诚少见或绝无有也，在夏季，更是孳孳孽孽，尤见其盛。又据人观察，鲤鱼产卵，爱池塘甚于流水，但河里生活的鲤，据美食家称，风味胜过了取之于塘里的。

相传有的水塘里，鲤鱼自来不产卵，并以水凉者为甚，可

---

[1] 里查·贝克（Sir Richard Baker），出身于牛津大学的哈特学堂，与亨利·沃顿爵士是室友。他因为为妻子的亲戚付保释金丧失财产，在躲债中开始写作。他的主要著作是《列王本纪》（*A Chronicle of the King of England*，1643年出版）。沃尔顿引的诗，即出自其中的《亨利八世本纪》，时间是亨利八世当朝的第15年。

[2] 亦称蛇麻草。

在产卵的水塘，却一产惊人，多至不可计数。亚里士多德[1]和普林尼[2]说，它一年中产六次卵。不是狗鱼、河鲈作孽，吞掉撒在水草、菖蒲上的卵，则十或十二天后，卵中即有小鱼出来。

若食有味，居有"屋"，则水下的鲤，可长得又肥又大。我听人说，一码多也不为奇。据写鱼经的约维乌斯（Jovius）[3]说，意大利鲁里安湖（Lake Lurian），鲤鱼很肥，大者重五十余磅。这很有可能，岂不见狗熊吗，怀得快，生得快，也死得快。大象则否，它在娘肚里，据说达两年，还有人说十年，长大则要二十年；而寿命，据人说，长可百岁[4]。鳄的寿命相传也很长；可尤为出奇的，不是它长生久视，是它活到老，长到老。我看有的鲤鱼也这样，风土好则尤甚。过二十三英寸的鲤鱼，大而味美，我虽未见过，可有人对我保证说，比这大的鲤鱼还有，英国就不少呢。

鲤之繁衍，孳孳孽孽，数大得惊人，但谁也不明白，虽土

---

[1] 见亚里士多德《动物志》第5卷。

[2] 普林尼《自然史》第9卷。

[3] 即老坡洛·乔维奥（Paolo Giovio the elder），意大利人，天主教主教，有历史著作多部、一部记述意大利北部考莫湖的书（他在考莫湖上有别墅一座），以及一部《鱼经》。鲁里安湖即考莫湖，靠近瑞士边境。

[4] 大象怀孕一般要22个月，长至成年则需25年，寿命可超过100岁。

性相同，别的条件亦无分别，何以有的池塘产鱼，有的则否。且其兴也怪，亡也怪。我读到也听一位口碑好的先生说过，在一所房子边，有池塘数口，六十多条大鲤鱼投进去，塘里有木桩，主人亦不离左右，按理说，不当有盗者偷走鱼。过三四年后，他泻空塘子，满指望一个变俩、俩变仨——想当初，他是照养鱼的经，以"三公一母"的比例放的鱼——哪知三四年后，老的小的，不见一条。我还认识一个人，他一向把塘子看得紧，也是三四年过后，他去塘里捞鱼，七八十条大鲤鱼，已见不到五六尾。他本来想捺住性子，过一段时间再去塘子里捞。结果，夏季一个热天，有大鲤从水面游来，却见一只蛙，赫然蹲在它头上。他见状，急忙泻掉池里的水，塘中七八十条鲤鱼，已不剩五六尾，每一条都病而瘦，每一条头上，都牢牢雄踞着一只蛙，拉不开，顿不脱，不用蛮力或杀死它，简直取不下来。这是那先生亲口告诉我的，说是他亲眼见的。他还郑重地说，他相信，我也相信，其他的鲤鱼，所以奇怪地消失，都因蛙杀死然后吃掉了它们。

沃郡[1]一贵人，曾有根有据地对我说，他见过一头狗鱼，脖子上挂有蝌蚪，虽美如珠子做的项圈，却来者不善，要取它的命。这是想吃肉还是有宿仇？我不得而知。

不意提起了这话头，本来不想说这么多的，而且对你或用处不大。故再举三四桩关于鲤鱼的事，然后就教你怎么钓它吧。

---

[1] 即沃塞斯特郡。

据弗朗西斯·培根爵士的《自然志》，鲤鱼寿命不过十年；还有人说比这长。葛斯纳说[1]，帕拉丁（Palatine）[2]有鲤鱼，据知已过百岁。唯多数人都说，鲤鱼和狗鱼正相反，老而大者，风味弥胜。鲤鱼舌，素称珍馐，价颇昂，不买不知。而据葛斯纳说，鲤鱼本无舌，嘴里像舌的，只是一片鱼肉，或可称"腭"，味绝美。他还说，鲤鱼，当列之于"皮嘴鱼"的一种，我曾告诉过你，这种鱼牙齿是长在喉咙。故腭肉一着钩，就很难脱下来跑掉。

前引弗朗西斯·培根爵士的话说，以他看，鲤鱼只有十年的命；但据詹纳斯·杜布拉维乌斯，即《鱼和鱼塘》一书的作者，鲤鱼三岁产卵，三十岁方止。他又说，夏天是鲤鱼生育的季节，因太阳暖遍了地和水，宜其子孙振振也。当此时，一尾雌鲤的身后，每有三四头雄鲤，雌鲤做娇羞状，躲闪于水草、菖蒲间，一路撒子，着于水草上，雄鲤则勃勃然穿行于其中，播雨撩云，以鱼白授之，不久，即可有活鱼出世。我曾对你说过，据说一年中，鲤鱼可以产数次卵。且多数人以为，凡鱼之产卵，大都取这种方式，鳝除外。又据人说，雌鲤尽了天职，身子发虚，每有两三尾雄鲤赶来，扶掖它离开水草，夹侍左右如护卫，帮它回到鱼穴里。说起人的好奇心，有时也真怪，即如蜜蜂，它怎么生育，怎样筑巢，如何听命于蜂王[3]，蜂国又如

---

[1] 见葛斯纳《动物志》第 4 卷。
[2] 神圣罗马帝国治下的一个小邦国，现在德国的巴伐利亚境内。
[3] 蜜蜂有"后"而无"王"。

何，干卿何事？但仍有人舍工夫花钱，造出玻璃匣子来，想探他个究竟。还有人认为，凡鲤鱼之生，都不是出自娘胎，而另有其道，如某些狗鱼那样。

鲤的胆和它脑中的结石，医生每取以入药[1]。在意大利，犹太人格于戒规，不吃鲟鱼子酱，因它无鳞，"不洁净"，此戒见于《利未记》第十一章[2]。故意大利人，每把鲤鱼的子卖给他们，供做红鱼子酱用，利颇丰。

在《说鱼》中，杜布拉维乌斯常引葛斯纳和亚里士多德，我也能旁征远引他们，唯烦琐不惬人怀，徒增困惑。我还是教你怎么钓吧，不再说鲤的鱼性、繁殖和与之有关的其他事。可你该记得，我说过鲤鱼很敏慧，很狡猾，故钓起来，诚不易也。

但捉鲤有道，忍耐为先，尤其是捉河鲤鱼。我认识一个好钓手，他钓河鲤，一连三四日，每日五六个钟，不懈不息，可就是不见鲤鱼咬饵。河里难，池塘岂易哉？池塘里食多，水浑，钓起来也难。但你该记得我说过，天下万事，莫不有常有变。你能像我希望的钓鱼人（特别是钓鲤鱼的）那样，抱有信心和耐性，我就教你用什么饵钓它。可首先你要知道，钓鲤鱼，务在早晚之间，且以天热为宜，水一凉，它就很少咬饵了，故不要过早或过晚。有人说，四月逢十，鲤有大难，但不

---

[1] 见葛斯纳《动物志》第 4 卷。
[2]《圣经·利未记》第 11 章第 10 节："凡在海里、河里，并一切水里游动的活物，无翅无鳞的，你们都当以为可憎。"

知是何道理。

　　鲤鱼吃蛆，也吃面膏。最好的蛆，推色青而浅者，每生于草地或沼泽里。但绿蛆和其他的个头不大的蛆，或许也好用。至于面膏，则种类之繁，如治牙疼的药，唯加糖或蜂蜜的甜面膏，是其上上者。鲤鱼性狡诈，非骗不来，故拿起竿、一展钓术前，最好在池塘或钓鱼处，投下甜面膏，候几个小时或更久。若前一两天，即数次投小面丸子到水里，更容易手到擒来，饱餍所欲。若塘子大，可诱鱼前来，下钩方有把握，其法为：取谷物，或掺有牛粪、麸子的血，抛进塘之某处。也可投动物的下水，如鸡内脏等。复取钓鱼用的甜面膏，捏成小丸状，投进水里。这样钓鲤鱼，效果尤佳。

　　面膏的制法为：取兔、猫的肉，切小块儿；复取豆粉，豆粉不易得，则以他粉代之；搅在一起，加糖，然最好是蜂蜜；在捶白里捣之成泥，亦可用手捏，唯手须干净；然后搓之成球状，以备取用，不拘于一丸、两丸、三丸，唯意之所至。捣的工夫久，面膏才有劲，挂上钩不易被水冲掉，唯不要过老。亦可在面膏里，揉进白色或浅黄色的毛线微许（多则不佳），着上鱼钩后尤不易脱。

　　面膏放一年，以备钓别的鱼用，则鲜蜂蜡和清蜜不可少；把它们混进面膏里，在火前用手捏，复搓之成丸状，存起来，可终年不坏。

　　用蛆钓的办法为：取一小片红色的布，大小如口，浸或涂之以石油，覆在钩上；钓鱼前两三天，纳蛆于涂蜜的盒子或牛角；下钩后，因蛆是活剌剌的，每能杀死这狡猾的鱼；唯钓鱼时，须嚼几口白或黄的面包，喷在鱼漂之落处。钓鲤鱼，自还有其他的饵，但我用过或听说过的，多不如这几种，唯要付辛苦，观察要有耐性。当然，白面包屑和蜂蜜做的面膏，也是钓鲤鱼的好饵，但制法简单，不详细说了。关于鲤鱼，且讲这么多。我下来要说鳊鱼了，这不会没有味道，还望你耐心听我说下去。

但一鲤之得，竟如此费神，味道也绝美，不告诉你它的做法，岂不空劳你这场辛苦、一片耐心？要知道，钓鲤鱼固然麻烦，也费钱，可自有报偿：

> 取鲤一尾，尽量要活的，用盐水洗干净，但不可去鳞；剖去内脏，留血、肝，纳入小罐子；甜薄荷、百里香、芫荽[1]，各半把许，和艾菊一支、辣菜一茎，捆作两三束，复取四五头洋葱，要整的，二十只腌牡蛎和三头鳀，一起纳入鱼膛。罐子里倒红葡萄酒，以没过鱼为度，酒里加盐、丁香、豆蔻和陈皮数片。停当后，罐子加盖，急火煮，至热沸。然后取出鱼，连汤放进盘子里；浇1/4磅上好的鲜黄油，取五六匙汤，泼之使融化，撒蛋黄两枚，香草末数撮，盘子边上饰以柠檬，然后即可以上席。祝你好胃口！
> T博士[2]

---

[1] 指洋芫荽，又名"欧芹"的一种植物。
[2] 不知何许人。

第十章
说鳊鱼

劈

第四天（续）

足个头的鳊鱼，昂藏而大。河与水塘里都有它，但它最喜欢池塘。塘子若水好，空气新，则鳊鱼不仅大，且肥，肥得像猪。据葛斯纳说[1]，鳊鱼中吃，却无补于身体。它长得慢，可一旦水中意，则一产万千，多至不可尽数。故许多池塘里，鳊鱼不停地产卵，弄得子孙满塘，每饿死其他的鱼。

鳊鱼叉尾，阔身子，鳞严整，大眼，小嘴，有两排牙、一根磨食物的菱状骨。雄鳊鱼，据说有两大块鱼白，雌鱼的卵袋亦应其数。

葛斯纳说，波兰有鱼塘，大鳊鱼放了许多。北风叫，冬天到，水塘结成了冰坨子，不剩一滴水，渔人苦苦找它们，一无所得。可到来年，春暖而冰开，只见洋洋清水里，又有鳊鱼戏水来。我之引葛斯纳，是因事近于不经，如"复活"之于不信

---

[1] 葛斯纳《动物志》第4卷。

神者。但人不该蔽于一曲之见，这不信，那不信，该想想蚕和许多昆虫是怎么生养、怎么蜕化的。弗朗西斯·培根爵士《生死史》之卷十二也说，草有一岁一枯一荣者，亦有历久而不凋者，由草而及鳊，则也未见得"不经"。

有的人不屑于鳊，但在法国，鳊鱼有大名，所谓"池有鳊，好待客"，正是言此。据说鳊鱼的佳处，在头和肚子。

有人说，鳊和石斑鱼之产卵、播白，常常你我不分，故许多地方有杂种鳊，量虽大，却个小，不好吃。

钓鳊鱼，好饵很多，黄面包和蜂蜜做的面膏推其首；其次有蛆；有黄蜂的蛹，它与蛆相像，须在炉子或瓦上烤，使之变硬、变坚韧。还有一种蛆，形似干酪蝇的蛹，多生于酸模、菖蒲或灯芯草在水下的根里，用它做饵，鳊鱼[1]也爱吃。六七月中，它也吃掐去腿的蚱蜢，以及水边菖蒲上捉到的飞虫。此外，有位诚实而老到的钓手，也曾告诉我许多好饵，可钓池塘或河里的鲤与鳊，我把它们九九归一，传授给你，但愿你能像他，做个诚实而老到的钓鱼人。

1.取红蛆做饵，不厌大，不可有疤节。薄暮下过阵雨，可去花园路上或白垩质的公地里，捉一品脱或一夸脱来，和苔藓一起，纳于土罐或瓦壶，苔藓务要摘洗干净，拧去水，每三四天换新的，三周或一月下来，蛆变得干净而鲜活，恰好做饵。

2.办好饵，即可操持渔具。备长竿三根、丝（或丝与马尾）

---

[1] 原文是"trench"，当系沃尔顿的笔误，不从。

质的线、天鹅或鹅之大翎做的漂子，线和漂子不厌多。取铅一片，系在线之下端；把链钩（link-hook）绑在铅坠上，铅坠和钩，间以一码或十英寸；铅务须在水底，方可坠翎子下水，故要重，以免被翎子带到水面来。要知道，饵若穿得好，蛆会在铅坠所许的范围内曲上蠕下，鱼将失去戒心，被诱得前来咬饵。

3.备好饵，配足钓具，就可以去河边了。夏季天热，午后三四点钟，每有成群的鳊鱼在水中游，从深洞子里，出出进进。归家的鳊鱼易分辨，因它们回窝，每在四时许。鳊鱼觅食，大都在水底，唯有一二尾俯仰于水面，左摇摇，右摆摆，其他鱼，则恰当其下的水底：这是探子！它常戏耍、停最久的地方，是水最深、流最急的河中央，记好位置，在此或附近之水清处，择一落钩点，取一套如前法配好的钓具，抛入水，以测其浅深；这每在八到十英尺间；离岸之远近，以两码最相宜。倘附近有水磨坊，则水之高下，翌日早晨当有变，不可不察。故日后撒地饵或钓鱼处，浅深当盈绌以半英寸许，铅坠方可落在水底（或接近于水底），鱼漂矗于水之上的长短，仅可有半英寸之谱。

择好位置，测出其浅深，即可回家办地饵了，此事之轻重，与你辛苦的成果只差一间，故不可小觑。

打窝子[1]

取产于粗地的甜燕麦芽，参以下钩处的流之缓急、水之浅

---

[1] "地饵"，原文作"ground-bait"，即我们钓鱼的常说的"打窝子"，译文中参用两者。

深,或一配克,或一配克又半;在壶里煮,开一两过即可。纳入口袋里挤,承以木盆,因汤是好马料。袋子和麦芽快凉时,即携去河边,以傍晚八九点为宜,不可过早。取2/3抛入水,事先用两手猛捏,可一抛到底。抛下的地饵,务要停在你想下钩处,倘水急或河潺缓地流,则手把麦芽,朝水之上流高抛。两手攥紧了麦芽,以免落下时散开。

这样铺好地窝子,备好渔具,可把口袋、其余的钓具和地饵放在"行乐场"之附近,搁一整夜。到凌晨,三四点光景,即可来河边,唯不可太近,因鳊鱼机敏,且布有狡猾的岗哨。

取三支竿中的一根,手脚务轻,挂饵;抛向地窝,然后拖钩子,让铅坠停在地窝之中央,下手要柔,要轻悄悄。

取第二支竿子,在第一根之上首约一码处抛进水,第三根亦如此数,唯在其下首。竿子撂地,人走远,远到只能看见鱼漂的顶,要盯得死,眼不离。漂顶突然一沉,可知有咬钩的鱼了。但不可急,别忙着跑去抄竿子,见到走再爬着去水边,放线到最大。倘是好鲤或好鳊,则它一定拖线到河之对岸,才轻扯你的钩子,拉弯你的竿,要容它片刻,你俩若争扯,则这一场捉鱼的好戏你一定输,还要赔上钩和线,落得鸡飞蛋打。而一旦你胜了,它也输得有气度,上岸时羞怯怯的。同鳊鱼比,鲤鱼则稍伟烈一点。

这种鱼和它的钓法,可说者犹多,唯纸上得来终觉浅,事不亲行、不和人切磋,终归差一点。你只须记住并留心一件事:河里倘有狗鱼,它一定抢先咬饵、抢先上钩。狗鱼的个头每很大,它们来你的地窝子,不为吃它,只为群浮于地饵上的小鱼苗，既是为此而来，自要吃它们、耍它们。

我钓鳊鱼的钩，就好几次钓起了一码长的狗鱼。若你信不准你的鳊鱼钩，想拣狗鱼这软柿子捏，自有办法在：

取小银鲤或石斑鱼或鲌做饵，要活的；置于三根竿子中间，钩和软木漂子间以两英尺，尖上穿一条小红蚯；取少许白面包的屑、几抔地饵，在竿子之间轻轻地撒下。这狗东西若在河里，则小鱼见之辄惊，一跃跳出水来，但活饵却跑不了，每被它逮个正着。

你可以从凌晨四点，一直钓到八点钟。若天阴而有风，则它们一天都会咬饵的。可枯守在一处站一整天，无疑太长了，也败你傍晚的钓兴。晚钓的办法如下：

下午约四点钟，赶到布饵的地方，一来河边，即把剩下的地饵抛一半到水里，然后躲开，四方的鱼自来赴晚宴，你可借机抽一袋烟。而后送竿子下水，法如早晨。从薄暮到八点，你尽可过足钓鱼的瘾，然后把剩下的地饵抛进水里，翌日凌晨，约四点钟光景，再来河边钓四个小时，这最起人的钓兴。此后叫它们歇一歇，待你和朋友有兴致再来。

圣詹姆斯节到圣巴塞罗缪节[1]之间，是钓鳊鱼的好日子。因时当夏季，鳊鱼不愁吃的，每长得最肥。

最后你记住，连钓三四天鱼，鳊就胆怯而警觉了，你就是再送饵给它，也难得它吃一嘴。故只有杀下渔瘾，忍两三天。

---

[1] 西方基督教国家的两个节日，时间是 7 月 25 日和 8 月 24 日。

不过，倘有心卷土重来，则当取草皮一块，草色要青，要短，大小如圆木盆，略大亦无妨；复取针和绿色的线，缀小红蚯在草的梢上，一个挨一个，不厌多，盖满这草皮子；取圆盘或木盆一只，纳入草皮，盘之中央开一洞，破草出；缚之以长线，用杆子送下水底，让鱼吃两天安稳的饭。之后，你即可拖走草皮，重续前欢了！

第十一章
说丁鲅

劈

第四天（续）

丁鲅是鱼郎中[1]，据人说，它爱濯淖在水坑里，有坑不取塘，有塘不取河。然卡姆登说，多塞特郡有河盛产丁鲅[2]，唯深居而简出，远浮流，潜幽穴，自是沉沦的一族。

丁鲅的鳍很大，鳞小而光滑；眼大而金色，有赤圈绕之；嘴之左右，各垂短须一缕。凡丁鲅，头中都有两颗小的结石[3]，他国的医生，每派之以大用；丁鲅的肉，亦可制成外敷的药，

---

[1] 据说这种看法，是得自下面的事实：人们常见丁鲅簇拥着受伤的狗鱼，并舔它的伤口。龙德莱提乌斯也说，狗鱼和丁鲅很有交情，因为丁鲅身上的黏液，狗鱼可取为疗伤的药。

[2] 卡姆登《不列颠志》中说："著名的斯托尔河，盛产丁鲅和鳝鱼。"

[3] 葛斯纳《动物志》第4卷。

施用多途，唯吃起来，不听说有"强身健体"的好声名[1]。龙德莱提乌斯说，他在罗马见有重病者，被人拿丁鲃外敷在脚上，竟有奇效。他又说，那手法很怪，郎中是犹太人。且说犹太人中，多有通万物之微者。其先王所罗门，即彻天心，通物性，大到参天的杉，小到伏地的草，莫不心中了然。他们承先人的余泽，口耳相递，父传子，子传孙，不立文字，一代一代如传薪一样。且家门甚严，倘非不经意，则半点也不透露给外族人，否则是谩神，是无法。无怪信基督的人，多不知他们的秘密。但据人说，当初教我们"活吞虱子治黄疸"的，却正是他们或比他们更等而下之者。这一类怪疗法很多，都由他们发现，或由他们得之于天启，因为靠人的心智只怕是学不来的。

除了供口腹，丁鲃对人的益处，亦复不小，且死活不论。惟事涉于幽眇，我岂敢多言？钓亦有道，道在谦逊，在诚实，独不在鲁莽灭裂。人间有许多愚妄子，自诩为才大，敢究天地（本不许人知的）的隐微，谈医学，论神学，但不知毁了多少愚信的人。但这好比惊风吹皱了池塘水，不干我的事的，我只愿他们放聪明点，我本人则胆大些，好再说一说丁鲃：丁鲃是鱼的郎中，治狗鱼，更是神乎其技，狗鱼生病或受伤，丁鲃一触即可痊愈。据人说，狗鱼素行霸道，对这医生却不起狠心，就是饿急了，也按捺得住饥火，不吃它。

丁鲃身上有天然的药膏，可医治自己和别的鱼。惟喜濯淖

---

[1] 此说源自洛威尔的《动物志》。

在脏水里、水草间,可味道殊美,这你吃来便知。故说完闲话,也该讲一讲它的钓法了,这我不多讲,点到即止。

它喜欢的饵,有沼蛆,有沙蠋,有黄面包与蜂蜜做的面膏。面膏加焦油,更让它翕翕然心动。它爱吃的,尚有小的蠕虫,唯脑袋要掐掉,上面再挂一只鳕蛆。夏季的三个月,取菖蒲虫或绿蛆做饵,亦复大佳,其他九个月,天气凉,它坚伏不出。说丁鲹,我所知道的尽于此,因为我不常钓它。惟愿贤徒你常去试试,并祝你走运!

第十二章
说鲈鱼

劈和温

第四天（续）

劈：鲈鱼味美而健啖，吞钩不惧。它和狗鱼与鳟一样，素行霸道，是食鱼者之一。嘴里长一口巨牙，好多鱼都在它吃、杀之列。它的后背弓如猪脊，有鬣森然如矛戈。通身的鳞甲，坚且厚，涩而干，背插双鳍，这在鱼里是很少见的。它胆大，敢为害于同类，狗鱼对之亦有愧色。故称它为胆大的老饕，是不过分的。

据阿尔德罗凡杜斯，在意大利，鲈是很受珍重的鱼，其小者尤称美味。葛斯纳也夸鲈和狗鱼，说比鳟强，比淡水鱼都强；又说德国有谚语云：养身胜过了莱茵鲈；他还说，河鲈有益气之功，故医生每让受伤者、发烧的人和产妇吃[1]。

鲈鱼岁产一次卵。据医生说，它有营养，然好多人又说，它难消化。龙德莱提乌斯说，波河（River Po）与英国的鲈盛于他地；又说它脑中有一块结石，在外国，药剂师每取以出

---

[1] 葛斯纳《动物志》第4卷。

售，据称对肾结石有药石的功效。好学深思的人堆砌在河鲈身上的褒赞语，由此可见一斑。然他们又说，海鲈比河鲈好，背是单鳍，还说我们英国不多见。

鲈鱼长得慢，但我听可靠人说，它每能长两英尺大，又说这样大的鲈鱼，亚伯拉罕·威廉斯爵士（Sir Abraham Williams）[1]即捉过一尾。该人是一位君子，也是钓友，他仍在人世，愿他长寿吧。且说他钓的鲈，肚子鼓鼓的，显然吞了一条与它等身的狗鱼。记得我对你说过，鲈的性子猛，狗鱼若非饿昏了头，是绝不敢吃它的。因为鲈有火鸡诈尾的手段，竖起鳍来，森森然如棘，每能吓得跑狗鱼，保住性命。

鲈不只勇于自卫，还于杀伐，可也不是一年四季咬个不停，即如冬天，鲈就很克制，亭午才出来一咬，但天得暖和。其实，冬季倘逢天暖，亭午时所有鱼都咬得凶。据有人说，鲈之咬食，每等到桑树吐芽的季节，即早春的严霜过去后。因园工们注意到，桑树一吐芽，早生果即躲过了严霜的克伐，而鲈之咬食，时令据说与此略同。

鲈不咬则已，一咬就很凶。且有明眼人说，一眼洞子，即使有鲈二十到四十尾，也能一条接一条如拾芥然，把它们全捉来，位置都不用换。因为，他说，鲈之为鱼，如人之全无心肝者，朋辈死于前，心也不为之惧。且鲈不像狗鱼，自来不块然独往，动辄朋党而勾连，游起来，浩荡如行军然。

钓这狂徒所用的饵，可举者不多。因它口大吃四方，蛆、

---

[1] 不知何许人。

鳅和蛙崽（晒干草季节每能找到许多），固是它爱吃的三种饵，但别的也吃得顺口，好坏一体收。蛆之中，人称"红纹蚯蚓"的粪堆蛆，我看是最好，唯须在苔藓或茴香里除干净；牛粪下长一种蛆，淡青色的头，它也爱吃。用鳅取鲈鱼的命，鳅最好是活的；可穿钩于背鳍或上唇，好让它在水之中流[1]或偏下处上下游，唯保持这深度少不了漂子，并小不得。取蛙崽做饵，办法略同于上；入钩处，在蛙的前大腿，靠近腿根部。我最后的建议是：钓鲈鱼，要容它有咬饵的工夫，唯很少有钓鱼的人肯这么做。好了，说这么久，我也疲了，还是歇歇吧。

温：别歇呀，我的好师傅，再来一条鱼吧，您瞧雨还下着。您也知道，我们这钓鱼的，就像那放贷的，坐着说话解闷儿，什么也不干，利就有了。来吧，我的好师傅，再来一条。

劈：可是徒弟呀，我的话快成女人的裹脚布了，你就不能调剂一下？你记性那么好，兴致那么高，为师我就不能听你说点什么？

温：好吧，师傅，我就来首邓博士[2]的诗吧。由这诗，可知大匠运斤，轻重咸得其妙，清新浏亮，于他有何难[3]？我爱

---

[1] 指纵深意义上的中流。

[2] 即邓约翰。

[3] 邓约翰获神职后，作诗一改过去的浮靡之气，内容偏于宗教的感受，较为沉重，风格也"冷涩"，用约翰逊博士的话说，是常把不相干的形象强行拉到一起，故人称之为"玄学诗"。《钓客清话》里的这几句话，也许是因此而发的。沃尔顿引用时，略有些改动。

这诗,还因它提到河,提到鱼,提到了垂钓。您听:

> 来跟我过吧,做我的情人,
> 我们将丝线银钩
> 消受那
> 金色的沙,晶莹的水。
>
> 那里河水流潺潺,
> 照暖它的不是太阳,是你的眼;
> 那里锦鳞静不动,
> 求上你的钩,如毛遂自荐。
>
> 当你游在清溪里,
> 河中的每一条鱼,
> 都会游向你,脉脉含情;
> 比起你捕它,它更爱捕捉你。
>
> 你若不愿被日月窥视,
> 你就掩起日头,盖住月亮,
> 你若允许我观赏,
> 则有了你,我再不需要它们的光。
>
> 让把竿的人去挨冻吧,
> 让贝壳、水草割破他的腿,

> 让奸人围剿可怜的鱼吧,
> 用抄子,用带眼的网。
>
> 让胼手的粗汉踩在泥滩上,
> 把网里的鱼抛上河岸,
> 让奸徒拿丝做的蚊钩子,
> 去蒙骗游鱼的眼。
>
> 而你就是自己的饵,
> 不需这骗人的飞虫,
> 没被你钓中的鱼,
> 真是比我聪明。

劈:念得妙哇,我的贤徒!听到这么好的诗,真感谢你。这诗我以前也听过,却忘光了,亏你记性好,我才又想起来,好吧,我也算休息了,你投桃,我报李,趁这雨还下,我就说说鳝鱼给你听。你刚才也说,咱们钓鱼的,好比那放贷的,那咱就坐在这忍冬篱下,再戏耍一会儿,不愁利不来的。

第十三章
说鳝[1] 和其他的无鳞鱼

劈

第四天（续）

鳝是仙厨的雅味，人们是多同此见的。在罗马，人尊鳝是"宴席上的海伦"，还有人，则尊它为"珍馐之女王"。惟鳝的生育，人们却见解不一。有人说，它和别的鱼一样，是娘胎长的；还有人说，它化出于泥，像蛆，像埃及的耗子和许多别的生物，尼罗河泛滥的水，一经太阳的煦照，就蓬然而自生；或化出于腐土，或别有所道。不信它是娘胎长的人，常这样发问：鳝之有白或有卵者，谁见过？这一问，自有答：鳝的器官，和其他鱼无别，莫不宜子宜孙，都因鳝太胖了，故生殖的器官小而难察，细细地找，自可以得之。雌与雄可由鳝分别。龙德莱提乌斯也说，鳝像蚯蚓那样缠绵搂抱的事，他亲眼见过。

还有人说，鳝到了桑榆之年，体衰而肉腐，每有新鳝化出

---

[1] 这一节中所言的鳝，指鳗类。

于其中，据弗朗西斯·培根爵士，鳝以十年为寿[1]。又有人说，有黏稠的露水因光热而凝为珍珠者，同样，也有露水之化为鳝鱼者，此事多见于五六月的河、塘边上，唯露非常露，河、塘亦非寻常的河、塘，莫不得天之厚，故坠地不几日，即因日晒而变成了鳝鱼。化于清露的鳝，在古代，人称之为"帝约夫之苗裔"（the offspring of Jove）[2]。我曾于六月初，在坎特伯雷附近的一条河上，见小鳝粗细如稻草然，盖满了部分的河段，鳝四浮在水上，厚厚的一层，真像传言中的太阳之黑子。我还听说，其他河上亦有此景观，如塞汶河，那里人称鳝为"Yelvers"；斯塔福郡的附近，亦有一水塘或小湖，夏季某个时间，一群群的鳝，都挤满了水塘，穷人之住在附近者，每取来做鳝饼子，权充面包吃。葛斯纳引"圣人"比德（Venerable Bede）的话，说英国有岛，名"鳝屿"，因这里盛产鳝[3]。杜·巴塔斯、洛贝尔[4]和国人卡姆登、写《本草》（The Herbal）的勤学者格哈德[5]，都言之凿凿地说，树或烂腐的破船板子，每因日照而化出黑雁和

---

[1] 见培植《生死史》。

[2] 葛斯纳《动物志》中引用过他们的话。

[3] 见比德《英吉利教会史》第 4 卷第 19 章，商务印书馆 1991 年版，陈维振、周清民译本，第 170 页。

[4] 洛贝尔（Mathieu L'Obel），法国医生、植物学家，植物中有"半边莲"（Lobelia）者，即以他的名字命名。他虽生于法国，但一生的大部分时间却是在英国度过的，曾经担任过詹姆斯一世的御医。

[5] 格哈德（John Gerard），英国历史上最著名、最有影响的药学家之一，作品有《本草》，一名《植物通志》（Generd History of Plants）。

小鹅。由此而推彼，则鳝之生也如某些蛆，如某些蜜蜂、黄蜂，或化育于露水，或出自于腐泥，也是可能的。

龙德莱提乌斯说，鳝之产于入海或近海的河中者，一尝到咸水，便乐不思蜀，绝不再回淡水去，鲑则不同，它总是恋着河里的故居。这一点我不难相信，因钓鳝的上好饵，我敢说是牛肉的粉。弗朗西斯·培根爵士，固然说鳝只有十年的命，然在《生死史》中，却提到一尾八目鳗，归罗马皇帝的名下，他驯化了它，做宠物养了近三十年，益智又赏心，故这鳗鱼死后，它的饲养者、演说家可拉苏（Crassus），禁不住悲从中来[1]。哈克威尔博士的书里[2]，亦有记载说，豪登修[3]有八目鳗，蓄之也久，爱之也深，故死时他情不能堪，哭成了泪人。

---

[1] 培根引用的是古罗马作家伊里安（Aelian）《论动物的本性》里讲的一个故事。公元前1世纪的演说家可拉苏（不是那位与恺撒、庞贝组成"三头政治"的"克拉苏"）生活豪奢，古罗马贵族多米提乌斯·阿赫诺巴布斯（他的父亲即恺撒的死敌多米提乌斯·阿赫诺巴布斯，恺撒《内战记》中多次提到他）为此而指责他，并散布谣言说他为一头八目鳗的死而哭泣。可拉苏公开反驳说，即使他真为八目鳗哭过，那也没有什么，这总比多米提乌斯·阿赫诺巴布斯连死了妻子都不哭要好得多。但这里沃尔顿显然把"多米提乌斯"与公元1世纪的古罗马皇帝"多米提安"搞混了。可拉苏和多米提安生活在两个时代，不可能为他的八目鳗哭泣。八目鳗是他自己蓄养的。

[2] 见他的《为神力与神恩辩》。

[3] 豪登修（Quintus Hortensius），西塞罗时代的古罗马演说家、讼棍。

人人或多数人都说，在一年中，约有六个月时间，鳝不在水里游，不论在河里，还是它平素生活的水塘。这六个月，即六个冷月份，它们钻进软土或泥中，一道铺床而就枕，不吃，也不喝。像我说的燕子之蛰居于空树，酣然一觉，睡过六个冷月份。鳝和燕子所以如此，都因不耐冷，葛斯纳引阿尔伯图斯的话说，1125年之冬，天气寒于往岁，鳝本能地逃出水，躲进牧地上的一堆干草里，铺床而就枕，唯后来有严霜至，鳝没禁得起克伐，全死了。国人卡姆登也说，在兰开夏郡，有人用锹挖土，却一锹掘出了鱼，然附近没有水[1]。关于鳝的事，我不再多举，只告诉你这一点：据人讲，它性不耐冷，然还有人说，节气若暖和，则出水的鳝，一口气能活到五天后。

　　且闻穷究鱼性的有心人说，鳝的种类不一：银鳝；盛产于泰晤士河、人称"小鳗"者，曰绿鳝，脑袋较普通的鳝为肥大者，曰黑鳝；还有一种鳝，鳍是淡红色，我国虽不多见，却也时可一得。鳝之族也繁，生也异。有出于腐泥者，有化自清露者，还有的，则别有所道，如我刚才说的。惟有的人断言，银鳝虽出于娘胎，却和别的鱼不同，它不卵生，而直接产出成形的小鳝来，大小、粗细，恰似一根针。这一点，证据太多了，不由我不信，需要的话我可以摆出来，但我看没这必要。

---

　　[1] "奥特茅斯附近的佛尼比有沼泽，掘草皮者一锹下去，发现下面有黑色的死水一泓，上浮油状物，油下的水中则是小鱼。掘草皮的人拿回了家。"（卡姆登《不列颠志》）

鳝我说了这么多,且来看饵:钓鳝的饵亦颇多,有牛肉蠋,有沙蠋,有园蛆,有鲰,有鸡崽、母鸡或鱼的下水,太多了,指不胜屈,简直什么都成,因鳝是贪性子。但尤宜做饵的,是八目鳗中的"五寸钉",人称"傲鳗"[1]的,在夏季的泰晤士河或其他河的烂泥堆里,它们营营攘攘,多如粪堆里的蛆。

鳝白天少活动,坚伏不出,故钓鳝每在夜里,所用的饵,可取我说的任何一样。钓鳝,可使"守株待兔"法:竿子定在岸上或枝上,拦河抛下一根线去,上面挂满钩子,布以刚才说的饵,坠以土块、铅或石头,第二天一早,线就沉到了该去的地方,取拖钩或其他工具,把它捞来就是。但这些,都是钓术之小技,随便找个钓鱼的,陪他钓个把小时,即可以学到手,我唠叨一个礼拜,反不见佳。故鳝的钓法,我再举一种,便就此打住吧:在夏天,逢温暖的日子,可取"引蛇出洞"法,我依此法钓鳝鱼,所获良多,兴复不浅。

念你是新钓手,当不知什么是"引蛇出洞"法,故我来讲给你听。你记得我曾说过,在白天,鳝是轻易不动的,总是找地方藏起来,如水闸、鱼梁或水磨坊的板子下,或河岸的洞子里。你拣个暖和的天气,等水落到最低,即取一只结实的小钩,系在一根结实的线上,或长约一码的金属丝上;把钩送进洞子、磨坊的木板间,或石头或船板下,即任何你认为藏有鳝鱼的地方;取一根短棍子,把饵送进去,要轻悠悠,千万不可

---

[1] 原文 pride,意思是"骄傲"。

毛躁；鳝一见到饵，少不得一扑而上，吞进嘴里；惟想捉住鳝鱼，则急不得，要轻轻地拉，细细地拽，一点点把它拖出来，因鳝在洞子里多叠作两截，你务不要强拖，否则它尾巴一扇，线就折了，故要慢施手段，耗得它精力尽、野气消，就能慢慢地拖出洞来。

话说得这样久，偏劳你有耐心，我无以为报，且讲一段食经，教你如何把鳝鱼做成一道美味吧。

> 先用水、盐洗净；褪其皮，到肚脐而止，不可再往下；取五脏，揩之令极净，唯不可水冲；身上破三或四刀；取香草数茎、鳀一尾、豆蔻微许，研之令碎，和以黄油、盐，茹腹和刀口，令之满；拉其皮，复之如初，唯不可盖过头；头剪去，皮在头处打结，以防美津溢出皮外；复取束带，缚鳝于烤叉上，缓火遥炙，急转勿住，涂之以水、盐，令皮劈裂，复以黄油抹之；火足而止，充腹物和滴下的津，可作调汁用。S.F [1]

若要我烤鳝，则我很愿意叉上的鳝鱼，长一码又四，如1667年从彼得波洛河（Peterborough）里捉到的那尾。那鳝鱼，真是个巨无霸，你要不信，尽管去威斯敏斯特的国王街，那里的咖啡馆自让你看个明白的。

---

[1] 不知何许人。

这样烤鳝鱼，不唯好吃，且更不伤人，因为你知道，据医生讲，鳝是危险的肉。故所罗门说蜂蜜的话，我移来告诫你吃鳝鱼："你得了蜜吗，只可吃够而已，吃蜜过多，是不好的。"[1] 还有句后话，是不讲仁义的意大利人说的，叫作：给敌人吃鳝，不给他饮酒。

我想再讨你的耐心，说两句闲话：据阿尔德罗凡杜斯和许多医生说，鳝之佳处，端在于药石之效，不在肉好[2]。然我看，鳝的肉是四时皆美的，它不像鳟和别的鱼，味美只在于一时。至少多数的鳝如此。

形与性与鳝相类且沉江浮海的鱼，尚有许多，如鳗鲡（Lamprel），如八目鳗，如七鳃鳗等。此外又有名"海鳗"者，身大而力豪，塞汶河之流经格洛斯特处，每可以捉到它。但谈这些鱼，和我的名分不相符。因为从它们那里，我们钓鱼人得不到乐趣，故且做一回格于戒律的犹太人吧[3]。不去理它。

此外尚有海鱼，名"比目"，它爱云游，每失路于淡水，既来之，则安之。它长足了个子，宽约人的一掌之谱，长为此数的一倍。此鱼无鳞而味美，颇可供钓客们遣兴，饵取小的蛆，然以捉自沼泽或草地上的小青虫为佳，要洁净。唯它的味道虽

---

[1]　见《圣经·箴言》第25章第16节、第27节。

[2]　屈大均《广东新语》卷22"鳝"条："味甘可以滋阴。大抵鳝与鱼相反，鱼属火可以滋阳，故噉人多子，以多食鱼。鳝属水滋阴，故患痰火者宜食之。"

[3]　《圣经·利未记》中禁止犹太人吃无鳞的鱼。

好，却因无鳞，故为犹太人所厌恶。

还有种鱼，是兰开夏郡人所夸耀的，名曰"斑鲑"，可得之于该郡的一座湖，他处不见之。湖名"温纳德"[1]，据卡姆登说，该湖之大，甲于英国，湖水淌淌十英里长。又有人说，湖的底很平滑，像砌过打磨的汉白玉。这种鱼，长不过十五或十六英寸；身有花斑如鳟；除背部，通身不见骨头。它能否供钓鱼的人遣兴，我不知道，只因少见，又见称于名人，我才说给你听的。

还有种鱼名"圭尼亚德"（Guiniad），虽少见，却不好全无所知，故我撮述卡姆登和别人的话给你听：流经切斯特的迪河（River Dee），源出表立昂斯夏（Merionethshire）；去切斯特途中，穿经一大泽，名"派贝尔湖"（Pemble Mere）。据人说，迪河多鲑，派贝尔湖多"圭尼亚德"，而鲑之见于湖、"圭尼亚德"之见于河的事，则绝未曾有过。好了，下来说"髯公"吧。

---

[1] 即现在所称的"温德湖"（Windermere）。

第十四章
说"髯公"

劈、温和挤奶妇

第四天（续）

劈："髯公"之名"髯公"者，据葛斯纳说，是因鼻子或下巴底下，即嘴之两旁有胡子或触须[1]。它是我说的"皮嘴鱼"之一，故着钩后，是很少脱的，唯它力气大，个头若魁伟，则线和竿子也时被打折。

"髯公"的身形秀逸、颀伟，风姿可赏，但味道与养生之效，却无足夸者。唯雄鱼之口碑略胜过雌鱼，因它的子有害，这容我稍后再说。

"髯公"每结群如绵羊，它产卵约在四月，这时的肉最差，可很快又当时令。它在湍流里讨生涯，夏季，它爱浅水，爱急流，爱伏在水草下，就餐在砾石上，背靠河床之高处，寝息在河沙里，鼻子像猪那样拱窝。但有时，也退隐到水深而急的桥

---

[1] 葛斯纳《动物志》第 4 卷。所谓"胡子"，其实是触须。

下，或水闸、鱼梁的下面，把自己安顿在木桩间或坑里，死咬住苔或草，水不管多急，也无法把它赶出这安乐窝。夏季，当它和多数的生物在阳光里嬉耍时，其惯态即如此。而当冬季来临，它弃急流，别浅水，委蛇远遁到深水下，静伏如隐士。在这里，也约在此时，雌鱼产下卵来，雄鱼则如我前面说的，帮着它在河沙里挖一眼洞子，藏进它的卵，然后，夫妻俩齐下手，用挖出的沙子把它们盖住，以防被别的鱼吃。

多瑙河的"髦公"很盛，据龙德莱提乌斯说，在有的河段、有的月份里，近处的居民，手一捞就是十来尾。他还说，"髦公"之入时令，从五月开始，迄八月止。我国则不然。惟他说"髦公"的子即使无毒也有害，且以五月为甚的话，则适于我国。葛斯纳和戛修斯[1]说，他们曾亲受其害，并险些送命，看来此言不假。

"髯公"美丰神，鳞细而秀整，但吃起来，如我刚才说的，每不惬于人。可我看是料理得差，坏了声名，落了雪鲦的下场。淡水鱼中，人称它的肉最粗、最劣。而供钓客们遣兴，"髯公"则不让谁后，它性子烈而狡猾。说它烈，是因它着钩后，便一头扎去洞子或掩身物或河岸，用尾巴排线，欲打断它，像普鲁塔克在《论生物之勤勉》(*De Industria Animalium*) 一书里写的，故钓"髯公"，是不免断线之忧的；说狡猾，是因它总是咬啮钩上的蛆，从钩上吸下来，而不让钩子进它的嘴。

"髯公"吃得挑剔，饵要香，要干净。故蛆要除秽，万不可养在馊霉的苔藓里。去了秽的沙蠋，"髯公"咬得很猛，若提前一两夜，把切碎的大蛆抛在落钩处，则"髯公"咬起饵来，将更无忌惮。你记住，撒地饵，人们从不撒过头，钓"髯公"，也不去得太早或太迟。"髯公"也咬绿蛆，但除秽以不去绿色为度，方是好饵。奶酪饵，亦复大佳，唯不可过硬，在湿的亚麻布里，浸一日或两日，即可有韧性。垂钓的前一两天，拿它打地窝子，往往得鱼如拾芥一般。把奶酪放在清蜜中，一两小时后拿去做饵，也容易得鱼。有人指教说，奶酪应脍成薄片，炙以火，复用精丝匝上钩子。还有人说，钓"髯公"，可取羊的脂和软奶酪，合捣成面膏，是八月的好饵，我信这话。

---

[1] 戛修斯（Antonio Gazi），意大利医生。

不过，去秽的沙蠋、去秽却不失绿色的绿蛆和采用我的办法调制的奶酪，一年十二月，都可以应付裕如。若有钓徒，不拘于成式、自唱新腔、勤勉以改进钓术，我也为他叫好。就这样吧，我的好徒弟，雨长，我的话也长，雨尽，我的话也尽了。临尾再说一声，钓"鲟公"，线和竿子要长，要结实，你记得我说过，"鲟公"的力气足，性子倔，很不好对付，所幸它一着钩，就万难摆脱了。钓"鲟公"之道，你若不满足于此，当去拜谒谢尔顿博士[1]的门墙，他技艺超群，四邻五舍的穷乡亲，对此的感受至深。

好，竿子贷给了鳟鱼这么久，去看看，它付我们什么利息。来，徒弟，抄哪一根，你说。

温：您看哪根利大，师傅？

劈：就这根吧。看线的样子，它下面一定有鱼。当心，徒弟！干得好！来，去抄另一根。好的，太棒了！今天你连钓三尾鳟，晚上见我兄弟彼得，你有话说了！咱们回客店吧，路上讨一杯牛奶喝，顺便给莫德琳那俏姑娘和她厚道的母亲一尾鳟鱼，让她们做晚饭吃。

温：这正合我意，师傅。现在也该到挤奶时间了。瞧，她们俩在那边。

劈：上帝赐福你们，二位娘子。昨晚听了你们的歌，我和我同伴今天就交了鱼运，所以我们决定给您和女儿一尾鳟鱼做

---

[1] 谢尔顿（Gilbert Sheldon），曾任坎特伯雷大主教，英王查理二世最显赫的谋臣。

晚饭，权作是感谢吧。您那红牛的奶给我们来一杯如何？

挤奶妇：这有什么说的，我巴不得您喝呢！可我还是欠您的，您下次来我再还。您只消说一声，我就调一份鲜果汁做的乳酒给您，您尽管喝，我和莫德琳会坐你们身边，唱一支老歌给你们听，像《追猎谣》[1]这样的好曲子，我姑娘会好多。我家的莫德琳，记性可好啦，她也喜欢你们，因为你们厚道。

温：太感谢了。一个月后，我们想再来叨扰您，算是先打个招呼。好了，再见吧。再见，莫德琳。

师傅，咱们也别耽搁，再教我钓鱼如何，您要是乐意，就先说鲌鱼吧。

劈：好说，贤徒。

---

[1] 即《契维猎歌》。

第十五章
说鲃、鲈鲋和银鲤

劈

第四天（续）

鲃的味道和养身之效，是名播人口的。它一副好身条，呈银白色，身之两侧和尾部，点缀有黑章。它产卵每在夏季，一年两回。其营养，也很值得称道。因进食在河底，故德国人称之为"地栖儿"[1]。它枕石而漱流，每在河底开宴，这习惯和"髯公"相仿，它俩不像别的鱼，从不在水面捉飞虫吃。对于新钓手，它还是好的"入门鱼"，因它易捉，饵取红色的小蛆，垂近河底。它是一种"皮嘴鱼"，牙齿生在喉咙，故一旦着钩，是万难走脱的。

夏季因天热，它们每三三两两，上下于浅水中。到了冬天，草开始发酸，变腐，天气也见凉，它们则结伙去水的深处。故这时候用浮漂或软木钓鱼，钩要落在河底。但钓鲃鱼，和钓鳟

---

[1] 见葛斯纳《动物志》第 4 卷。

一样，多靠手技，在地面上走线，不用浮漂。如果竿轻而手巧，则不失为好办法。

还有一种鱼名"教皇"（pope）[1]，也有人称之为"鲈鲋"，据说不是每河都有。它长得像河鲈，名气则胜一筹，唯长不太大，自来超不过鲍。游水的鱼中，味道之美没有超过它的。初把钓竿者，想登钓艺的堂奥，它也是好的引路鱼，因它贪饵吃。它们在深水里结群，静居而深伏。若能找见它们的窝，你就是二把刀，站不移位，也能钓来四五十尾，有时还倍其数呢。

钓鲈鲋的饵，务要小的红蛆，若用草皮打窝子，则效果更好。

还有种鱼，名"银鲤"，诨称"淡水锉子"。它佻挞而无常性，故也有人称之"河燕子"。夏季的薄暮，燕子每参差其羽，左翻右剪，不停地飞，捕天上的虫吃，"银鲤"在水面也这样。奥索尼乌斯称之为"银鲤"，是因它色白；它的背，则是海青色；肚子白而亮，皑如山上的雪。穷人多美德，故我们淡然于财富，但对"银鲤"，则当奉如连城之宝，即使我们缺少使它变成鳗的阿拉莫井盐[2]、意大利人的手艺。钓这种鱼，可用"念

---

[1] 鲈之一种，系淡水鱼。很少能长过 6 英寸。

[2] 据《钓客清话》美国版的编辑者说，阿拉莫（Allamot）或是 Alto Monte 之讹，后者位于意大利南部的卡拉布里亚，此地盐井中出产的盐，以前价格颇昂。但无论盐怎样好，也不会把银鲤变成鳗的。鳗是咸水鱼，银鲤则是淡水鱼，鳗在这里的意思，也许是指鱼酱。

珠线",也就是说,一根线上,系六到八只小钩子,间以半码。我见有人用这钩子,一次就捉到了五尾。钓银鲤的饵,以绿蛆为上。

钓银鲤,亦可用小巧的蚊钩,色取深棕,个头要小,钩要合度。垂钓之乐,无过于夏季之薄暮,泛扁舟在急水中,或逍遥于河岸上,手挥榛木梢竿子五六码长,丝纶的线倍此数,大竿长线抽银鲤[1]。我听亨利·沃顿爵士说,在意大利,许多人还用抽钓法捕燕子,尤其是短嘴燕。钓鸟的人,立在教堂之塔尖,线比我说的长两倍。且听我说,徒弟,短嘴燕和银鲤,都是最鲜美的肉啊!

我还见过一只苍鹭,常光顾某地的,有一天,它中了用一只大鲦(或是小鲍)做的鱼饵。线和钩子务必结实,捆住一根棍子,不需固定它,但要大,以防它带上天去。线则不超过两码长。

---

[1] 抽钓,垂钓之一法。

第十六章
无所道，或无足道

劈、温、彼得和考利敦

第四天（续）

劈：我本想同你说一说石斑鱼和鲦鱼，和另一些虽不入品，却每令我们钓兴大发的鱼，因为你知道，猎兔子比吃兔子更有趣。可眼下，我还是先不提，你瞧远处，我兄弟彼得和考利敦来了。不过我答应你，明天我们钓鱼、去伦敦的路上，要能想起我现在忘掉的事，我一定讲给你听。

你们好，二位，刚到门口就碰到你俩，真是赶巧了。老板娘，你在吗？晚饭好了吗？先给我们喝的，饭也快点，我们都很饿！来，喝。你们鱼运如何？我俩钓了十尾鳟，有三尾是我徒弟钓的，两尾送人了，瞧，这儿还有八尾。这一天，我们钓得过瘾，谈得也尽兴，所以回来，是又饿又乏。吃一顿，歇一歇，那才是正理呢！

彼得：考利敦和我过得也不坏，可我们只抓了五尾鳟，因为下雨，我们去了一家好酒馆，玩"推板"玩了半天，论快活，倒也不比钓鱼差。您听，这风风雨雨的，幸好我们头上有一片茅草。老板娘，添酒，饭也快上。等吃完了，我们得听您的歌，劈兄。还有您徒弟，他答应给我们来一段轮唱的。否则，考利敦可要犟脖子了。

劈： 哪儿的话，我岂是言而无信的人？放心，我的歌短不了，只愿我唱好它。

温： 愿我的轮唱也这样，我已准备好了。咱先去痛痛快快地吃晚饭，然后再浅酌高唱如何？

考利敦： 饭吃好了，该听您唱了。老板娘，火里添几根木头。您请，劈师傅。

劈： 好的，考利敦，敬你一杯酒，听我一曲歌吧：

> 钓徒的日子，
> 谁比得了？
> 尽快乐，
> 没烦恼，
> 难怪人们觉得好。
> 别的乐儿，
> 瞎胡闹，
> 只有钓鱼
> 是正道，
> 我们的手艺
> 不招病，
> 只招快乐和宁静。

东方日未熹

我们早早起，

饮水醒目，

去除睡意。

咱们走，

去遛遛，

后背上，

挂渔兜。

哪里去？

泰晤士，

得暇不乐如秋水。

信步于户外，

安闲事所乐，

田野为庐，

美景处处。

在溪边，

把钓竿，

或湖畔，

起美鳞。

水边坐，

息身心，

水草缠线才起身。

软蛆装在牛角，

还有虫子与面膏,
守着水,我们无日无夜,
受雨淋,挨风暴。
没有人,
骂咧咧,
钓鱼就怕
嘴无德。
盯鱼漂,
静静坐,
钓徒吵闹?
使不得!

烈日如火,
汗如雨落,
去篱笆边,
找凉荫坐。
见沟里,
有鲈鱼,
或狗鱼,
或鲦鱼,
抛钩下水,
钓他一尾,
纵是银鲤,
也不后悔,

我们的心愿已遂。

时有阵雨来,
柳下暂息身,
以地为茵席,
芳草做床枕。
树之下,
祷且思,
至于死,
方停息。
别的乐儿,
小把戏,
只能让人叹口气。

温:妙啊,师傅。白天得鱼、行乐事,晚上得友、听好歌,这垂钓一道,我越来越喜欢了。二位听我说,今天呀,我师傅说着说着话,却撇下我,躲了一个小时,我想,他准是推敲这歌了,要不能唱这么好吗,对吧,师傅?

劈:对,这歌是我多年前学的,有的词已经忘了,只好济以钝才,补缀完篇了事。我不善诗,歌中出自我手的词就是明证。不再说它吧,免得人以为矫情,说我借抑为扬,希图你们夸。好了,你们别再说。来,徒弟,让我们听你的轮唱。你解音律,有才情,这歌一定差不了的。

温：但愿吧，师傅。我唱歌，向来爽快，只愿明天钓鱼、去伦敦的路上，您也能爽快些，再传我几招鱼和钓鱼的秘诀。但师傅，我得先讲一件事，就是您撇下我的那一小时，我坐在水边的柳树下，一直在想：我坐的这芳草地，您说它主人颇有家产，却不知足，四下惹官司打，乐事都废，时间和心思，多耗在官司上，草地虽是他的，却无从消受，我反倒逍遥乎其上，俨如主人，静坐在岸上，观流水，见鱼戏素波，或扑色形各异的飞虫；望丘阜，有树木点缀，亦林，亦樸；俯草地，则黄口小儿，采水仙，拾浆草，垂鬟稚女，擷"蓝钟"，擷"牛唇"，编暮春的花环，怡然自乐。这花草，暗香浮动在空气里，不由我想起迪奥多罗斯说的西西里草地[1]，花气之浓，猎狗都乱方寸，茫然不知所趋。我坐着，庆幸我有福，可怜那财主命苦，徒有这芳草地，这美树林。想起我的救世主说：温柔的人，承

---

[1] 据希腊、罗马神话，宙斯的女儿普罗塞庇娜在西西里的草地上采集花朵，冥神普路托突然抓住了她，要把她装进车里带去地下做他的妻子。她一惊之下，手中的鲜花全撒落在地上，变成了水仙。莎士比亚《冬天的故事》第4幕中的潘狄塔说："普罗塞庇娜啊！现在所需要的正是你在惊慌中从狄斯的车上坠下的花朵。在燕子尚未归来之前，就已经大胆开放，风姿招展地迎着三月之和风的水仙花。"（朱生豪译本）意大利文艺复兴后期的雕塑家贝尼尼最著名的雕塑《冥神劫夺普罗塞庇娜》即刻画了这戏剧性的一幕。迪奥多罗斯（Diodorus Siculus），公元1世纪的古罗马历史学家，生于西西里岛，作品有《史记》(*Bibliotheca Historica*)，记述了从古希腊神话时期至恺撒高卢战争时期的历史。沃尔顿此处所引的出自该书的第5卷。

受土地 [1]。其实，也不妨说：温柔的人，坐享别人承受却不消受的土地。因为钓鱼者和恬淡的人，他们的心，不虚浮，不狂荡，而使生活之美酒变酸者，每因虚浮、狂荡。他们，且只有他们，才敢像诗人 [2] 这样说：

贫贱大有福，
知足常晏如，
身如河中苇，
风来自低伏。

岂不见水杉，
傲枝出林间，
惊风自南来，
摧折委丛残。

那时我又想起另几句诗，是赞美身微而谦逊者的，作者是芬尼亚斯·弗莱节 [3]，一位优秀的神学家、优秀的钓手，《渔歌

---

[1]《圣经·马太福音》第 5 章第 5 节："温柔的人有福了，因为他们必承受地土。"

[2] 不知是哪位诗人，下面的诗也许是沃尔顿自己的。

[3] 芬尼亚斯·弗莱节（Phineas Fletcher），英国诗人、教士，最著名的作品是《紫岛》（*The Purple Island*）。此处引用的出自该诗的第 12 章第 3 节、第 5 节、第 6 节。沃尔顿略有改动。

集》(*Piscatory Eclogues*)的作者。在诗里,我们可窥见这好人的心灵,但愿我的心也像他:

> 不抱空洞的希望,不为朝廷事而心跳,
> 方宅十余亩,不因饥饿而乞讨,
> 知足常乐,苦难和怨激,何有于他?
>
> 他活得踏实,不惑于虚浮,
> 生活里有千种快乐,百般的满足,
> 田野上,叶子滑润的榉树
> 为他开凉荫,消午后的酷暑。
> 他的生命,不抛掷于惊涛
> 或嚣尘,不侵耗于懒惰或无聊,
> 活得快乐而充实,为上帝喜好。
>
> 床不软,但安全,入睡得踏实,
> 身边的妻子,贞洁而忠实,
> 小儿爬到他胸前,
> 父亲的肖像张于墙壁。
> 他从不苦恼于家室之寒微,
> 上帝给得再少,他也满意,
> 到死时,他愿托体于草地。

先生们，这就是当时萦绕在我心里的部分念头。我在那草地上，还点窜了一支老轮唱曲子[1]，并补了几行，以适于我们钓徒唱。来，师傅，您准能唱好，分一段去，都抄在纸上了：

> 人生是虚空，辗转于痛苦
> 和忧愁，短暂得如水泡。
> 为事而奔忙，为钱而揪心，
> 为情而神乱，乱乱糟糟。

> 我们可不。天气好，我们逍遥，
> 即便是下雨，也不烦恼；
> 我们赶走所有的忧愁，
> 钓而歌，歌而钓。

彼得：真是高山流水，大快我心呀！我也想起了六句诗，正是夸音乐好的，我这就念给你们听：

> 什么样的雄辩，可比得上音乐，
> 说好语，却不靠口舌？
> 你若真爱它，哪怕出错，
> 也容易被原谅。笨伯

---

[1] 出自亨利·劳斯（Henry Lawes）编纂的小调与对唱精选，1659年出版。

> 忽略它,还有人谴责它,
>
> 我们却不恨它,因为钓徒们爱音乐。

温:这夸音乐的诗,您这一朗读,让我想了埃德蒙·沃勒[1](也是个爱垂钓的人)说爱与音乐的话:

> 当我听见你的歌声,
>
> 克劳丽丝,我心衰而气微,
>
> 你化人至深的歌声,
>
> 唤去了我的灵魂;
>
> 噢!请压下这神奇的声音,
>
> 它把人毁掉,却不留伤痕。
>
> 安静,克劳丽丝!安静!
>
> 不然会唱死的,我和你
>
> 会一同去天庭;
>
> 因为我们都明白
>
> 天上的蒙福者所做的事
>
> 是歌唱,是相爱。

劈:真是好记性,彼得兄!您这诗念得正是时候,我们谢

---

[1] 埃德蒙·沃勒(Edmund Waller),诗人、政治家,此处引的诗见于《沃勒诗集》(*Poetical Works of Edmund Waller*)。

您了。来，咱们一起唱，老板娘，你也上吧，把我徒弟的轮唱再来一遍，然后，大家互敬一杯酒，就该上床了。咱们头上有这干屋顶子，得感谢上帝。

劈：好，就这样吧，晚安，各位！

彼得：晚安！

温：我也祝大家晚安。

考利敦：睡个好觉吧，谢谢大家。

第五天

劈：您早，彼得兄，还有您，考利敦伙计。

大家过来，老板娘说，咱们开销了七先令。咱每人再喝一壶早酒，各人掏两先令了事，老板娘这么辛苦，待咱这么好，也别让人家后悔！

彼得：没的说。来，老板娘，钱您收着。我们几个钓鱼的，可都念您的好啊！过一阵儿，我们再来看您。好吧，劈兄，还有您的徒弟、我这位好兄弟，祝你俩路上吉利。走，考利敦，咱们走这条路。

第十七章
说石斑鱼、鲦鱼

温和劈

第五天（续）

温：师傅，咱此去伦敦，您再发一发善心，多教我两招？我那记忆里，颇有几口箱子哩！您教我的，我要锁里面，哪件都不让它丢。

劈：好说，徒弟。凡是我想到的、有助于增进你钓艺的事，我都不瞒你。石斑鱼和鲦鱼，以前我说得少，趁现在时间多，我点拨你几式。

有人说，"石斑鱼"由rutilus[1]得名，意思据说是"红鳍"。它素不以味美见称，一身的妙处，唯在子。我说过，鲤鱼性黠，故绰号"水狐狸"，石斑鱼则性蠢，无机心，人称之"水绵羊"。它产卵后，俩礼拜就恢复体力，肉也长得趁口。鲦鱼与它相同，"髦公"和雪鲦需一个月，鳟鱼四个月，入海又返回淡水的鲑鱼，则与鳟略同。

---

[1] 拉丁语。

最大的石斑鱼，多生于水塘，唯出自河中的，比水塘的更为人所称。还有杂种石斑鱼，也产于水塘子，它个小，尾做叉状，有人说，它是鳊和石斑鱼的杂交种，有的水塘中，多得使人难以置信。这区别，自逃不过百事通的眼，故名之曰"赤睛"（Ruds），它与石斑鱼之不同，大概如青鱼之于沙丁鱼。这杂种的石斑鱼，如今四布在许多河里，然依我看，泰晤士河却免俗，产于我国的石斑鱼，以此中的最大、最肥，且以伦敦桥[1]下的为甚。石斑鱼是皮嘴鱼，喉中的牙像锯。最后且听我说：钓石斑鱼，颇起人兴致，尤其是伦敦附近的大块头，技艺之高，也数这地方的人。而钓鳟鱼的高手，窃以为在德比郡，因那里的河水清而见底。

下一步我要说的，是钓石斑鱼，冬季当以面膏、以绿蛆；四月以蛆、以蚱蠓；在夏季，则取白色小蜗牛，或取飞虫，垂到水下面，因它很少到水面来。鲦鱼则否。天热的季节，钓石斑鱼多依此法：取九月蝇或蚁蝇一头，以铅坠到水底，贴近桥的桩，或鱼梁的柱，即水之深处，因石斑鱼每在这里安歇；上引飞虫，要轻，要缓，这时每有石斑鱼，追饵一直到水面，上来后，先觑个真切，扑上就是一口，生怕饵跑了。

在温莎，在亨利桥边，我见人们用这办法钓起过大量的石斑鱼，有时还有鲦子和雪鲦。八月钓石斑鱼，可取面屑做的

---

[1] 沃尔顿时代泰晤士河上的唯一一座桥。它是一座石桥，修建于1176年至1209年间，有20个拱。由于后来人们在桥身两侧建房子，故承受力大损。1832年被推倒，在原地起了新的伦敦桥。

膏，面包须是精粉的；膏用手捏，到软而筋道为止。好的面膏，制来并不难，几滴水，一点工夫，两只干净的手，即足矣。惟拿来钓鱼，则要小钩，快眼和巧手，方不丧饵而失鱼：假如没到手的东西，也可以"失"论的话。钓石斑鱼，钓鲦鱼，都可用这面膏，因它们生活之习惯、性之蠢黠、味之好坏、身体之大小，多在伯仲间。故别的饵，也可一言以蔽之，不再分彼此了：凡飞虫，它们多爱咬，然以蚁蝇为最。

蚁蝇饵，亦复大佳，故其钓法，不可不察：

捉浅黑色的蚁蝇，每于鼹鼠垤或蚁丘，时间以六月；若时令早，自以七、八月，或九月之上、中旬。活取蚁蝇，不可伤其两翅，纳之于一品脱或两品脱的玻璃瓶里。取时，顺便撮其身下的湿土和丘垤上的草根，各一把或两把，先纳之于瓶底，然后放入蚁蝇，要轻，以免断其翅膀。覆一层土后，再把大量的蚁蝇纳入瓶子里。别碰伤它，才好养一个多月，并随时做饵用。若养得久，则需大瓦罐，或三四加仑的桶，且以后者为佳。用水和蜜刷桶，垫上相当的土和草根后，即可纳蝇子进去，盖上盖子，蝇子可活一季长。钓石斑鱼、鲦鱼或雪鲦，不管在哪条河，哪一条清溪里，它们都是取命的饵，但规矩是：饵距河底不可少于一拃长。

冬季钓石斑鱼、鲦鱼或雪鲦，饵自有别，下面就讲它。万圣节[1]之前后，霜降而未寒，荒野、沙土或草地上，每有扶犁

---

[1] 西方基督教国家的一个节日，在每年的 11 月 1 日。

而耕者。步犁之后，可得白色的虫，有蛆的两倍大，头赤色。犁后有乌鸦紧随且虎视眈眈处，虫子最多，故找它，当随乌鸦而去就。它身子软，皮里尽是淡白色的肠肚。在诺福克等郡，人称之为"苦役虫"（"蛆蛴螬"）。它出自一种甲虫的卵或蛋。这甲虫，先是在牛或马粪下的土里掘洞子，遗卵于此，自冬徂春，一直伏在地里，到三或四月，辄变成始红而终黑的甲虫。取其一千或两千枚，周围的土一或两配克，一起纳入大桶，加盖子保温，以免风霜的肃杀。这样养虫子，能活一整冬，可随时取作伐鱼之具。若垂钓前的一两天，把虫子放进土和蜂蜜里，则钓鳊、钓鲤鱼，无论什么鱼，都称上好的饵。

冬天养绿蛆，也可用此法。它是冬季钓鱼的良饵，其神足而体壮者尤佳。养绿蛆，还另有一法：取动物肝一片，用叉形的棍挑挂在屋角处，下置一口罐子或桶，装干土半桶许，绿蛆成虫后，即纷纷落入桶里，并脱其秽气，随时供你钓鱼用。惟绿蛆之成虫，是在米迦勒节之后了。若想终年养绿蛆，以做钓鱼的饵，可取死猫或鹞子一只，不去毛，待绿蛆成虫、开始蠕动后，即用松而湿的土把它埋上，但须在霜降之前。想钓鱼，可随时去挖。这些蛆，可用到三月，过此以往，则变成了飞虫。

人要是太讲究，生怕弄脏了手指（好钓手少有这样的），可用麦芽饵：取精麦芽一捧，置于有水的盘子，两手洗、搓之，务使其净；水倒掉，复加少许的清水，置于火上，以文火，不以武火，煮至略发软（可以手指掐试之）；取一柄利刀，芽之梢朝上，逼之以刃，削去芽壳之后部，芽肉要留下，否则将不堪用；微微地切芽之梢，剖出芽白；采去切口之一端的芽壳；

麦芽之根部，亦稍去之，以便于入钩；若钩小而良，此饵自是佳饵，且冬与夏，莫不相宜；在鱼漂之落处，亦可用它打窝子。

钓石斑鱼、鲦鱼的好饵，尚有黄蜂或蜜蜂之幼蛹，但头须蘸之以血。面包出炉后，将带壳的蛹放入炉子，或置于火铲上，烤之使变硬，则尤宜钓鳊。羊血之浓者做饵，亦复大佳：盛以木盘子，晾至半干，脍之成丁，大小以应钩为度；加少许盐，可防其变黑，有百益而无一害。整治得法的羊血，向称良饵。

有几种油，气味很烈，以之诱鱼，听人说每十得八九，我说一说，固亦无妨。但记得有一次，我受乔治·哈斯廷斯爵士之托，将一只小瓶子做贵重的礼品，呈给亨利·沃顿爵士（两人都是化学家）。我送去，他收下了，使用时寄望颇高，可后经我探问得知，它辜负了亨利爵士的厚望。经此一事，再有别的经验，对人们大谈的"油味之勾鱼"，我就不大信了。倒不是说我不信鱼能听、能嗅，在前面的谈话里，我已有表白；而是说，钓自有道，其秘奥处，固不如哲人石[1]，却也非浅学可及。化学家如蔷薇十字会（Rosicrucians）[2]的成员，心里或有

---

[1] 一种据说能把贱金属变成金、银的石头，是中世纪以来炼金术士们兢兢以求的。

[2] 西方一个邪门歪道的组织，自称从古人那里得了大法，能行许多不可思议的事，如把贱金属变成贵金属，使人长寿。据说是1484年由罗森克劳兹（Christian Rosenkreuz）创建的。它的会徽上有蔷薇，有十字架，故有"蔷薇十字"之名。这组织现在还存在。

此秘法，但不泄露给外人。其实，取樟脑和苔藓，放进盛蛆的口袋，若是得法，自能养出诱鱼的好饵，钓手之鱼运，也胜于往常。惟说油，说鱼之嗅觉，是不经意而及之，关于它，以及石斑鱼、鲦鱼和"浮漂鱼"[1]的饵，可说者犹多，但眼下，我且按下不提。下来要说的，是渔具之备办。在一部老渔经里，有旧诗一首，列举之渔具，恰是你要的，只是不全而已：

> 我的竿，我的线；我的铅皮，我的漂；
> 我的钩，我的坠，我的磨石，我的刀。
> 我的篮子，我的饵，有活有死，
> 我的抄网，我的饭，大体如此；
> 还有一物，最不可少，
> 绿色的细马尾——完事大吉。

做渔人，它们是不可少的，然其他必备的渔具，尚两倍于此。你想置办，我可陪你去马格拉夫先生[2]的店里，它挤在

---

[1] 不知指什么，大概是指需要浮漂牵线去钓的鱼。

[2] 沃尔顿生前修订的第 5 版的最后，有一则广告说："看官：在圣保罗教堂墓地的北侧，您将看见一只画有三尾鳟鱼的招牌；您去那里，约翰·马格拉夫（John Margrave）将为您配备各种最好的渔具。"这位马格拉夫，当是一个卖渔具的，沃尔顿可能是他的老顾客。

圣保罗教堂广场上的书铺[1]中，或是去约翰·斯图布斯（John Stubs）先生[2]的店铺，地近戈丁巷的天鹅座。他们是厚道人，钓手所需的渔具，店里一应俱全。

温：就这家吧，师傅，它离我住处最近了。下个月（五月）九号，两点许咱们在店里见。钓手该备什么，我样样不能少。

劈：好，就这么定吧，我决不爽约。

温：谢了，好师傅，我也不爽约。此去都登翰山的十字架，还有一程路，您想起别的饵，请说给我听！为徒我不让您白辛苦，等到了那儿，我拿诗报答您，打咱们师徒相遇来，只怕没听过这等的好诗。话说大了，该掌嘴！咱们听过的诗，也着实不坏！

劈：我愿听你的诗，徒弟。这一路上，但凡想起值得你听的事，我统统讲给你。

还有一种良饵，其制法如下：取最好、最大的麦粒一至两捧，加奶少许，像炖麦片奶糊一样，把它煮软；加蜜、加奶中捣烂的番红花，置于文火上烤干。取之做饵，无往而不宜，钓石斑鱼、鲦鱼尤佳。鲤鱼亦适用，然最好先打窝子。

多数鱼的子，瓦片上烤干后，切成长短合度的片，一向是诱鱼之良饵。桑葚、黑莓之生于荆棘者，用以钓鲤鱼、石斑鱼，亦不多让：在池塘，在岸边有果树、果子常落进水中的河里，

---

[1] 1666年伦敦大火之前，圣保罗教堂的周围，尽是书商的铺子（当时印刷商与书商还没有分开）。

[2] 当也是卖渔具的。

以之做饵，往往得鱼很多。此外的饵，尚不下百种，难以尽数。若常打地窝子，可勾去鱼的魂儿。

再说蜻蜡。蜻蜡的种类颇繁，在我国，在若干郡，在一些入大河的小溪里，往往可以见到它。其中名"笛手"（Piper）的，以一段芦苇为壳，长一英寸许，粗细约如两便士硬币[1]之直径。装进毛口袋，底上铺沙子，每天洒一遍水，养三四天后，色即变黄，取作钓雪鲦的饵，每有奇功可见。因饵大，故钓大鱼是莫不相宜的。

蜻蜡中尚有小者，名"鸡距"（Cockspur），因其为状也，一端尖而小，如公鸡的距。它栖身的庐，或曰壳子，构以荚皮、沙粒和黏土，神乎其技，人只有佩服，绝造不出来。鱼狗筑巢，用小鱼的骨，或织或连，一纵，一横，有经，有纬，一准几何的法则，人中的巧匠，对之有愧色，而"鸡距"的壳，则不遑多让之。钓"浮漂鱼"，这蜻蜡是好饵。它比"笛手"小，却是同类。可依同样的办法蓄养，十天或十五天，都不在话下。

蜻蜡中还有名"稻草虫"（Straw-worm）者，亦名"鲈鲋裙"（Ruff-coat），它的庐或壳，构以糠草、灯芯草、稻草、水草和杂草的梗子，以稠黏土黏合起来；草梗怒张于壳外，如豪猪的刺。这三种蜻蜡，每于夏初捕之，适宜钓"浮漂鱼"，或任何鱼。它们变飞虫，亦在夏之初。蜻蜡于晚夏变飞虫者，自有许多，唯说起来难免走板，惹你心里烦。你只需知道：识其

---

[1] 1662年之前的一种英国旧币，很小，是银质的。

名，通其类，遍知每一种蜉蝣所化之飞虫，明蜉蝣及其所化的飞虫之用法，是道术，每个以钓徒自居的人，或不遑求之，或有暇，却无才力。

国不同，蜉蝣也不同，差别之大，往往像狗，如杂种狗与灵缇。蜉蝣之产于入河的沟洫者，依我看，最适宜钓那河里的鱼。但它生自何物，是怎么来的，又变成什么色的飞虫，我无所知；所可知者，是它能要鳟鱼的命。姑举"兵法"之一例：

蜉蝣一枚或多枚，取其大而色黄者，采去头，连同它的黑心肝；将身子（尽量不要擦伤）置于小的鱼钩上，缚以红色的马尾，俨若蜉蝣的头；坠一片薄铅在钩的身上，以便它立即沉下水。把装好的黄灿灿的饵，投向鳟鱼隐伏的大洞子，你若不露马脚，且饵先于线落进水里，则鳟鱼一定含命吃蜉蝣的。这"兵法"，尤适于最深、最静的水。

平素在溪边散步，我爱提一根短棒，以便捞蜉蝣，欣赏它那奇异的构造。你若有心学我的样，则棒子务须是榛树或柳木的条，其一端劈或削一口子。棒子提出水，切口处不难夹有许多蜉蝣，可备以做饵。

拉杂想起这么多，就信口说了，用处固也有；可听人说的终觉浅，事非经过，成不了钓手。做钓手，要手勤、眼勤、身勤，三勤之外，尚须有大志，不甘于人后。我记得有人说过："食胜于我者，我不嫉妒，衣胜于我者，我不嫉妒，我嫉妒、我只嫉妒得鱼多过我的人。"有这样的心，才称得上钓手。愿你、愿天下的新钓手，都有这见贤思齐的伟志吧。

第十八章
说鳂、泥鳅、"大头鱼"和丝鱼

劈和温

第五天（续）

劈：还有三四种小鱼，我差点忘了。它们无鳞[1]，肉的味道，不逊于最贵、最魁伟的鱼。在夏天，它们总是满腹的卵或曰蛋，生育之繁，如老鼠和四足动物的小者。且成鱼也快，不久即入盛年。它们生得多，生得快，是保种的需要，因为小，禁不起灾，且每被大鱼捕食，被人做饵用。我先说其中的鳂，又名"小个子"的。

无病、入时的鳂（它仅在产卵后如此），俨然小豹子，身体的两侧，有斑纹如波浪，色近浅绿，或天青；腹则奶白色，背如墨或淡黑。咬小蛆，它下口猛，天热时，颇可供新钓手和爱此道的妇孺消遣。在春天，他们每用鳂做成一道美味，名"艾菊鳂"，其法为：用盐水洗净，剪去头、尾，取五脏，此后不

---

[1] 鳂是有鳞的，只是很小而已。鳝也有鳞，但人们通常以为没有。

再洗，方是好厨料；裹以蛋黄、牛唇花、樱草花和艾菊少许，下油炸。这样做出来，真是美味。

泥鳅[1]，我说过，味道最是隽永。它生且长于水清而急的小溪、河汊里，漱湍流，枕砾石；它长可一指多，粗细，则与身长不称。它的形状像鳝，但有须或胡子如"髯公"。侧鳍二，腹鳍四，尾鳍一；体多斑，或黑，或棕；嘴边有胡子，如"髯公"的髭。这种鱼，总是满腹的卵，葛斯纳和其他博学的医生们，每夸它有营养，且喜纳于病人的口和胃。钓泥鳅，宜用蛆之小者，饵要贴着底，因像我刚才说的，它在水底讨生涯，很少或从不浮起于砾石上。

"大头鱼"，亦名"磨坊主的拇指"（the Miller's-thumb）或"杜父"，它身形丑陋，葛斯纳比之于海蛤蟆，因形相似也。它头大而扁，与身大不相称，嘴阔而常开，无牙，唇很粗糙，像锉刀一样。它的鳃，圆而有毛，出鳍二，腹鳍、背鳍亦如此数，气眼下鳍一，尾鳍一，但是圆的。它身上，天彰之以彩，或棕，或白，或黑。在夏季，它总满肚子卵（自指母鱼），气眼鼓若奶头状。冬天，泥鳅、鲱和"大头鱼"则曳尾泥中，像鳝一样。其实它们在哪儿过冬，我们不甚了然，如布谷、燕子等候鸟，

---

[1] 泥鳅，已知者有200多种，多产于亚洲，然欧洲亦有。我们印象中的泥鳅，多在泥里生活，《埤雅》引《孙炎正义》说它"寻习其泥，厌其清水"，正是说此；且貌甚陋。但这是我国常见的泥鳅而已。欧洲的泥鳅，多在清水里生活，并风姿可赏。泥鳅之有益于身体，则中西之见略同。李时珍《本草纲目》即说泥鳅可入药。

四月里露头，此外尚有六个阴而冷的月份，它们在哪里度过，同样是莫可究诘的。这"大头鱼"，平素住、藏在洞子里，或清水的石头中间。若天热，则静浮在水里晒太阳，久久不动，石板或砾石堆上，每以见之。钓鱼的人，可从容地挂钩，缚一头小蛆做饵，送它嘴边去；它从不拒绝咬饵，然蹩脚的钓客也休想轻易捉到它。它的味道和营养，马西奥勒斯[1]称之不置，但它的形与色则不恭维。

小鱼中尚有名"丝囊"（Sticklebag）者，无鳞而有刺，森森然如棘。我不知它冬天在哪儿，夏天有什么用，只知钓鱼的妇孺们常以它取乐，鱼之猛者如鳟，也猎以为食。鳟吃"丝囊"，如吃鳅一样顺嘴。若挂得好，"丝囊"更是良饵，因它摆尾巴像风车的翼，比鳅转得欢。你记住，"丝囊"或鳅扭得欢，是"鳅饵钓法"的极致，故下钩不可不慎：钩由嘴入，由尾出，复以白线捆住尾巴的偏上处，置于钩上，使它蓄势而欲转，然后，把它的嘴和钓线缝起来。这样做饵每扭得欢，能诱得鳟来。假如扭得不欢，则朝里或钩之一侧稍扳其尾巴，或上钩时身子稍曲，或稍直，以扭得猛而疾为度。饵下去，急水里的大鳟想不来，是不可能的。泥鳅钓鳟鱼，亦有同功，设不过大，则无有出其上者。

好了，贤徒，趁着早晨天好，你也有耐心，我肚里的几种通常做饵用的淡水鱼，全抖搂光了。

---

[1] 马西奥勒斯（Pietro Andrea Mattioli），意大利医生、植物学家。

温：好吧，师傅。可救人得救到底，前蒙您相允，要讲讲我国的名川、鱼塘和筑塘之道，师傅接之也温，故我盼之也殷。来吧，师傅，说河、说鱼、说垂钓的话，我都爱听。有这样的谈话，时间也过得愉快。

第十九章
说河,附及鱼劈

第五天(续)

也好,徒弟,你有这心愿,我岂能不满足你?趁着路好,天也作美,去都登翰的十字架还有一程,为师我就说给你听。先说国内的川渎:据黑林博士[1]《地志》等书,我国有河三百二十五条,其荦荦大者,他述之如下:

冠其首者是"泰晤西斯"河(Thamisis),它由两条河构成,一曰"泰晤士",一曰"伊西斯"。前者源出白金汉郡,在泰晤士以远;后者导源于格洛斯特郡的赛伦塞斯特附近。两河之交汇,约当牛津郡的多切斯特。这一段良缘,生的子嗣即"泰晤西斯",亦名"泰晤士"。由此,它飞湍而下,经伯克斯、白金汉、中塞克斯、萨里、肯特和埃塞克斯等郡,在大海之腭下,

---

[1] 彼得·黑林(Peter Heylin),西敏寺的副教长、查理一世的御用牧师。作品有《地志》(*Geography*),沃尔顿讲述英国河川的话,几乎是一字不差地由此抄来的。

又与肯特郡的麦德威河（Medway）结良缘。这辉煌的河，受海之惠也深，受海之害也深，在欧洲，无有望其项背者。潮之消涨，一日两度，波及六十英里以外。两岸多秀丽的小镇、王家之离宫。一位德国诗人曾写道：

> 丛林森郁郁
> 皇州起楼阁
> 良田间宫阙
> 宝塔雄嵯峨
> 开园见圣手
> 百木纷交柯
> 与之[1]伯仲者，
> 唯有替伯河[2]。

二、居其后的名川，曰"萨宾纳"（Sabrina），又名"塞汶"。它源出蒙哥马利郡的普利尼利蒙山（Plinilimmon-hill），河之尾距布里斯托七英里。其中游，则扫过布里斯托、什鲁斯伯里、沃塞斯特、格洛斯特等城镇和著名宫殿的围墙。

三、特仑特河（Trent）。"特仑特"，得名于该河产鱼三十种，或支流有三十条[3]。其源头在斯塔福郡，经诺丁汉、林肯、

---

[1] 指泰晤士河。
[2] 即流经罗马的替伯河（Tiber River）。
[3] 无根之谈。

莱斯特和约克等郡，入胡伯河（Humber）。胡伯河的水固湍急，是该岛最暴烈的河。其实，"胡伯"之为河也，并无自己的源头，只是若干河流之口，或入海处，其中包括贵郡的德文特河（Derwent），然主要是欧兹河（Ouse）与特仑特河。这一点和多瑙河相像，它纳入德拉瓦（Dravus）、萨瓦（Savus）、提比库斯（Tibiscus）等河的水后，即改称"伊斯坦"（Humberabus，依古地理学家的叫法）。

四、麦德威河，在肯特郡，因皇家海军之军港知名。

五、退德河（Tweed），英格兰东北之界河。固若金汤的伯威克城[1]，即踞其北岸。

六、蒂恩河（Tyne），因"新堡"和取之不尽的煤矿知名。德雷顿先生在一首十四行诗里，曾胪列国内的巨渎：

> 天鹅戏清波，
> 舟船纷攘攘，
> 煌煌泰晤士，
> 位居百川长。
>
> 浩浩塞汶水，

---

[1] 即"退德河上的伯威克城"（Berwick-upon-Tweed），位于英格兰、苏格兰的交界处。因退德河是英格兰、苏格兰的界河，故该城是一座军事要塞，但绝非是"固若金汤"的，曾十几次易手。至今该城的周围，仍布满了伊丽莎白一世和爱德华一世时期的堡垒。

夹岸草色鲜；
清浅特仑特,
美鳞戏浅滩。

素誉流芳久,
阿汶崖岸高；
柴堡临迪水,
江山自多娇。

欧水[1]多珍奇,
约郡[2]有足称；
夹岸山色好,
麦河[3]与之相抗行。

伊水[4]出苟山,
朝宗泰晤士；
北疆有退德,
河水清且漪。

---

[1] 指欧兹河。
[2] 指约克郡。
[3] 指麦德威河。
[4] 指伊西斯河。

> 威水[1]出西陲,
> 盛名满乾坤;
> 李水家世远,
> 上溯丹麦人[2]。

以上的话,出自饱学的黑林博士,以及我已故之老友麦克尔·德雷顿。这类谈河、谈鱼、谈垂钓的话,既然你说你爱听,则我愈发爱你,愈发要讲一讲。惟这些入海的河,多有产怪鱼者,即使拈其中的一二,也让你瞠目不知所以,或摇头不信,或是又惊又疑的。但我还是斗胆把华顿博士[3]新近解剖的一条鱼说给你听。他人富学识,多阅历,且乐于授人。他爱我,也爱垂钓,我说给你听的金玉之言,许多便得惠于他。他人端正,平生无所惧,唯谎言是惧,故他笔下的怪鱼,自非捏造之言。他是这样对我描述的:

> 这鱼宽约一码,长为宽的一倍;嘴阔可纳一颗人头;它的胃,广七八英寸之谱。它动作缓慢,平素伏处在泥里,头有须可摆动,长约一拃或四分之一码,是天然的鱼饵。故伏在泥中,隐而不见,振其硬须,自可引来体逊于它的

---

[1] 指威里河(Willy)。
[2] 丹麦人入侵不列颠岛时,古布列吞人曾在这里与他们展开海战。
[3] 见"第一天"的注释。

小鱼，撮口吸进嘴，吞送肚子里消化掉。

这一番话，徒弟，万不可视为奇谈。即使不念说话者的信誉，也该想到类似的怪鱼和体形之怪有甚于此者，是经常出于入海的河及海岸的。到过埃及的人，自不以为怪。无以名之的鱼，不仅见于尼罗河，也见于其两岸，因泛滥的河水，复其故道之后，每留下肥沃的淤泥，且太阳之德也好生，故莫可名状的奇鳞、异兽，时产于其中。此可见于格老秀斯[1]的《约瑟过堂记》和其他人的作品。

瞧我，一说话，就四下里枝蔓。最后再说一句题中的话吧：上述的河中，有在河嘴处盛产青鱼的，如诺福克郡雅茅斯城附近的河；西部的河，则盛产沙丁鱼；博学的卡姆登在《不列颠志》中曾说及它们，读起来，每使人心骇。

好了，徒弟，说河的话，就此打住。下面有几句关于鱼塘的话，是我读来的、听来的。

---

[1] 即荷兰著名的法学家、政治学家格劳秀斯（Hugo Grotius）。《约瑟过堂记》(*Sophompaneas*) 是他的一部戏剧。

第二十章
说鱼塘[1]

劈

第五天（续）

勒鲍尔博士（Doctor Lebault），博学的法国人，在卷帙浩大的《乡居要术》（Maison Rustique）一书中，曾教人以筑塘之道。筑鱼塘，要以此为依归，书宜读其全帙。然剪浮词，掣纲领，对你也是有益的。

他说：凡作池，先排干地面之积水，夯实塘首所在处的土，插橡木或榆木桩，以两至三排为宜，木桩入土前，须炙之以火，或烧至半焦，方可以久久不腐烂。然后，置柴把子于木桩间，封之以土，以盖过木桩为度，夯之至坚实；复取木桩，依前法插入土中，其高低，以堰或水闸之高低为增减。水闸亦名"水门"，用处在泄水，以防洪水时至，塘有溃堤之虞。

他又说，塘之四围，宜植柳或赤杨，或兼取二者；择近塘岸的水一二处，塘底为沙土的水七八处，抛进柴把子，以供鱼

---

[1]《齐民要术》中亦有作池法，然颇简略。

产卵，亦可做御敌之具，保护自己和鱼苗，不被环伺的鱼和蟊贼毁掉。鲤鱼和丁鲅的子，若落在鸭子或蟊贼手里，则鲜有不遭此厄者。

他与杜布拉维乌斯和别人都建议说，选地筑塘，务与沟洫或雨水相通[1]，有活水，鱼才产得多，长得好，味道之香美，亦逾于常等。

故大的水塘，且多砾石与浅水供鱼戏耍者，所产鱼的味道最醇美。凡鱼池，最好有鱼的藏身处，如岸上的洞、沙洲、树根等，可避害，可消夏季之酷暑、冬季之严寒。惟塘之四围植树不宜过多，树叶落水里，鱼作呕，吃鱼的人也作呕。

---

[1]《齐民要术》"养鱼"第61说"欲令生大鱼法，要须截取薮泽陂湖，饶大鱼之处，近水际土"，与此意同。

书里还说，丁鳄和鳝喜欢泥，鲤爱沙石的塘底，夏天爱吃草。欲得塘之利和塘之趣，须每隔三四年清一遍水塘，使之干涸六至十二个月，可杀死塘里的水草，如睡莲、黄睡莲、水毛茛[1]和芦苇等。它们缺水而死之日，正是塘底生青草时，在干净的水塘，夏季的鲤鱼吃青草，每吃得酣畅。塘子干涸后，播一塘燕麦，亦复大佳，因鱼将长得快。不时放干塘里的水，也可观察哪种鱼产得最多，长得最肥。鱼不同，生育和食性也大不同。

勒鲍尔又说，塘子若不大，自可经常喂你的鱼，如撒面包渣、乳块、谷物等，杀鸟或兽自己吃时，亦当取五脏给鱼吃，这可解鱼的饥荒。他还说，蛙和鸭子是大害，每吃鱼卵、鱼苗，且以鲤鱼的为甚。这我亲身有体验，还有众多的证据。惟勒鲍尔说水蛙是美味，蛙之入时而肥者，尤为鲜隽。可他是法国人，咱英国人岂能信他（蛙是那里的家常菜，我们固然也知道）？但他说塘里的蛙和鱼狗要杀光，则无大错。他还建议不要总打野鸟，因枪声惊鱼、害鱼、毁鱼。

一口塘子里，单放鲤鱼和丁鳄，不放其他鱼，则它们往往长得肥，产得多；因别的鱼会吃光它们的卵，至少吃其大半。在夏天，投进水塘的草皮子，可做鲤鱼之口粮，投进水塘的园圃土和香草，可做病鱼的药，能祛疾而强身。凡育鱼塘里投鲤鱼，宜三公而一母；若是养鱼塘，或育鱼塘中鱼不生育，则雌

---

[1] 一种水草，学名为 Ranunculus aquatilis。

雄之多寡可不予考虑。

水底有沙石，暖而无风，塘之四围有草，有柳树，波一激，水不时漫于草上，这样的水塘最宜产鲤。惟鲤之卵，多产在灰坑里，或底部净洁的土坑里。新塘子，或塘之冬季干涸者，较之满是淤泥、水草的老水塘，尤适宜鲤鱼产卵。

好了，徒弟，杜布拉维乌斯和勒鲍尔辛勤观察的所得，我挈纲领、提精华，统统告诉你了。他们的书，卷帙既大，所言所道，自不止于此，唯其余多老生之谈，好比对算学家讲二二得四的道理。故此打住，咱们在这里坐下，歇一歇如何？

第二十一章
制线、染线和漆竿子

劈和温

第五天（续）

劈：徒弟啊，在蛴螬、小鱼、河、塘的话题上，我把你"钓"得太久了。我精神也倦了，你耐性怕也光了。可不远就是都登翰，咱们相遇于此，过会儿也分手于此，事不宜迟，我快来教你怎样做线，怎样为做线的马尾染色，这些事，钓手是不可不知的。再教你怎样漆竿子，尤其是竿子的梢[1]，是良材，是美货，须精心地保养，不让水浸入，否则天一潮湿，它会发沉，钓起鱼来，不能得乎心，应乎手；竿子不漆，也朽得快。故依我看，一支好的竿梢子，是值得保存的，否则二十年来，我何必费心养护一根竿梢子呢？

先说线。选马尾之道，首在圆而光洁，无疙瘩或伤损。因

---

[1] 老鱼竿因是木质的，故多由数段接成，"竿子的梢"指最上面的一截。现在的鱼竿都是玻璃钢的，也是有数截，但大小相套在一起。垂钓的乐趣之一，即做竿子，现在是没有的。

精选的马尾，即匀称、光洁、圆而草色者，较之胡乱选来的、疤疤茧茧的马尾，一根的强度可抵得三根。马尾之黑者，少有不圆的；马尾之白者，每扁而糙。所以，若得到一缕圆而光洁的玻璃色马尾，要万分珍爱才是。

凡做线，其法为：先洗干净搓作线的马尾；然后，取其最透明、粗细齐一者，因这样的马尾出力匀，断则齐断，而粗细不一的马尾则否，断起来，不相为谋，每辜负钓手的重托。

线一段段地搓好后，在水中浸泡至少一刻钟，接之成线前，须再搓一遍，以免其中有缩水者，否则，在钓鱼时，每有一两根缩水的，较其他的线为短。不用水泡并再搓一遍，线则出不上劲儿，这种毛病，在由七股马尾搓成的线中（这种线里，通常有一根黑马尾）最常见。

染马尾，其法如下：取烈麦酒一品脱、锅灰半磅、核桃叶汁微许，以及同量的铝，纳于罐子、盘子或瓦壶里，火上炖半小时；然后使之冷却；冷却后，纳马尾于内，浸泡之，马尾即成水色、草色或淡绿色；色之浅深，以浸泡之久暂而增减。染其他颜色，也有办法，但用处不大。对钓手来说，水色或草绿色的马尾最好、最有用，唯色不可过绿。

想使马尾颜色更绿一些，亦自有办法：取淡麦酒一夸脱、铝半磅，纳于盘子或瓦壶，置马尾于内，文火煮半小时；取出马尾，晾干；复取清水一罐，投金盏花两把，以瓦片盖之，置于火上，文火轻炖半个小时，待沫的颜色转黄，投半磅用于染色的碎绿矾；复以文火煮之，水半干即止，在罐里冷却三至四小时。欲色绿，可多投绿矾，然色之淡绿者最佳；欲色黄（仅适于水草枯黄的季节），则多投金盏花，减杀绿矾的量至最少，或摈之不用，代以铜锈少许。

以上是马尾的染法。

漆竿子，务须用油。取水和胶，煮至胶溶解，成灰色的胶水；用猪鬃、刷子或画笔，趁热涂胶水于木竿上；待全干后，取白铅、少许红铅和炭（量之多寡，以成灰色为度），加亚麻油，研之成稠浆，以刷子或画笔薄涂于木竿上。底色打好，即可任意涂色了。

涂绿色，则取石竹和铜锈，加亚麻油，研成稀浆状，涂之于竿上，要匀，要薄。晾放得法，即是好竿。若涂两次色，第一遍色务要干透。

好的，徒弟，漆竿子也教你了，可都登翰的十字架，仍有一英里之遥。打咱们相识以来，我的心里即有所感，有所乐，在这忍冬树篱笆的凉荫下，我边走边同你说吧。说我的所感，是鸟鸣求其同声，要你和我一道，感激赐我们无上之礼物、赐我们幸福的上帝。同我一道想想，在眼下，有多少人，辗转于结石、痛风和牙疼之苦，我们何德，却独免之。念及此，我们眼下的幸福，则尤见其盛，对上帝的感激，当尤见其深。免一灾，即得一福，我们感恩吧！我们相遇以来，罹祸患、废四肢者有之，被炸死者有之，遭雷劈者有之，这么多灾厄，伐性而伤生，我们何德，居然得避免这些灾祸，快和我一起感恩吧！良心之痛责，人所不堪，我们免此苦厄，可谓福之大者，故赞美神吧，我们清白，端赖于他的恩典。所谓免一苦，即得一福。再说天下有多少人，论家财，多我们四十倍不止，可拿出一大半来,才过得和我们一样健康、快乐,我们使小钱,却吃得香,喝得好,笑得甜,钓得美,唱得尽兴,睡得踏实;翌日早起,又抛烦虑,息躁心,游山泽,观鱼鸟,唱,笑,把竿垂纶,重续昨日之欢。这清福,富人用钱岂买得来?听我说,徒弟,我有一阔邻居,终日忙,笑都没空笑,一身扑在钱上,挣如许多钱,所为何事?为再挣钱。再挣钱,又为何事?为再再挣钱。利锁名缰,如千层锦套头,解不开,顿不脱。他每引所罗门的话说,"手勤的,却要富足"[1],这话不违道理,可他暗于大道,从不想钱的力量,岂足使人幸福?不见练达的智者说吗,"多财,则多苦"。可上帝也不让我们溺于穷困,故薄赐以产,以资生计,我们也该满足,该感激了。切不可怀怨愤,见别人饶资财,见阔人腰间累累多钥匙,就叹叫昊天之不公,人有而我独无。那钥匙,也是白拴的?白天劳其心,晚上乱其神,你在睡梦里,人家在无眠乡。我们见富人之福,只是表面,每不见其里:"富人"也者,和蚕没有两样,看似在玩、在耍,其实是纺绩自己的肠子,是自毁。富人也多如此,机关算尽,伐性而伤生,所为者何?为保财,往往是不义之财。故我们感激神吧,为有健康,有资生之薄产,更有清白的心。

你听我说,徒弟,有一天,第欧根尼陪朋友去乡下赶集,见集上有丝带,有镜子,有胡桃夹子,有提琴,有木马,华而不实之物,不一而足,充斥着市场,他见后,对朋友叹道:

---

[1] 见《圣经·箴言》第10章第4节。

"天呢！我第欧根尼所不需的东西，天下何其多也。"[1] 的确有好多人，苦心智，劳筋骨，只为获得自己本不需要的东西。谁能怪上帝说，他赐他的，不足使生活幸福？没有，绝没有！人之生也至简，一瓢饮，一箪食，即可满足了。然不怨苦嗟贫的人，你见过几个？即使百般不缺的，也如此，因他所缺者，是心地，穷邻居的心地，他人虽穷，但不趋奉他，仰慕他。故本该幸福、安详的人，却自寻了烦恼。我听说，有人冲冠一怒，只为身高不如人，又听说有妇女，为镜子照自己的脸，不如照邻居的脸年轻、漂亮，便摔碎了它。我还认识一个人，上帝使他健康、富足，妻子却性子乖张。丈夫有钱，她就夸财斗富，偏要高居教堂的上座，为什么？为阔！人家拒绝她，她就撺掇丈夫去争，争而不得，则鸣之于官，无奈邻居和他一样倔，一样有钱，妻子之刚愎，之恃财傲物，一如他妻子。于是官司之不足，又别生枝节，继之以打、骂，于是又一层烦恼，又一场官司。两家既都是富人，自要都称心不可。一味尚气，一味夸财，欲罢而不能，官司直打到第一家丈夫的身后。他死后，妻子因生气而叫骂，因叫骂而生气，"讼则终凶"，到底把自己也气进、骂进了坟里。这两家不幸的阔人，不知惜福，钱反成了取祸之道。为什么？因为心地不温柔，不感恩，而人之幸福，却端赖于此。我还知道一个人，有健康，饶资财，几座大宅子，

---

[1] 第欧根尼，古希腊哲学家。说这话的，或是苏格拉底，因第欧根尼·拉尔修（Diogenes Laertius）的《名哲言行录》中有此记载。或许是沃尔顿弄混了。也许第欧根尼也说过类似的话，但找不到出处。

都富丽而盛装饰，可人为物累，掣妇携雏，不停地由一处搬往另一处。有朋友问，这老搬家，所为何事？他答道："无他，看哪处自在而已。"朋友知他的脾气，就对他说："在房子里找自在，不啻缘木而求鱼，因自在不在别处，只在温柔、安静的心里。"若读一读并想一想我们的救世主在《马太福音》里的话，则此理愈明。他说："怜恤人的人有福了，因为他们必蒙怜恤，清心的人有福了，因为他们必见上帝，虚心的人有福了，因为天国是他们的，温柔的人有福了，因为他们必承受地土。"温柔的人，不只蒙怜恤、见上帝、得安慰，最后去天国，而且在去天国的路上，还承受地土，因他谦卑、豁达，满足于上帝给他的一切。他不得陇而望蜀，怀牢骚，生怨愤；见别人处尊显、富财货，盛于上帝给自己的一份，也从不怨望。他温柔、恬淡，安于自己的所有。而使做梦也香的，不正是恬淡？

贤徒啊，我这番话，是要你感恩。为叫你铭心刻骨，我再对你说：先知大卫，虽有谋杀、乱伦的罪，还犯有许多别的大恶，可据说，他仍得上帝的心。因为他念上帝的恩德，甚于圣书里提过的任何人，此情可见于他的《诗篇》。悔罪孽之深重，明己身之菲薄，感神恩之浩荡，百感交加，情见乎辞，故即使在上帝眼里，他也是得上帝之心者[1]。咱们要努力学他呀。别因为咱每天得之于上帝的，是平淡的福，就不看重，不赞美他。别忘了为咱相识以来遇到的无害之乐赞美他。咱相识以来，百

---

[1]《圣经·撒母耳记上》第13章第14节："耶和华已经寻着一个合他心意的人，立他做百姓的君。"

景辐辏，看水，观花，徜徉于草地，流眄乎山泉，瞎子可有这福？我听人说，生而眇者，一生若得一小时的视力，他一睁眼，会死盯着太阳，不管朝日，还是落日。他的心，将为之狂喜，为之迷离，倾倒于它的光彩，纵有三千佳丽，或环肥，或燕瘦，纷呈于前，眼睛也不肯离开动人心、荡人魄的太阳。这福和类似的许多福，我们天天享着。惟因常见，故人多忘记赞美他，咱可不能。他造太阳，造我们，又保护我们，给我们鲜花、甘雨、胃口和肉，又赐以垂钓的闲暇、满足的心，我们赞美他，谁云不宜？这赞美，正是他喜悦的祭品呢！

好了，徒弟，听累了吧，可说的比听的还多。所幸我看见那十字架[1]了，再有一程短路，就结束这长谈了。我说这一番话，无非是觉得我的灵魂精进有得，想裁一枝来，栽到你的方寸地：这就是一颗温柔、感恩的心。道理我已讲过，空有财富，却无这样的心，人万万不能幸福。有此心者，财富则可以消恐惧，去忧愁。故我的建议是：富要正派，穷则恬淡，财要取之有道，否则，生活中的一切就都毁了。考辛[2]说得好："丧心者丧一切。"故一心之邪正，万万要当心。其次，要留意健康。有健康，要赞美上帝，重健康，要仅次于重良心，因为凡人能享的福里，以此为第二等，钱是买不来的。至于钱，可以说是

---

[1] 穿过都登翰的官路东侧，古来即蠹有十字架一只，颇高大，木质，以为地界的标志。1600 年，以八边形的砖柱取代之，直到如今。

[2] 考辛（Nicolas Caussin）法国神学家，国王路易十三的忏悔神甫。

福之第三等，亦不可小觑。惟阔也不必，因为我说过："多财，则多苦。"过犹不及也，但有薄产，以资生计，就该知足，就该以温柔、乐观、感激的心去享用它。且听我说，徒弟，曾有牧师[1]对我说过：上帝有两个寓所，一曰天堂，一曰温柔、感恩的心。这心，全能的上帝赐我了，也赐你了，我的贤徒啊！故欢迎你来都登翰的十字架前。

温：好的，师傅，谢谢您一番好指教。您关于感恩的话，更是大雅之音，我一定忘不了。您瞧这一片凉荫，忍冬、蔷薇、茉莉、山桃，纠葛葛，香馥馥，编织它的自然之手，是何等的巧啊！可消太阳之毒，亦可遮挡就要来的阵雨。咱在这底下歇歇脚吧。等坐下来，我用酒、奶、橙汁和糖，调一壶饮料给您，权报您的厚爱。您瞧，这可真是琼浆，除了我们钓鱼的，谁又配喝？来，师傅，这一满杯给您。您为我干一杯，我就把许下的诗诵给您听。它出自亨利·沃顿爵士已出版的作品[2]，纵非他的手笔，也一定是爱垂钓者写的。来，师傅，您为我干一杯，我回敬一杯，然后就念诗给您。诗里写的，正是咱相识以来领略过的田园之乐：

> 惊魂的恐惧，揪心的牵累，
> 焦虑的叹息，背时的泪水，

---

[1] 即邓约翰，此语见于他的布道文。

[2] 出自沃尔顿编纂的《沃顿遗集》，此诗题为《颂扬垂钓》(*In Praise of Angling*)。

飞吧,飞去朝廷,
飞进十丈红尘里。
那里有伪装的冷笑,
脸上乐,心里却伤悲。
那里,欢乐是假,
愁苦是真。

愁惨的云,飞走吧,
离开我们乡下的乐事,
来吧,安详的脸,
清澈如晶莹的溪水,
或如晴天之丽日,
它微笑着,俯看
贫穷带给我们的千般福绪:
安详、踏实的心,人人在找,
找到的却只有我们。

受苦的人啊!你若明白
逍遥、快乐的根,
你会蔑视骄傲的塔,
你会到凉荫里找寻;
那里,或有风吹树,
却无风暴起于愁云,
那里,没有长舌的怨语,

只有溪水潺潺的清音。

此地没有疯狂的假面,没有舞会,
只有我们的孩子在翻滚、在嬉闹。
此地不见战争,只有两头羊羔
在无害地游戏,角抵着角。
然后,它们奔向母亲,"咩咩"地叫。
此地不见伤口,
除了铁犁破开的沟。

这里没有网罗,没有诱饵,
没有夺命的冤家,
除非是
轻信的傻鱼,只看那饵
不看鱼钩藏在饵下。
这里没有嫉妒,
只有鸟儿以歌声争高下。

让潜水的黑鬼
去荒僻的湾里捞宝物吧,
我们蔑视珍珠,只爱
草尖上凝结的晨露,
这里没有金子
只有黄色的鸟喙

黄金不如。

愿你永远在
静静的小树林里,
那里是欢乐的苗圃!
愿心地恬淡的人,
永远徜徉在草地、
岩石、高山与丘阜。
愿安详伴着
淙淙的小溪酣睡,
愿我们年年相遇于此,
垂钓,观水,乐其何如。

劈:清词丽句,真是好诗啊,说不是爱垂钓者的手笔,岂可得乎?我真是打心里感激你,徒弟。来,敬你一杯酒,听我歌一言,权作是回报吧。诗里写的,是弃浮华、卧松云的高致。有人说它是亨利·沃顿爵士的手笔,此人,我已说过,是出色的钓手。可不管谁写的,作者定是高洁的人,作诗时,心里也一定充满了快乐的念头:

别了,镀金的愚蠢,快乐的愁烦,
别了,显赫的水泡,尊贵的布片。
声名是空空的回声,金钱是粪土,
荣誉虽好,其奈太短。

美色是眼的偶像，其实是画皮，
朝堂作践自由的心，是金质的牢狱，
绣花的长裙，只是虚骄者的行装，
显贵的血统只可继承，咱买不起。
声名、美色、朝堂、衣裙、血统和尊显，
不过是昙花一现。

我也想伟大，却见太阳
将光线瞄准那高耸的山；
我也想显赫，却见傲立的橡树，
遭雷电摧折；我也想有钱，
却见富人的心，被恶人们揪扯，
我也想智慧，却见狐狸
被提防，驴子倒自得。
我也想漂亮，却见漂亮而骄傲的人
如明亮的太阳，损光彩于乌云，
我也想穷，却见卑微的小草
被每一头蠢驴踩躏。
富，招恨，贵，遭嫉，貌美则患生，
这些，我都想要过，现在只愿守穷，
富贵、伟大、貌美，与我何用？

纵世界收我为嗣子，
美神称我为俊男，

命运拿我当宠儿，
富甲天下，颐指气使
面对脱帽的头、下跪的膝，
把公正打哑，打聋，打瞎；
或留名于石头，被每个蹩脚的诗人
尊呼为"老爷"，
比谁都漂亮，有钱，智慧，伟大，
我还是情愿将它们放弃，
全不念命运顾我之不易，
这神圣的悠闲，我但得一刻，
那些空洞的快乐，我将弃如敝屣。

欢迎你，纯净的思绪，
欢迎你，寂静的树林，
我最爱这里的院子，
这里的客人。
天上的群鸟将为我唱出
欢乐的春之歌，我以祈祷书
为镜，映出俊美而守德的脸。
这儿不见仇恨的表情，朝堂的愁烦，
惨白的恐惧，和被违反的誓言。
我安坐于此，为爱的愚蠢而叹息，
我学会了品味神圣的忧郁，
若满足的心，还是那样陌生，

> 我将弃之于尘世，而求之于天庭。

温：妙啊，师傅，这诗，真堪传诵于万人之口，沦浃于万人之心啊！谢谢您的诗，谢谢您一番指教，我绝忘不了。记得圣奥古斯丁在《忏悔录》里，说他有朋友，名凡莱孔杜斯，曾把乡下的别墅，借给他和他的伙伴们，以养身心、事游乐、远嚣尘、息妄念。对他的古道热肠，奥古斯丁三致意焉[1]。这几天来，您吐辞如云，弘我以雅音，授我以钓艺，惠我之深，必不在凡莱孔杜斯的别墅之下，我岂可以无感？必当以奥古斯丁之心为心了。我自附骥尾、听雅音、一变而为钓徒以来，才觉得今是而昨非，以前真是白活！可现在，要同您分手了。当时乐相逢，今日悲歧路，地无改，情已非，思之伤怀啊！只盼那五月九日，快快地来，我好在约定的时间和地点，再侍吾师之左右。可这等的日子，一定很难过，羁人苦旅，劳客思归，不足喻其度日之漫长也。要有瞌睡药就好了，那我就可以睡过去，可惜没有。我只好怀希望，抱信心，日子庶几可短一点。我的好师傅啊，您对我说过，苏格拉底曾教导自己的门徒说，莫希图做哲学家，以博一身之虚名，要过有德的生活，以光耀哲学的门楣[2]。这教诲，我忘不了。您还建议我说，对钓术，也当以此为心，我将努力这样去做，并效法您以前说过的许多高尚的人。我决心定了！曾有虔诚者，对自己的朋友进言说：想生禁

---

[1] 奥古斯丁《忏悔录》卷9，商务印书馆周士良译本，第163页。
[2] 不知出处。

欲的心，就多去教堂，看坟墓、停尸场，在那里想一想，死神的门前，岁月抛下了多少死骨头。我不才，愿循其蹊径，欲生满足的心，增长对上帝的威力、智慧和恩典的信仰，我就游草泽，观流水，默想那"不劳苦的百合"[1]，以及不仅为上帝生、亦为上帝养的各类小生物，这一来，我将更信服他。我心如此，已不可转也。凡有气息的，都要赞美耶和华[2]。愿圣彼得的师傅之祝福，降临我师傅的身上。

劈：也降临所有爱品德、信神恩、安静、好垂钓[3]的人身上。

"习静"[4]

---

[1]《圣经·马太福音》第6章第28节："何必为衣裳忧虑呢？你们想：野地里的百合花怎么长起来；它也不劳苦，也不纺线，然而我告诉你们：就是所罗门极荣华的时候，他所穿戴的还不如这花一朵呢！"

[2] 见《圣经·诗篇》第150篇第6节。

[3] 英语中，"垂钓者"（angler）与"国教徒"（Anglican）字形、发音均相似，沃尔顿以此暗示"国教徒"。

[4] 典出《圣经·帖撒罗尼迦前书》第4章第11节："又要立志做安静人，办自己的事，亲手做工，正如我们从前所吩咐你们的。"《帖撒罗尼迦后书》第3章第11—12节："因我们听说，在你们中间有人不按规矩而行，什么工都不做，反倒专管闲事。我们靠主耶稣基督，吩咐、劝戒这样的人，要安静做工，吃自己的饭。"

邓约翰传

我根据家藏的关于邓约翰的数种书［（其中主要是约翰·凯雷的《邓约翰的生活、心灵与艺术》(John Carey, *John Donne: Life, Mind and Art*, Faber and Faber, 1981)，以及鲍德的《邓约翰传》(R.C.Bald, *John Donne: A Life*, Oxford, 1970)］，给这篇小传加了若干脚注，以补充或纠正沃尔顿的某些记载。从中我们看到，邓约翰没有沃尔顿说得那样好，那样高尚。他因婚姻上的差池，毁了仕途，而他野心不死，故想尽了一切办法，来挽回这恶果，终无济于事。在这个过程中，他的许多做法，在我们看来是很卑下的。但我们要记住，那是一个不公平的时代，是贵族把持天下的时代，是一个闲人、混蛋、不学无术者高踞于才智之士头上的时代。一个出身寒素却有大志向的人，为实现自己的志向，一定要和他们打交道，使用的方式定然是他们的。邓约翰的忿恼、灵魂的反抗，在他的诗里多有显露。沃尔顿的传记虽然多不实，但取的态度是好的。他以恕道、以怜悯心对待邓做的一切，他不责备他。在那个时代，该受责备的不是邓约翰。

邓约翰1573年生于伦敦，父母是善良的正派人。他的学识和人品，虽足以光耀自己和后代，而读者或乐于知道，他父亲，是威尔士一个老世家的嫡传，家族中有许多人，如今还生活于此地，并颇负名望。

就母亲的一系说，他出自博学的、大名鼎鼎的托马斯·莫尔爵士家族[1]，即英国的前任大法官。可敬而勤勉的拉斯泰尔[2]法官，也是他的先人，我国的大量律条，正是经他的手，去粗存精，传给后人的。

他最早在家里受教育，由一位坐家馆的先生督课，直到十岁那年。十一岁，他被送去牛津大学，此时已娴熟地掌握了法语和拉丁语。由于这一点和另一些不凡的才具，当时曾有人这

---

[1] 即《乌托邦》的作者。邓的外祖母乔安·拉斯泰尔（Joan Rastell），是莫尔的侄女。

[2] 即威廉·拉斯泰尔（William Rastell），他是托马斯·莫尔的外甥。莫尔入监并被处死，未出版的手稿即由他抢救出来，并于后来出版。他的妹妹嫁给了剧作家约翰·黑伍德（John Heywood），即邓约翰的外祖父。

样品鉴说：我们的时代又出了一名皮科斯·米朗多拉（Picus Mirandula）[1]。而据掌故，米氏的聪明是天生，非习得。

在牛津大学的哈特学堂[2]，他攻读数年，以广学问，并受教于许多科目的导师。瓜熟自要蒂落，在课堂论辩中[3]，他才学大展，故有资格接受学校颁发的第一个学位。无奈这种场合往往要立誓，而其中的某些誓词，与天主教徒的良心有忤[4]，因此，在同教道友的劝告下，他放弃了学位。那些问学只为头衔者，

---

[1] 即乔万尼·皮科·德拉·米朗多拉（Giovanni Pico della Mirandola），文艺复兴时期的意大利哲学家、人文作家。对文艺复兴时代及稍后的人来说，他是人中杰。他出身华族，人漂亮，才学好，可谓"内外如一"的人。美国学者保罗·奥斯卡·克利斯特勒（Paul Oskar Kristeller）的《意大利文艺复兴时期八个哲学家》（上海译文出版社 1987 年有姚鹏等人的汉译本）中的"皮科"一章，对他生平和思想有较详细的介绍，有兴趣的读者可参考。

[2] 这个学堂没有（国教的）礼拜堂，故当时是天主教子弟的麇集之地。邓约翰的弟弟亨利（Henry），与他同在这学堂就读。

[3] 中世纪及稍后的大学，因以培养传道的僧侣为主要目的，故没有笔试，学生必须阅读指定的书，听某些指定的演讲，参加辩论课。获得学位时，亦必须登台演讲。密尔顿现在的文集中，即保存了他大学时的演讲多篇。

[4] 指"Oath of Supremacy"（王权至上宣誓）。伊丽莎白一世继位后，即恢复了她父亲亨利八世的宗教政策，扶持新教，排挤天主教。1559 年，议会通过"王权至上法案"（The Act of Supremacy），宣布女王是教会的最高统治者（以前是教皇），并要求牧师、官员和领取学位的人，都要为此宣誓，否则将得不到职位或学位。

是断不会如此的[1]。

大约十四岁那年,他从牛津转入剑桥,一直到十七岁,以便从两块土地里获取营养。这段时间里,他算得上最勤奋的学生,不时地转换科目,出入百家之门,而出于上述的原因,他坚持不领学位。

约在十七岁,他移居伦敦,有心学习法律,故随即进入了林肯内学院[2]。在此,他的智慧、学识,在法律一道上的进步之速,真是有口皆碑,只是日后作为修养和自娱外,法律对他鲜有用场。

他还没有进入社会,父亲便亡故了,作为商人,他给儿子留下了一笔钱(有三千英镑)。他母亲和那些托孤者们,则不惮劬劳,督之课之,以便他增长学识,为此给他指定了私人教师,在数学和所有的自由科目[3]上,对他加以指教。但照东家的吩咐,在授课时,他们向他灌输了严格的天主教义;而他们

---

[1] 这是曲笔:不放弃天主教信仰,是不得领学位的,非邓不愿也。

[2] 英国四大律师学院之一。在当时,它不仅仅是培养律师的训练所,更被称为"第三所大学"(牛津、剑桥之外);也是青年们去土气、习宫廷和上流社会礼仪的地方。其实,许多中、上等子弟住在这里,也根本不是为学习法律的。邓约翰到这里学习的时间,沃尔顿的记载有误。他不是在1588年或1599年进入林肯内学院的,而是在1592年。

[3] 过去对文科的称呼,意思是它们是自由人应掌握的学科。

本来就信奉该教，且是它的秘密成员。

他们几乎强迫他归宗自己的信仰。在许多的机会之外，他们还利用他那慈爱而虔诚的父母，做他取法的样板，这最有说服的力量，对他影响颇巨，在《伪殉道者》（*Pseudo-Martyr*）一书的序言里，他曾坦言这一点。关于这本书，后文将略加介绍。

眼下他已十八岁，没有委身于任何使他不能冠有基督徒之荣号的宗教。揆之理性，发自虔诚，他相信，假如依附某一有名谓的教会不是必须，则裂教[1]亦不成为罪恶[2]。

约到了十九岁，他仍未选定要亲附的教会[3]。他健康，富有春秋，有眉寿之兆，而想到选择正教，对于灵魂关系非轻，此间的顾虑，要求其允当，故而法律的学习，以及博取名衔的其他科目，他暂时弃之于脑后，潜下心，开始究心于神学，而神学一道，新教和旧教当时正战火犹酣。唤起他求索之心的，是上帝的圣灵，在他孳孳于此时，也从未抛弃他，因此——用他

---

[1] 分裂基督教的行为或主张，称之为裂教（schism）。

[2] 亦是曲笔。"沃尔顿写得很委婉，所谓'某一有名谓的教会'说穿了就是英国国教，而所谓'分裂不成其为罪恶'的'分裂'（schism）即天主教……这一段不仅是了解邓的好材料，也是了解这个时代好多人在宗教问题上引起痛苦的好材料"（杨周翰《十七世纪英国文学》，北京大学出版社 1996 年第 2 版，第 287 页）。

[3] 亦是曲笔。其实邓现在是天主教徒，他正在为改宗国教而做心理斗争。

自己的话说——他呼唤圣灵为下面的话做证：他之踏上求索路，心怀的是谦卑和疑惧，取的路径，是最妥善的一条，即不停地祈祷，对争讼的双方，情感上不存厚薄。而真理的光，也实在太亮，明眼如此的探索者，是不会见不到的。可他太乖，不承认自己发现了她。

着手于求索之前，他认定白拉闵主教[1]是罗马事业的最佳辩护者，故而专心一意，爬梳他的论据。兹事体大，故意延宕，无论对上帝还是对本人的良心，都不可原谅，因此他以稳健的步子，急急踏上了求索的路。约在二十岁那年，他把这位主教的所有作品，呈给了当时格劳斯特地区的副主教（他的名字我忘了），书里有他做的大量眉批。临终前，这些著作经他的手，遗赠给一位密友[2]。

第二年，他订下出行之计。埃塞克斯伯爵（Earl of Essex）先去加的斯，后来又有过岛屿之行——前者在1596年，后者在1597年，他利用这些机会，服侍伯爵上了征程，成了这些幸福

---

[1] 圣罗伯特·白拉闵（Saint Robert Bellarmine），意大利神学家、天主教主教，当时天主教改革的中心人物之一。是旧教中的开明分子。1930年被教皇庇护十一封为圣徒。

[2] 邓出身于天主教家庭，对一个有仕途野心的人，这种背景是致命的。1593年，邓的弟弟亨利，因牵连于一宗天主教冤案，囹死伦敦塔；邓一惊之下，即有心要改宗。只是他改宗的方式有点书呆子气。他最后改宗国教，大概是做埃尔兹米尔勋爵的秘书时。

和不幸之事业的目击者[1]。

他回英国，却是在流宕数年之后了，先在意大利，而后是西班牙，他入乡问俗，对当地的风土、法律和为政之道，做了大量的有益观察，待归得国来，已是精熟这两门语言的人。

流宕于西班牙的时光，甫去意大利时，本打算用于圣地之旅，即参拜耶路撒冷和救世主的陵墓。无奈身处意大利的偏远之地，旅伴也败人兴致，或是对舟车之行的安全，没有信心，也许是地僻路遥，寄送川资没有把握，总之，这一番福乐，算

---

[1] 1596 年，伊丽莎白女王的宠臣埃塞克斯伯爵受命指挥一支舰队去攻击西班牙，按当时人的说法，"三百个毛头小子，满身羽毛，披金戴银"，自愿来从军，其中即有邓约翰，或许是通过他的大学同学亨利·沃顿的介绍，他做了伯爵的秘书。6 月 21 日，他们突然袭击了停泊于加的斯港的西班牙舰队，并攻取了该城；又按当时的习惯，在城中大肆掳掠；牛津大学波德林图书馆（Bodleian Library）的著名藏书，即是伯爵劫夺后捐赠给该大学的。1597 年，伯爵又率舰队攻击停泊于费罗尔港的西班牙舰队，但这一次出师不利，开始即遇上了风暴，舰队无功而返。邓约翰著名的《风暴》(*The Storm*) 一诗，即因此而作。随后，英国舰队再一次远征西班牙。著名的劳莱爵士指挥一支舰队，离开伯爵指挥的主力，进攻大西洋中的重要岛屿亚速尔群岛，邓约翰这一次服务于劳莱。这次却遇上了零级风，舰队在大西洋中无法移动。劳莱与伯爵会合后，因争功而争吵，结果导致了西班牙的西印度舰队从他们的眼皮底下逃跑了。

另外，沃顿这里的记述颇混乱。而且邓"服侍"伯爵是从军，不是旅行。另外 1597 年后，邓即在伦敦工作了，没有出行的记录。据现代人的研究，邓去大陆旅行的时间应早于此，大约在他 18 岁上。

是与他无缘。日后偶然提起，他总是摇头三叹。

回英国后不久，老成与智慧的样板、当日的掌玺大臣、英国大法官埃尔兹米尔勋爵（Lord Ellesmere）[1]，慧眼识荆，留意到他的学识、他在语言和其他方面的才具，对他的为人和举止，也大为赏识，于是聘他为自己的掌书记，并有心以此为梯梁，让他晋身政界的要职。勋爵大人常说，以他之见，他是从政的坯子[2]。

在侍奉勋爵的这段时间里，大人待他，从不以仆役厮养之道，不忘他是自己的朋友，为表明此心，他礼貌周至，总在自己的餐桌上，留一席之地给他，并以有他的陪伴和交谈为荣[3]。

---

[1] 即托玛斯·埃格顿·布莱克利子爵（Thomas Egerton, Viscount Brackley），英国贵族、外交家、律师，伊丽莎白和詹姆斯一世两朝的权臣，邓约翰在参加埃塞克斯伯爵的舰队时，曾和他儿子托玛斯·埃格顿（Thomas Egerton）有同袍之谊，邓约翰做他的秘书，或即通过他儿子的关系。

[2] 确实有这苗头。1601年，邓曾出任勋爵控制下的北安普顿郡地区的议员，并曾获得过位于林肯郡的一块皇家土地的租借权。

[3] 邓当时住在勋爵在伦敦的家里（名"约克府"）。在这一段时间，他以前的主人埃塞克斯伯爵，因叛国罪被捕后，最初即关押在"约克府"。有兴趣的读者可参看斯特莱切（Lytton Strachey）的《伊丽莎白女王和埃塞克斯伯爵》（三联书店译本）。这时还有一件可记述的事：1599年圣诞，莎士比亚的《第十二夜》在宫内首演，邓约翰曾随勋爵观看，并在给朋友的信中有评论。

这工作他干了五年,被朋友倚为左右手,不单是受雇的幕友了。这期间,他先是迷上,对方许可后,继而爱上了一位住在勋爵家里的年轻闺秀,即埃尔兹米尔夫人的侄女、当日的司衣大臣兼伦敦塔提督乔治·摩尔爵士(Sir George More)的女儿。此事之幸与不幸,令我慨乎难言。

这一段情事,乔治爵士有所风闻,上上之策,自是严为之防,于是他急将女儿从勋爵的府邸,转移到萨里县罗塞斯利镇的老家。可惜已太晚,两人早已海誓山盟,难分难解。

这盟誓只有他两人知道。两家的朋友,跑断了腿,磨破了嘴,以图浇灭或冷却两人的感情,可终归无用。情之为祸,端在于迷人心窍,纵是年老更事的聪明人,一旦起了爱欲,也料不见它的恶果——这一帮瞎爹生下的孽子们,情欲煽惑我们犯错误,好比旋风吹羽毛,易如反掌,人因此不知疲倦为何物,不获所欲,断不会停手。故虽有父母之严防,其奈两人暮想朝思,到底还是淫奔而去(至于是如何出奔的,还是不提为好),未得亲友的许可,最后结就了夫妻。可纵然爱得纯洁,亲友不赞同,也不算是合法吧[1]。

两人结婚的消息对于反对者们,倒也称不上不期而来的风暴。事先有所担心,待得知了真相,自会少一些骇人听闻之感,因此,这消息被有意吹进了许多人的耳朵,可没有人证实。对

---

[1] 乔治爵士的女儿名安·摩尔(Ann More),是勋爵的继室的侄女,当时住在"约克府"。她和邓于1601年圣诞前偷偷结婚,年方16或17岁,邓约翰则已29岁。

于人所担心的事，将信将疑比起确知无疑，往往更让人烦躁，故为结束乔治爵士的猜疑，他的朋友和邻居诺森博兰伯爵亨利（Henry, Earl of Northumberland），出于对邓的偏爱，并征得他许可后，把这消息告诉了乔治爵士。哪知他听后，怫然不悦[1]，顿时气得七窍生烟。他的怒火，旺于两人的欲火，他的鲁莽，甚于他俩的过失，当即便撺掇他姐姐，即埃尔兹米尔夫人，同他一道游说她夫君，罢掉了邓先生在勋爵手下的位子。这一番请求后，又继之以更暴烈的做法。对错失的惩罚往往过当，这一点乔治爵士并非不记得，转念想一想，也会打消一点愠恼的，故乔治爵士倒也有心克制，无奈他冷静下来，已是递上诉状、行过惩罚之后了。查理五世大帝[2]，当与秘书埃拉索（Eraso）作人天之别、将儿子和继嗣菲利普二世托付给他时，曾这样褒赞他："把埃拉索留给儿子，胜过他的所有产业，以及留下的整个王国。"邓先生之被罢黜，法相大人固然未下这样的褒语，可还是有说法的："他在和一位朋友、一位材堪服务于国王而非臣下的秘书分手。"

被罢黜后，他当即给妻子发去了一封苦腔苦调的信，把消息告诉给她。在签名的下面，他还写道：

---

[1] 摩尔爵士反对这婚事，邓穷且无名是原因之一，还有更重要的原因：邓是天主教徒。这在当时的英国，是最遭歧视、最受迫害的一种人。抱有雄心的邓约翰之改宗国教，也是为此。

[2] 神圣罗马帝国阜帝，1519—1558年在位。

John Donne，Anne Donne，Un-done [1]；

此话真成了语谶。因为邓先生之被罢黜这付泻药，仍不足灭去乔治爵士的邪火，他不依不饶，直到把邓先生、为他证婚的剑桥同窗撒谬尔·布鲁克（Samuel Brooke）和他哥哥，即邓先生当年在林肯内学院的同学、三一学院的硕士、当时正攻读神学博士的克里斯托福·布鲁克（Christopher Brooke）先生，分别送入大狱为止。后者也是邓先生的证婚人，将邓先生的妻子交到他手上的，正是此公。

邓先生第一个获释，却身心不闲，凡是他能交上话的朋友，也都不得安生，直到两位朋友出了大狱。

如今他自由了，生活却布满愁云。老麻烦过去，新麻烦又接踵而来。他妻子被娘家人扣下，过着日坐愁城的生活；他虽没有像雅各那样服苦役[2]，却丢了一桩美差，又不得不挽回自己的名分，身心不闲，旷日持久地打官司，以赢回妻子。这官司，费神又费钱；而他的财产，因少年时的不更事、旅行和不必要

---

[1] 这是一句文字游戏，大意是"邓约翰，邓安，全完蛋"（邓的夫人闺名"安"）。

[2] 雅各是《圣经》中的人物，他在娘舅拉班家寄住时，喜欢他的二女儿拉结，为与她结婚，服侍了拉班7年。到了7年后入洞房时，拉班却采用"掉包计"，用他大女儿利亚换下了拉结。雅各不得不再服侍拉班7年，才娶了拉结做自己的第二个妻子。见《圣经·创世记》第29章第15—30节。

的豪爽，已所剩无几了。

常言说，沉默与谦顺，是可人的品德，最能打动暴烈者。验之以乔治爵士，此语信然。有这样的品德，有才名播于众口，兼以邓先生的举止，儒雅彬彬，每令人倾倒，不独世人赞许他女儿的选择，便是乔治爵士，欲不见女婿之瑰璋秀挺，不可得也。故一段时间后，他怒火平复，心一软，终于痛悔前非了——爱与怒，如疟疾，热一刹，冷一忽，像转环一般。父母的爱，或可熄灭，而重新点燃，亦复易易，死神不驱尽人身的热，此情无有息时。因此，为女婿官复于原位，他四下里奔走，联络他的姐姐，去请托勋爵，无奈是枉然。勋爵的答复是："既做的事，确使他遗憾，唯因褊躁者的请托，对仆人出而复纳之，不合他的身份，他的名声。"[1]

为邓先生被重新录用而奔走的事，乔治爵士讳莫如深。有过而掩饰，不愿大白于人前，以伤名誉，是人之常情。然时过不久，乔治爵士便心里平顺了，故希望两人幸福，且不拒以父亲的名义，祝福他俩。但略予周济，以纾解他们生活，他却不答应。

邓先生的家产，多侵耗于那许多所费不赀的旅行、书和昂贵的经验；如今失业，无以供养自己和妻子（她受过很好、很

---

[1] 沃尔顿在此用了回护之笔。其实勋爵不纳邓约翰，是因为（据勋爵的说法）他辜负了勋爵的信任，他的行为，不适于"参机密"。另一个原因是，邓在誊抄勋爵的信时，时做文字上的改动，亦为勋爵不喜欢（见《邓约翰的生活、心灵与艺术》，第71页）。

完备的教育）；两个又都是大度人，好施舍，不惯于受惠；更因自己遭难，累及妻子，故邓先生心头，有万端的愁绪，有穷困的恐慌。

幸好有及时雨，纾解他的愁怀，免他于困厄。施此甘霖者，是他们的亲戚、高贵的弗朗西斯·沃里爵士（Sir Francis Wolly），他恳请两人去他府上，即萨里郡的皮尔富，和他一道居住。在此，两人住了数年，宾主甚为相得。她每年生一孩子，开销日大，爵士的爱与慷慨也与日俱增。

明达者常说，好人命多穷，识人之好坏，钱不可据。以上帝之大能，措置万物，莫不得其所宜，他的手里，福佑自有千端，唯于天有厚秉者，他多赐知识，赐品德；财富，却是不给，以见他爱人类，是无厚薄的[1]。这位博学、才高者此时的景况，正应了此话。他家道日消，生计日蹙，每天的衣食之资，戛戛乎难继。我所以提及此者，是有慷慨的人，恰在这时授之以援手，以解他生的困厄。这正是我下面要说的。

---

[1] 略早于沃尔顿的托马斯·布朗爵士也说："于天有厚秉，于尘世的荣华，自然会漫不经眼。""且让傻瓜们领老天的厚养吧！这并不是心有偏宠，却是恩有同均，因为上帝待人如我们的生身父母，有余者损之，不足者益之，才高行能的人，仅仅授以常产，而智寡体孱的人，却所得愈常。所以说，大化生人，虽然没有覆之以毛皮，我们却不与他争较，或嫉妒其他生灵的有毛有皮、亦蹄亦角。"有了理性，就有了一切。（见拙译《医生的宗教》第1部第18节，收入《瓮葬》一书，光明日报出版社，2000年第1版）。

上帝待自己的教会，真是太好了，有济人之宏愿者，他赐予每个时代，去主他的祭坛。济人的心，绝似上帝的仁慈，并只归于上帝，他也乐于看到自己的造物，能怀此良德。这时代[1]，亦得上帝之福，出了许多这样的人。其中尚有健在者，他们的仁慈，如使徒，人不能堪者，他们能受，仁与忍的样板，是舍此无他的。我所以有此言，是想在下文里，借端一提这济济多士中的一名，即最勤勉、最博学的杜尔翰主教（Bishop of Durham）、墨顿博士（Dr.Morton）。蒙上帝的福，他九十有四了，神志很清，也乐观，堪称鲁殿之灵光。春秋鼎盛之年，他饶资财，有豪士风，勖学问，劝品德，散钱百万，如今已家产蘉蘉了，说来，可发一浩叹。然他却付之于淡如，仍出手大方，好士的心，不为少沮，仿佛过了今天没明日。我这个朋友、这位善人的性格，我写得虽短，却是信而足征的，在此能说给读者听，私心窃慰。承他的惠爱，我才与闻下面的事：他差人找邓先生，请他翌日便中，来晤谈一小时。见面不久，即对邓先生说（大意如此）："邓君，请您来，是有建议给您，上次晤谈后，我即生了此心，为之颠倒者，已很久了，然不到这关节[2]，我不便于说，当下不用答复我，缓三日，花点时间去斋戒，去祈祷吧；待把我的建议，慎重地考虑后，再来答复我。莫拂我的请求啊，邓君；我这么做，是出于对您的挚爱，您对我的好怀，能借以报答，我私心里，是很高

---

[1] 1648年——沃尔顿原注。
[2] 指邓约翰如今面临的穷困。

兴的。"

邓先生应许这请求后，墨顿博士即说道：

> 邓君，您的学养，您的才具，我清楚；您有经国之志，我清楚；您有治世之才，我清楚；您心存魏阙，而途多迍邅，这，我也清楚。我与您，相交日久了，固知您有命世之姿，惜才爱友的心情，早已沛沛然，故对您眼下的营生之具，我曾打问过，您的困顿，我已非不知情者，像您这样的豪爽士，倘不是有虔诚的忍耐心，又何以堪之？您记得，我以前劝您，打消您的宦情，去领圣职吧；今天所以再劝您，是以前的旧请求，如今有新理由：昨天，国王命我做格洛斯特地方的主教，我手下，另有教产一座，它的出息，和我做主教的俸禄相当。我一个孤身人，到死不改了，主教的俸禄，足敷我吃用，故这教产，我想舍赠给您用，这想法，恩主[1]也赞同，愿上帝麾使您的心，能接受这建议。您记住，邓君，上帝曾以丑恶的死，对人开启了生之门[2]；这个圣职，正是光荣的上帝之使臣啊！学养、才德能堪此任者，舍您外，还有谁？当下不用答复我，只记住您的承诺好了，三天后，再带您的决定来见我。

邓先生听后，气为之促，色为之窘，足见他内心里，是颇

---

[1] 见第288页的脚注。
[2] 大概指耶稣的为人类献身。

有矛盾的。但三天后,他践诺而来,他的答复大意如下:

> 我最尊敬、最亲爱的朋友,和您晤谈后,我守了诺言[1],您的大恩德,我思忖了良久,感激莫名,竭我的力量,也无法报之以万一。可我不好接受这提议,阁下。拂您的好意,不是我自视高,以为圣职委屈我,纵有九五之尊者,睥睨一世,论才德,也是不足当此任的。也不是我的学养无寸长之优,虽不萃出于群伦,然赖上帝的恩典、我本人的谦卑,怕也落不下尸位素餐之讥。无奈我心里有苦衷,敢请您这样的好朋友,听听我的隐曲。以前,我生活里有不检点处,昭昭在世人的目前,现在,虽然痛加忏悔了,借助上帝的恩典,已把浮浪的心,赶出了身外,与上帝又重新和好。然此情不为外人知,身遭唾骂、圣职蒙垢辱的事,只怕是不免。此外,决疑者有言,出任圣职,为上帝的光荣是本,糊口是末,人之谋圣职,固可兼顾二者,然置末于本上,未尝不违背自己的良心,这一点,参心证道者,自可以为断。我问自己,我的天良,可与这圣规[2]相协畅,则我心乱如麻,不能回答自己,回答您。您知道,先生,常言说:"做事不受责于良心者,是幸福的人。"此外,尚有别的理由,恕不备举了。我以感激的心,谢绝您的好意。[3]

---

[1] 大概指祈祷、斋戒并认真考虑出任教职务一事。
[2] 指出任圣职,首先是为上帝的光荣,其次才可为糊口计。
[3] 这一段记述,已故杨周翰先生很赞赏,但称之为小说家言。

这是他当下的决定，但人的心，并不由自己把握：有地位更高的人，强把圣职派给了他，此人的威势之大，不由他推拒。关于此事，我歇歇笔，再说给读者听。

邓先生和妻子在弗朗西斯·沃里爵士的府上，一直住到他死去。此前不久，经他的撮合，乔治爵士和被他闭口不纳的女婿、女儿，完全和解了，弗朗西斯爵士甚感庆幸。依婚契，乔治爵士要付邓先生八百英镑，做女儿的嫁资，未付前，须每季付二十英镑利息，维持他们的生计。

在弗朗西斯爵士府上寄住的这些年，邓先生大部分时间，用以研究民法和教会法。造诣之深，人称与毕生孳孳于此者相颉颃。

弗朗西斯爵士死后，这幸福的家解体了。邓先生在米蝉镇（Mitcham）[1]取得一所房子，地近萨里郡的克劳伊顿（Croydon），以空气好、民风淳而知名。他留妻孥于此，本人则旅食伦敦，在白厅的附近，因朋友和事务的关系[2]，常出入于此。时有本国的贵族和其他人携奉金来，以要事就教于他，他的生活，稍得以改善。

倚重、倾慕于他的，不只我国的贵族，外国使臣，以及因事务或学业而流宕于英国者，虽与他素昧平生，也多求交于他，以结他的欢好。

许多朋友都央恳他在伦敦定居，然他拒绝了，因为爱妻和

---

[1] 在伦敦郊区，现在已并入伦敦，称默顿（Merton），著名的温布尔登网球赛即在这里举行。

[2] 邓在伦敦主要是谋前途的。

孩子们住在米蝉，邻人中有素心的朋友，慷慨待他和他的妻孥，而这，上帝知道，正是他所需的。我从他浩繁的书信里，略取数式，节录于此，以便他当时的精神状态和一身之遭逢，更为读者所知。

> 辱赐书，阙然久不报者，是接手翰时，我如坐愁城；目下也如此：家里除我外，已更无健康人了。我的一个孩子几濒于死，拙妻逢此大难，中心飘摇，痛苦无以复加；别的孩子也都患了病，有一个于生无望，她已木然如偶人。又加缺医少药，生而靡欢，上帝纵以死丧纾解我们的苦厄，只怕我也不能应对丧礼[1]。痛苦之伤生，以此为极，但我以这个希望来自解：我也将不久视于人间了。
>
> 邓约翰
> 八月十日于米蝉的医院

---

[1] 邓在米蝉的生活是极端贫困的。他住破茅屋，吃粗食。来这里时，他带了3个孩子，来此后，他妻子又生下了4个孩子，按他的说法，"我就像棵树，不长果子，光结烂孩子"。死一个孩子，倒能减轻一点生活的负担，可丧礼又需要开销，故"不能应对丧礼"〔见埃德蒙·戈斯的《邓约翰的生活与信件》(Edmund Gosse, *The Life and Letters of John Donne*, BiblioLife, 2009, Vol1, p189)〕。邓在这里的生活，实在不像沃尔顿说的，也不像邓给妻子娘家人的信中写的，带有牧歌色彩。邓本人也颇讨厌这里。他之去伦敦，除谋出路外，也包含了对这种家庭生活的厌倦（从米蝉到伦敦，骑马只要两个小时）。

其心苦，其言哀。此情也见于他的另一封信：

……人不以为罪者，是疏于为善，亦不行恶事。我每怀疑自己中了此魔障：我望求来生的心，过于的热切，我固然知道，这不仅仅是我厌倦了此生，当年我与世推移、随其流、扬其波、前程好似今天的时候，即怀有此心了。尘世的烦恼之加重这心情，自也无可讳言。眼下是春季，风光之好，徒添我愁怀，树生花，人憔悴。人一天老似一天，心日恶于一日；气力渐衰，而负累益重。然我不甘于乌有，欲有所作为，唯不知意之所出，这在愁肠百结之际，本无足怪也。因为有选择，即是有所为，而无所依归，便同于乌有了。我眼下正如此，除非我化成世间的一分子，做一点事，以襄赞人间于万一，则我将自视如无物也。以前，我有用世的心：早在我初学法律时，就已开始了。可我心有他骛，捐弃了它，沉迷于浮艳之辞，对语言和人文之学用情太甚，有万贯家财的人，这诚然是美饰，而我家道中衰，需要职业以谋生。因此，我谋取了一职，自以为铅刀虽钝，终得一割，扬帆济海，行路匪难，岂料中路蹉跌，蹭蹬以至今日，身微人贱，何有于人间。抽毫命笔，了无足述。有生如此，不如无生也。阁下，这一份怨激的心，怕不是善根所生的。不过，我虽然命数之穷，有似人间的病瘿，而非它的一员，故而不恋恋于它，不恋恋于生命，然我还是自期于有成，以无负阁下的厚爱[1]。我对阁下所抱的善愿之深，是甚于阁下本人的，这一份热忱，为上帝所喜，亦为上帝所鉴。

我因病痛，头不能直，眼不能随笔动，您见我写信的样子，一定可怜我。我那疲惫的灵魂，自为您祈祷的，您也为我祈祷吧。下个礼拜，我想即有好消息给您：或康复，或一死。若还这样呻吟于床褥间，我也有引以自慰者：我们救世主，虽以明罚加诸我尘境里的两部分，即命数和身体，而对于盼他的恩典如枯苗之盼雨者，即我的灵魂，却是仁慈的！它[2]像是阉人，总在门边，不到门外去。阁下，

---

[1] 这一段话是邓的真情，邓一生渴望于有所作为，有所行动，不愿意陆沉人海。他在布道时，也说过类似的话，如："不工作，人便不是上帝之链上的一环，不是世界之躯体上的一肢"，"只是无用的附缀，如指甲、头发、脸上的痣等"，即使最伟大的人，"倘不参介于世事中，也只是一颗粉瘤、赘疣或切屑"。人得把有用的事，放在自己的手里、孩子的手里，"如一把剑，一艘船，一柄犁，一门手艺"，否则，"则世界如水盆，固然会因你洗手而水变得更脏，却留不下你曾在这里洗过手的其他痕迹"。[见《邓约翰布道文集》（G. R. Potter, E. M. Simpson ed., *The Sermons of John Donne*, University of California Press, 1953—1962, Vol1, p208; Vol4, p160; Vol3, p329）] 邓的布道文里，多有鼓励人勤奋工作的话，这是随新教的兴起而兴起的一种新伦理，马克斯·韦伯的名著《新教伦理与资本主义精神》对这个问题有详述（此书有三联书店汉译本）。

[2] 指邓约翰的灵魂。

> 我之不愿就此辍笔，只怕是恶兆，我再也不能写信了[1]！
>
> 　　　　　　阁下可怜的朋友
> 　　　　　　上帝可怜的病人
> 　　　　　　邓约翰
> 　　　　　　九月七日

他的命数之穷，他那大度的心灵之迷乱，即此可见一斑。这苦况，约持续了两年，这两年里，他的家人一直住在米蝉；他也时常回家来，潜居数日，不断地爬梳国教和罗马教之纷争中的某些论点，对"治教权"（Supremacy）和"忠君"（Allegiance）之争[2]，用力弥深。依他的本愿，是要终老于此乡，以这项研究，遣尽他的余生。无奈朋友们央求他留在都城，他终于不堪央请，挈妇携雏，迁居来伦敦了。在伦敦，有一出身华族、荣封爵士的先生，名罗伯特·德鲁里（Robert Drewry）[3]，是个豪爽人，

---

[1] 指要死了。

[2] 当时的宗教争端之一。旧教的人士认为，教皇有至高无上的权力，新教人士以为，教会应由世俗君主控制，作为臣民的信徒，应忠于本国的国王，而非教皇。

[3] 萨福克的一位地主，此人性子烈，口无遮拦，并一心要做外交官。邓约翰的妹妹安妮，嫁给了一位以前为德鲁里的叔叔在巴黎做事的间谍，两人结婚后，即住在德鲁里家的附近。安妮知道哥哥穷困，于是把他介绍给了这一位富邻居。1610年，德鲁里唯一的孩子、15岁的女儿伊丽莎白夭折，邓为讨好德鲁里，写了著名的《葬歌》。其中称伊丽莎白是"人类的巅峰"。此后在德鲁里的强求下，出版了他的一些诗（包括这一首）。因为他以前曾用类似的话赞美过其他几位贵妇人，故他随德鲁里到巴黎后，殊不自得，生怕这些贵妇人怪罪他，因此又写诗道歉。真是人穷志短，可叹也夫！

有大宅子在德鲁巷，他从中析出一套房间来，让邓先生和妻子住。不只房租免，对他的研究，亦存有厚望焉，且与邓先生很莫逆，颇体其甘苦[1]。

这时，黑[2]勋爵，膺詹姆斯国王之命，仪仗煌煌，将出使于法王亨利四世之阙下。罗伯特爵士突然决定随之去法王的宫廷，在谒见时，随侍勋爵之左右。他又突然决定请邓先生，做此行的旅伴[3]。邓先生的妻子，这时恰有身孕，加以身体羸弱，故乍闻之，雅不欲邓先生离她而往。她说："她心里有预感，他此去，她要生病的。"故求他不要走。邓先生听后，辄打消旅思，决定不去法国。然罗伯特爵士持之甚坚，邓先生是义气人，以为受爵士之惠也深，一身之自由，已售于人家。此情他告诉了妻子，她听后，勉强同意他去了。照计划，此行仅需两个月，故归期定在两个月后。时不数日，大使、罗伯特爵士和邓先生离开伦敦，十二天后，即平安到了巴黎。到巴黎甫两日，邓先生一人留在屋里，这是罗伯特爵士、他和另两位朋友

---

[1] 邓约翰携全家住进德鲁里的家，其实是在他从巴黎回来后。

[2] 詹姆斯·黑（James Hay），苏格兰人，随詹姆斯王一起来英国。他当时很年轻，性豪奢，吃、喝、穿、戴，总是一费万钱，助长了詹姆斯宫廷里的奢靡之风。他去欧洲大陆出使，真是"仪仗甚都"。

[3] 在此前，即1605—1606年，他妻子还在乡下时，邓约翰即出过远门，是陪沃尔特·舒特爵士（Sir Walter Chute）——一位来自肯特郡的年轻骑士——去法国、意大利（或许还有西班牙）旅行。

一同吃饭的房间。半小时后，罗伯特爵士回来，邓先生还是一人，和他走时一样，但神智恍惚，脸色亦变，爵士为之骇然。他恳切地问邓先生，到底出了什么事？仓促间，邓先生不能回答。惶惑者久之，才说："你来后，我看到了幻影，很吓人：我见我爱妻在屋里走，发垂在肩上，怀抱一死婴，两度过我身旁。"爵士听完，回答说："是，我见你在睡觉；做了伤心梦，一时难为怀，自有此事；忘了吧，你也醒了。"邓先生答道："我没睡觉，我清楚，好比我清楚现在活着。我还记得，她第二次露面，曾停下盯着我脸看，然后才消失。"第二天，邓先生也休息、也睡过了，仍不释怀，反持之更坚，更冷静。爵士对幻影的真伪，不由也将信将疑了，立即差他的仆人，回德鲁巷家中，并命他从速赶回来，告诉他，邓夫人是否活着，若活着，身体又如何。去不十二天，仆人赶回说：他去和离开时，见邓夫人卧病，厥状甚惨，又说她难产，生下一死婴。后经查，他妻子流产，恰在邓先生说她两度过他身旁的同一天、同一时。

这一段事，人将诧之为怪异，则也未可知：因世人多以为幻影和奇迹，早中道而绝。人大多知道，两只琵琶，调弦至同一音高，弹奏其中之一，则另一只，虽在不远处的桌子上，无人动它，它也嘤嘤然，如号之回声，依稀应和那曲调；而心之相感、相应，人却多不信之。对此，读者自可是其是，非其非。而不信的人，若靳不予读者相信这故事的自由，则我略举数事，希望他们稍稍醒悟：裘力斯·恺撒的阴魂，曾出现于布鲁图斯眼前[1]，许多明通的人，是信之不疑的；也曾有幻影，见之于圣奥斯丁和他母亲莫尼卡[2]，以使他改宗正教。在凡人的故事中，这样的证据，指不胜屈，而《圣经》里，亦有证据，不信这故事的读者，不可不察，如撒母耳死后显灵于扫罗便是[3]。此事之信诬，我存之不论，《约伯记》里，又有比勒达说："恐惧战兢临到我身，使我百骨打战；有灵从我面前经过，我身上的毫毛直立。"[4] 这些话，我不欲置一词，只愿不信的人三思之。复有一事，也请他们存之于心里：虔诚而绩学者，多相信我们仁慈的上帝，为每个人指派了自己的护卫天使，监护不辍，凡有危险，不论身体的、灵魂的，辄匍匐而救之。此说之不诬，

---

[1] 见普鲁塔克《希腊罗马名人传》中的《马库斯·布鲁图斯传》（德莱登译本，美国"现代文库"本，第1218页）。莎士比亚《裘力斯·恺撒》一剧的第4幕里，也使用了这情节；见人民文学出版社1978年版，朱生豪译本，第8册第187页。

[2] 此处原文作 St.Austin（据"哈佛古典丛书"本），该人亦称"坎特伯雷的圣奥斯丁"，7世纪的英国教士，第一任坎特伯雷大主教。但据文意，沃尔顿显然是指著名的《忏悔录》的作者圣奥古斯丁，因他母亲名莫尼卡，而且他有改宗的事（圣奥斯丁则从小就信天主教）。圣灵对他母亲显现的事，《忏悔录》中也有记载（见《忏悔录》商务印书馆1981年版，周士良译本，卷3，第49页）。

[3] 见《圣经·撒母耳记上》第28章。

[4] 沃尔顿此处引文有误，说这话的，是约伯的三友之一提幔人以利法（Eliphaz），而不是比勒达（Bildad）。见《圣经·约伯记》第4章第14节。

亦见于经文，如圣彼得之脱身于囹圄，而行此奇迹者，便是一位而不是多位天使。读者若思及下面的事，当益见此说之有信也：彼得出监后，来扣约翰的母亲马利亚的门，那使女，名叫罗大的，听见彼得在那里，欢喜得不得了，顾不得开门让他进来，跑进去告诉众人（他们恰巧在那里聚集祷告）说，彼得站在门外；他们不信，说她是疯了；使女又说是他；他们虽不信，却断定说："这是他的天使"[1]。

这一类事，可记者犹多；推其本，以为之说，亦有可言者，这一段记载，本可因此而更获信于人。但我无复多言：闻之于彼，记之于此，惟不欲人以亲历者视我也。所可言者，是这故事，虽非邓先生亲口授我，而是不久前闻自他人，但此人很正派，与邓先生有深交，邓先生的细行琐节，存世者以他最了解。他对我说的话，窃以为是真的，他说得有根据，斩钉截铁的，故我相信他对自己的话，也是信之不疑。

但这记载和与之有关者，我捺住笔，不再渎扰各位。最后祈读者清览的，是一首诗，系邓先生给妻子的赠别之作。听老于诗学和语言的批评家说，希腊和拉丁诗人的作品中，无有与之抗行者。

---

[1] 见《圣经·使徒行传》第 12 章第 6—19 节。护卫天使一说，是当时普遍的信仰；沃尔顿稍前的作家托马斯·布朗对此说得较详（可参见拙译《瓮葬》中收入的《医生的宗教》第 1 部第 23 节、第 33 节等）。

离歌：莫悲伤

像纯洁人安详地辞世
轻声唤自己的灵魂走，
有朋友悲哀地说："他没气了，"
又有人说："还没有。"

我们也这样熔化吧，无声息
无泪潮，无叹息的风暴。
对外人讲我俩的爱，
是作践它，亵渎我们的情好。

地震带来伤害与恐惧，
人们怕它和它的后果。
天上的震动虽更大，
却是清白的，不为灾祸。

红尘里蠢钝的情人之爱，
（他们的灵魂是感官）不能忍受，
离别的苦，因为它带走了
构成这爱的元素。

可我俩，因爱而精纯，
不知什么是离愁；

虽看不见眼、唇和双手,
可两心像契,没有愁绪上眉头。

所以,我虽然要走了,
但我们的灵魂,既合为一个,
自不会有断裂,只有延展,
如锻打的薄如空气的金箔。

纵然它们是两个,
亦如圆规之脚的两只,
那定立的是你的灵魂,
表面不动,却随另一只而转移。

它虽然在圆心里伫立,
却倾身探听
游人的踪迹,
等它回来,又坐直身体。

我是那只旁逸的规脚,
是你伫立在圆心里,我的爱妻,
因你的贞固,我才画成精美的圆,
从结尾又回到开始。

说幻影的事，我笔尽于此。

且说邓先生去法国前、在法国时和归自于法国后，朝廷有许多权贵，为邓先生入仕途，一直请托国王[1]。此前，国王亦见过邓先生，垂注愈常。荷此圣眷，他颇有入仕的心。国王每因邓先生在自己左右而高兴，尤其是进膳时。当时，国王进膳，伴食者有高层教士，君臣之间，或探学问于幽眇，或揭辩端于宗教，气氛颇友善，其才名藉甚者，是蒙塔古主教（Bishop Montague）、后来王室教堂的教长、国王之博辩著作的出版人，即最尊敬的安德鲁博士（Doctor Andrews）。这位绩学者，后曾担任温彻斯特的主教，当时，则是国王的"济贫官"[2]。

约此时，就宣誓承认国王的治教权及效忠国王的问题，争论有很多，国王也揭辩端，并亲洒宸翰，流布于宇内（现在犹有

---

[1] 德鲁里口无遮拦，他从欧洲大陆回英国后，大肆嘲笑帕拉丁帝选侯（the Elector Palatine）弗里德里克（Frederick）的宫廷，而弗里德里克则将与詹姆斯一世的独生女伊丽莎白订婚，故国王大为不悦，德鲁里很快受到了申斥。邓约翰觉出德鲁里的孟浪性情将不利于自己的前途，故开始与他疏远。

[2] 济贫官（almoner），欧洲中世纪以来的一种职位，负责分发教会和其他与政府有关的慈善机构的救济品。国王的"济贫官"，一般由主教或高层教士担任。如今英美国家仍有这称呼，然一般指在慈善医院工作的社会工作者。

存者）[1]。他与邓先生交谈，每涉及反对宣誓的许多论点，见邓先生之陈述、反驳它们，吐辞清楚，析理周正，于是命他花一点时间，去条贯论据，将驳议形之于文字；写完后，不劳他送来，他自差人取的。邓先生焚膏继晷，立即投入于此，时不六个礼拜，辄恭自眷抄，呈达御览；题为《伪殉道者》，出版于1610年[2]。

---

[1] 1605年，英国的一些天主教徒在西班牙人的操纵下，试图在议会开会期间，炸死国王和议员们，事情败露，导致了对天主教徒的新一轮迫害；这就是英国历史上著名"火药阴谋案"（Gunpowder Plot）。事后，詹姆斯一世要他的臣民对他做"效忠宣誓"（Oath of Allegiance），宣誓的内容其实很平达，只要求臣民别有自杀的举动。教皇派有一条原则：凡被教皇革除教籍的君主，其臣民皆可推翻并诛杀之；詹姆斯一世则要求他的臣民们发誓："从内心里，仇视、厌恶这原则，将之视为渎神、异教的理论。"他这一举动，在国内引起了激烈争论。詹姆斯一世素有文字之好，故亲自撰写了《为效忠宣誓一辩》，其中多有错误，遭到了他对手的大肆嘲笑。

[2] 邓在国王的著作受嘲笑的情况下，挺身为国王辩护，写了《伪殉道者》一书。他在此书里，主张"君权神授"的原则，故认为天主教徒应该而且必须做宣誓；假如为自己的信仰而不惜殉道的话，则违背自然的律令，因为"据自然法，人不得在危险可避免的情况下，把自己的生命置于危险中"，否则便不是"殉道者"，而是"伪殉道者"。

邓博学，且富辩才，故此书大受保皇党的好评，当时的坎特伯雷大主教把他与培根相提并论，称他们是"当代的思想家"。其实，邓内心里，既不惬于保皇党的论调，也不惬于教皇派的论调；他认为这二者所主张的权利，都无来由，无根据。此情见于他写给好友古德耶（Goodyer）的信中。

国王研读过此书，即劝他做教士，而这似乎是邓先生当时所不情愿的，他总是谦虚得过度，自以为材力微浅，不堪此重任。国王固答应过照拂他，许多贵人也游说国王，以求给他谋一世俗的职位[1]，因他的学养，是适宜从政的。其用力尤多者，是萨姆塞特伯爵（Earl of Somerset）[2]，这时，他圣眷方隆，有一次，他与国王在西奥鲍兹，适有一内阁官员，夜里一瞑不视，他即驰一介之使，请邓先生来见他。邓先生甫进门，他便说："邓先生，为表明我爱你，不是瞎说，我有心拔擢你，不是空言，您在花园里等着，我去见国王，立即把你做了内阁官员的消息带回来，别不信我做不到，我知道国王爱你，也知道国王不拒我的请求。"但所有的请托，国王概予拒绝，识才，他是别有慧眼的，他答复说："邓先生是何如人，我清楚，他工学问，富才华，堪为博学的教士，气盛言宜的布道者。我欲拔擢他以致名位，在

---

[1] 相对"圣职"而言。

[2] 即罗伯特·卡尔［Robert Carr，又称罗彻斯特子爵（Viscount Rochester）］，詹姆斯的佞臣。1603年，时为苏格兰王的詹姆斯来英国继大统时，他只是骖乘的侍从，但他长得眉清目秀，很讨国王的喜欢。后来，他执意要娶一位已婚的贵妇人，反对者很多，其中有他的秘书托玛斯·奥佛伯里爵士（参见《垂钓清话》第三天的脚注）。他因此被罢黜后，德鲁里也求过这份差使，然被拒绝；邓又低声下气地去求，居然得到了。这婚姻虽遭许多人的反对，但因国王支持，故最后得以成功。国王曾售去一块皇室的地产，将售地所得送给他做礼物，又授予他"萨姆塞特伯爵"的称号。这位伯爵不学无术，邓出任圣职后即失宠，并因谋杀他的前秘书受审判。但詹姆斯赦免了他。

此不在彼，在这方面，你若有所请，我自照允你的。"

这之后，如邓先生所言，"国王亦屈尊劝他，甚至央请他出任圣职"。他虽未推拒，而迟迟不就者，几达三年。三年里，他无间寒暑，朝夕守一编，肆力于经中的神学，于学人的语言——希腊语、希伯来语，也益为精熟。

基督教之初，最是有福。人们敬教士，教士亦无愧心。他们克敌，是以品德的样板，以圣徒的忍耐和长期受磨难。在当时的人看来，不忝于圣职者，只有安静、温柔的人，他们求望于圣职，卑情下志，亦敬亦诚，临深履危，惧有不逮，因教士一职，所需独多者，是谦卑、勤劳和尽心力，故当时人以为，只有品德如此者，才配得这一尊位；也只有这样的人，人们才求之若渴，以圣职授之[1]。我所以有此言，是邓先生之自称才德不堪者，并非热衷于仕进，或一时的孟浪语，因为他考虑这事，固已很久了。任圣职，生活要严格，学问要博通，邓先生思之再三，性与情竞，彷徨无主。他一定想到了自己的短失，故像圣保罗那样，谦卑地问上帝："主啊，谁足以当此？"又如温柔的摩西："主啊，我是什么人？"[2] 若血与肉相谋，他绝不因这些理由，把手放在上帝的犁上。但上帝无往不胜，像天使和雅各

---

[1] 沃尔顿向来喜欢"早期的基督徒"，以为他们安静、和平，不像他那时代的人；在《钓客清话》里，也屡次这样说。

[2] 《圣经·出埃及记》，记述上帝唤摩西，要他去见法老，把以色列人从埃及领出去，摩西对上帝说："我是什么人，竟能去见法老，将以色列人从埃及领出来呢？"见《出埃及记》第3章第11节。

摔跤那样[1]，他与邓先生相搏，并选准了他；取他为自己的人，授之以福——听命于圣灵之所欲的大福。以前，他像摩西那样问上帝："主啊，我是什么人？"现在，他醒悟到上帝于他有偏宠，故大受鼓舞，对国王和别人的央求，如大卫王那样，他感激地说："主啊，我是谁，你这样看顾我？[2]四十年了，你带我穿过满是诱惑、险象不一的生命之荒野；你待我这样仁慈，竟让最博学的国王，纡尊屈贵，劝我服侍你的祭台！你驱使我的心，最终领受你的圣意，你待我太厚了！你的圣意，我接受，现在，我要像那有福的童贞女那样，对你说：'你看着怎样好，就怎样处置你的仆人吧。'[3]所以，至福的耶稣啊，救赎的水，我尝到了一杯，我自要呼唤你的名字，传布你的福音。"[4]

---

[1] 雅各是《圣经》中的人物，以色列人的祖先。"有一个人来和他摔跤，直到黎明。那人见自己胜不过他，就将他的大腿窝摸了一把，雅各的大腿窝正在摔跤的时候就扭了。"这个人即神的使者。见《圣经·创世记》第32章第24—25节。

[2] 见《圣经·撒母耳记下》第7章第28节。

[3] 不知出处。在记载圣母马利亚的"四福音"书中，没有找到这样的话。

[4] 沃尔顿的传记善用曲笔，并多小说家言。实际的情况是，牧师一职，当时不被人瞧得起，不适于体面的绅士去做。在接受圣职前，邓约翰曾谋弗吉尼亚公司的书记一职和驻威尼斯大使。然都被詹姆斯王拒绝。他古怪地坚持说，由邓孟浪的婚姻看，他不适宜担任这职务。然1614年，邓因朝廷里的关系，曾经做过一任议员。四月议会开会时，詹姆斯试图授予他的宠臣们（包括萨姆塞特伯爵）许多行业的特许经营权，并增税，导致了议员们强烈反对，其中有邓的许多老朋友、老同学。邓在争论中，则喋不出一言。

圣安布罗斯力劝圣奥斯丁[1]改宗基督教时,后者的心里,亦有过这样的争斗,他也曾将自己的忏悔,告诉他的朋友阿里比乌斯[2]。我们的传主、这位博学的作家——一个抽毫命笔、不取法乎下者——也是这样做的。他把自己的心思,告诉了密友金博士,后者是当时的伦敦主教,有声于一代人,对邓先生的才具,亦非不知情者,因为邓先生任法相的秘书时,他恰是大人的牧师。听到这消息,他心里很高兴,形之于言辞,又劝邓先生说,既有这虔诚的心,不反复才好,随后,他快又不失体地,先任命邓先生为执事,旋授以牧师一职[3]。

这样,英国的教会,便获得了第二个圣奥斯丁。因为在我看来,改宗前,没有人比他更像圣奥斯丁,改宗后,又无人比他更像圣安布罗斯。年轻时,他荒唐如前者,上了年纪,则秀拔如后者,学识和虔诚,兼有二人之长。

以前,他时而旁涉于百家,现在,他屏旧业,一心肆力于神学。他有新职业、新想法、新工作,以施展才气和辩锋。红尘之爱,一变而为神圣的爱;灵魂的官能,皆肆力于改变人的

---

[1] 应该是"奥古斯丁",而非"奥斯丁"。圣安布罗斯是基督教的早期教父,曾任米兰大主教,他对奥古斯丁的改宗天主教,有重大的影响。可参看奥古斯丁《忏悔录》中的相关章节(周士良译本按拉丁语拼法译为"安布罗西乌斯")。

[2] 见奥古斯丁《忏悔录》卷8。

[3] 英国国教的教阶,通常分三级:主教、牧师和执事。执事中又有常任执事,协助牧师在教区的工作。只有主教才有资格授教阶。

信仰，为悔罪者，传赦免的佳音，为心灵不安者，带去安宁。

他的心思，他的勤勉，全倾注于此。现在，他心里起了大变化，故像大卫那样说道："万军之耶和华啊，你的居所何等可爱！[1]"现在他公开对人说："他求红尘的幸福，上帝反赐给他精神的幸福。"又说："即使他位极人臣，也不如为上帝守阍快乐。"

受圣职后不久，国王即唤他来，让他做御用的牧师，并许诺说，他会眷顾他，提拔他的[2]。

多年来，他与学者、与名宿，颇多往还，换了别人，自会胆粗，不怯于布道给缙绅先生们，可他太谦虚，劝也没用，总是由朋友陪伴，悄然出伦敦去，到附近村子里布道（他的第一篇布道文，是在帕丁顿[3]宣讲的）。终于有一天，陛下唤邓先生来，指定一日，要他在白厅布道给他听。邓先生太幸福了，陛下和其他人，虽期之也高，然邓先生不只满足，更超过了这厚望。他布道，情动于中，言形于外，竭力将心之所感、所乐，如春风风人，如夏雨雨人，洒进他们心里。他布道很恳切，时

---

[1] 见《圣经·诗篇》第84章第1节。

[2] 这又是曲笔。邓被迫出任圣职后，即去见国王，要国王保证照拂他。国王便授他以"御从牧师"（Chaplain-in-ordinary）一职，指主持皇家礼拜仪式的专职牧师，一般能升迁到教会的高阶，如主教等。这是一个肥差，因它能吃双份教俸。国王还答应授予他剑桥大学的神学博士学位。

[3] 伦敦附近的一个镇子，现属于"大伦敦"的"威斯敏斯特城"。

而为听众，时而和听众一起，泪泫泫下。他布道始终对自己，如云端的天使，但从不在云里[1]。他布道，犹之于圣保罗，使圣洁者，因狂喜而见天堂；使行有亏者，因他的善诱善导，生悔改的心。举一恶，他穷形尽相，使行此恶的人，觉出它的丑秽；扬一善，他毕现英华，不爱此善德者，也因之生爱慕。兼以文藻横逸，丰神秀朗，真是得未曾有啊！

不曾听他讲道的人，当以为我爱友也深，故说起来，言过其实了。倘有这样的人，我敢请他们听一听奇德礼先生（Mr. Chidley）的诗，以见我说的不是谀词（还有许多证据，我不举了）。这位先生，才学好，人也好，他常听邓先生讲道。这诗是挽邓先生的，虽是韵文，却是信而足征的。我节录于下：

——每座祭坛上都有他的火——
他使爱、而非爱的目标[2]保持不熄，
他不驱走巧思[3]，而将之转移；
使它授之以正道，不拘时地，
使它变得精纯，达虔敬之极。

---

[1] 这一句颇难解。据刘皓明先生的解释，他的意思是说，邓布道，虽如云中的天使，但总是贴近他的听众们，从不高高在上。

[2] 不知何意。以意度之，大概是说他爱心不去，只是爱的目标已不是原来的目标——女人了，而是上帝。

[3] "巧思"原文是 Wit，意思是"机智"，西方诗学中的术语，以邓约翰为代表的玄学派诗人最善于此道，也以此最为人称道。

欢乐可有过这样的华服？

你可见过罪恶被这样描述？

语言为信仰披的衣裳，何曾这样可爱？

堕落的天性，哀叹于自己

面临变好的危险，其声也哀。

她希望自己的耳朵，能躲开

他的布道和虔诚，好不失去诱惑之力。

他诱使人改邪归正，以神圣的谄谀。

这样的诗和证据，可举以示人者，正有很多哩。但我捺下笔，言归正传吧。

是年夏，他受圣职的当月，国王授他"御从牧师"一职。恰逢国王巡狩，道出剑桥，国王被请到大学里观剧，随驾者有邓先生；陛下欣然为介，请校方授他以神学博士。时任大学副校长的，是哈斯耐特博士（Doctor Harsnett），即后来的约克大主教，他得知邓先生正是博学的《伪殉道者》一书的作者，对其才学，便不要求别的证据，径提议给校方，校方旋而同意，还表示说，能得此贤俊，纳入自己的门墙，是深感高兴的[1]。

---

[1] 瞎扯。国王插手授予学位的事，校方是很恼火的。而且他们以为邓纯粹是一个投机分子，故径予拒绝。但国王继续施压，命令文中说的副校长将学位授予邓，故而才成功。在授予学位的典礼上，该副校长和一些学院的院长公开称邓是"夜与黑暗的儿子"（见鲍德的《邓约翰传》，第327—328页）。

在圣职里,他的精与勤,昭昭在人的耳目;他的名声,传于贤俊们中间,亦为他们所爱戴。故受圣职的当年,即有十四块教产的授予权[1]要奉给他[2]。然它们都在乡下,而他舍不开心爱的伦敦,他生于斯,学于斯,和这里的好多人建立了友情,一起谈天说地,颇为生活增韵,故对于伦敦,他性有好焉。但一份能使他留居于此的工作,他是欢迎的,因为他需要它。

归自剑桥后,他妻子病卒,撇下他茕然一鳏,栖遑而穷困。在生前,她埋葬了五个孩子,遗下的尚有七个。这个慈爱的父亲主动对孩子们保证说,他绝不续娶,免得他们受制于继母。这诺言,他守之终生不渝,他用泪水,把红尘的快乐,埋进最亲爱、最贤淑的妻子的坟里。此后,他谢事杜门,过起最孤寂的生活来。

在杜门息影时,他最亲密的朋友,也难得一见他;他的世情销尽。人间扰嚷如舞台,浮华、虚幻的快乐,无日不上演,

---

[1] 原文为 advowson,英国教会法中的术语,即任命教堂或教区牧师的权利,主要涉及教产和教产的收入。因教产经常在王公贵族的封地内,教堂也往往由他们修建,故多由非神职人员拥有这些教产的授予权,如贵族、国王,授予教产的人,即可称"恩主"(patron)。神职人员拥有这些教产的授予权,因自己是"恩主",不能授予自己,故往往通过任命监管牧师的途径,取得一定的利益。邓约翰之取得授予权的意义,即在此。

[2] 邓出任圣职后,国王即授予他一块教产,他的旧主人埃格顿,即现在的埃尔兹米尔勋爵,授给他第二块(位于林肯郡),肯特伯爵则给了他第三块。它们都在乡下,但邓不用住在那里,那里不过是他收入的来源。

对此，他心死了，再不起波澜。感情，可因变故而改变，也可因之而炽烈。夫妻俩，青春相伴，情好笃深。这么多年来，以沫相濡，虽苦而犹乐，虽恐惧，却满足，为常人所不能。她真是他眼里的光啊，可如今，却被死神攫走，无怪乎痛苦犹之当年的快乐，充满邓先生的胸膛。他戚戚而无欢，心如十丈之愁城，被悲伤占满了，快乐，已无处可存身；即使有，也是以孤寂为乐，如荒野的塘鹅，孤魂茕茕，纵情一恸，不让人看见；或像受难的约伯那样，发泄感情说："惟愿我得着所求的，神赐我所切望的"[1]，她既安家在阴宅里，我愿羲和快加鞭，也好迁家于此，在穷泉下，和她共枕席。犹之于以色列人坐在巴比伦河边放声哀哭、追念圣城，邓先生也尽情地发泄哀伤，以纾心之郁结。他薄暮心动，昧旦神惊，用泪水，结束不眠的长夜，开始忧苦的白天。直到后来，他想起自己的身子，最近已许给上帝，想起圣保罗说过："若不传福音，我便有祸了[2]！"这罩住他希望的愁云，才被驱走，那圣洁的光，才照到他眼前。

他第一次走出家，是去爱妻的坟前布道——她的坟，在伦敦圣克莱门特教堂，即"圣殿门"（Temple Bar）[3] 的附近。布道的题目，出自《耶利米哀歌》：我是见过痛苦的人。

他的话，他的表情，足可证明他是这样的人；加上布道时

---

[1] 见《圣经·约伯记》第 6 章第 8 节。
[2] 见《圣经·哥林多前书》第 9 章第 16 节。
[3] 当时伦敦的一建筑，标志着过此即进入伦敦。17 世纪，叛国者往往被枭首于此。

的叹息和泪水，听他讲道者，大为感动，心与之同悲，离开时，也是戚戚不欢的，但回家后，却有释愁之具。而邓先生入室所见，只有许多无依的孩子、萧然之环堵，又想到教育他们的花费之大、前景之不可期，则旧恨上，复添了新愁。

在这忧愁的时刻，邓先生年轻时的伙伴、朋友，即林肯内学院老成的主管们，央恳他接受他们的讲席[1]，因盖忒克博士[2]的离去，如今它空缺了。邓先生接受了它，与亲爱的朋友们暌隔多年，如今可重续旧好，他自然很高兴。当年，他是内学院的扫罗[3]——摧残、戏弄基督教的事，他固然没做过，可

---

[1] 此处原文是"lecture"，通译为"讲座"，但这里的意思与我们理解的讲座不太相同。它其实也是布道的一种，但正式的布道，一般是在按"祈祷书"做礼拜时进行，有定时，有定制；"lecture"则是这之外的布道，时间没有教规限制，可随意定，甚至可由"俗人"主持。16世纪以来，各教派为扩大自己的势力，纷纷开展这样的讲座，其在英国大为盛行（林肯内学院的讲席薪俸，在国内是最丰厚的之一）。美国学者保罗·S.西弗（Paul S.Seaver）的《清教徒的讲座》(*The Puritan Lectureships*, Stanford University Press, 1970)，虽然是专门研究那个时代的清教"讲座"的，但对当时其他教派的"讲座"，介绍亦颇详。有兴趣的读者可参看。邓最初得到的正式职位，即林肯内学院的"讲道师"。

[2] 盖忒克（Thomas Gataker, Jr.），当时的清教徒，1602—1611年主持林肯内学院的讲席。

[3] 不是《旧约》中的以色列王扫罗，而是指使徒保罗；"扫罗"是他改宗前的犹太名字，他改宗基督前，曾迫害过基督徒（见《圣经·使徒行传》）。

他少年无状，疏于躬行它的教义；如今，他要做内学院保罗了[1]，对他亲爱的兄弟们，传布拯救的福音。

在老友们中间，他的生活，如今是闪亮的光，人们见他规行而矩步，自克自俭。圣保罗对科林斯人说的话，如今可出之于他的口："你们要效法我，如我效法基督，你们行事，要拿我做榜样。"这榜样，不是教人忙碌身体，是教人沉思，教人无害，教人谦卑，教人不犯口业，活得圣洁。

这高尚的会团，以许多方式表达对他的爱心。他们辟出一个好寓所，供他使用，必要的设施，全是新添的，此外的盛情，无日无之。真是又多又豪爽，仿佛是成心谬赏他。在功与赏之间，两方因爱而争竞，这样持续了两年。两年里，邓先生忠实、不懈地布道给他们，他们则慷慨地回报他。约此时，德皇驾崩，帕斯格拉夫（Palsgrave）[2]，即新娶了国王唯一的女儿伊丽莎白公主的，被推选为波西米亚王，成为该国许多灾难的不幸之开端。

---

[1] 保罗改宗后，奔走四方，传播基督的福音。

[2] 即弗里德里克，1610—1620年，他做帕拉丁选侯，称弗里德里克五世；1619年年底，波西米亚的新教议会废黜了信奉天主教的国王费迪南（Ferdinand），推举他为国王，费迪南则与巴伐利亚王马克西米安（the Elector Maximilian of Bavaria）联合，对他展开进攻，从而开始了德国历史上著名的"三十年战争"。战争开始尚有利于弗里德里克，然很快局势恶化，1620年春，费迪南打败了他，重新做了波西米亚王，弗里德里克则被剥夺了所有封地。从他登基到被迫退位，中间只有一冬，故人们谑称他为"一冬王"。

詹姆斯王，先是竭力地阻止，后又试图调停这乱邦的争端。他的座右铭是：Beati pacifici[1]，这可谓他的心里话。此外，他又做了其他努力，如派遣黑勋爵（堂卡斯特伯爵）做他的使臣，去见这些躁急的君侯[2]。邓先生膺国王之命，随之同往该联盟之君侯的宫廷，以协助这一次专对之使。伯爵大人素来器重邓先生，从他的谈话和与他的交谈里，得到过不少乐趣，故闻君命，他备感欣然，邓先生林肯内学院的朋友，闻之亦色喜，因他们担心他的苦学、他之因丧妻而凄然不乐，用雅各的话说，"会让他减寿"的，还会大坏他身体的健康。这一点，有许多明显的征兆在。

启程前，他辞别内学院里的朋友们，真是两相缱绻，不胜依依！圣保罗对以弗所人说的话，他自不好援之于此："我素常在你们中间来往，传讲神国的道。如今我晓得，你们以后都

---

[1] 拉丁文。意思是：和平与制造和平的人有福了（据刘皓明先生的英文翻译）。

[2] 此事在1619年，即邓约翰随从黑勋爵出使德国时。黑勋爵素豪奢，这次出使，又是"仪仗甚都"，随从他的贵族、骑士、绅士人数极多，在布鲁塞尔举行入城式时，竟需要30辆马车。邓约翰是作为随行牧师的角色，参加这次出使的。他当时贫不自聊，被强迫出任圣职的沮丧心情还没有下去，又有丧妻之难。因此他有自杀的念头。沃尔顿下文记述他告别内学院的朋友们时说的话，正是这情绪的反映。他把自己论自杀的论文交给罗伯特·克尔（Robert Ker）爵士，也是在这时。

不得再见我的面了。"[1] 可他自以为身心衰竭，故能否再见面，他是有疑虑的，他的朋友们，亦有同惧焉。他们都以为，他心里愁烦，加上他苦读而无间寒暑，他羸弱的身体，已益形不支。可上帝，全知而至善的上帝，却使它朝向最好的方向：这差使（更不用说其中的经历了），不仅使邓先生的心，离开了忧思，离开了苦读，也仿佛给他以新生命，因为在异国他乡里，他见到了他最敬爱的女主人、波西米亚王后[2]。她身体好，见他时，色为之喜，她知道，以前他是廷臣，现在，见他身着法服，她甚为高兴，又聆听到他精彩而雄浑的布道，故大感庆慰。这一切，是邓先生真正引为快乐的事。

去国约十四个月后，他回到林肯内学院的朋友们中间。哀有所节，身子亦见康强。于是他返旧业，不懈地布道给他们。

他归自德国后约一年，加雷博士出任埃克斯特[3]主教，因他之去位，圣保罗教堂的教长一职，出现了空缺。国王差人来，请邓先生翌日进宫去，陪国王进膳。陛下落座后，不等进食，即风趣地对他说："邓博士，我是请你赴宴的。你虽不坐下和我同吃，我却要拨一盘你爱的菜给你。我知道，你爱的是伦敦，故我任命你做圣保罗教堂的教长。你等我用完膳，再把你爱的

---

[1] 见《圣经·使徒行传》第 20 章第 25 节。

[2] 即詹姆斯一世的女儿伊丽莎白公主，此时已嫁给了弗里德里克。尚堪一提的是，她与弗里德里克生的女儿索菲亚，后来又嫁给了詹姆斯一世的后代，她儿子即乔治一世、英国汉诺威王朝的第一代君主。

[3] 德文郡的一座县城。

菜拿回家，端进你的书房里，去那里做你的饭前祈祷吧。但愿这大有益于你。"[1]

他任教长后，辄鸠工修缮、美化这礼拜堂，因为，如大卫誓言里说的，"不先修饰上帝的居所，他的眼和脑是不得安歇的"[2]。

随后的一季度，他岳父（天长日久，如今他也爱邓先生，喜欢邓先生了）照约携二十镑钱来，要付给他，他不肯收；他说（如善良的雅各听说爱子约瑟还活着时说过的）[3]："这就够了，您待我、待我家人，总那么好。我知道，眼下您不宽裕，我的生计已转苏，现在，将来，都不再需要它，故约内的钱，我不能再收您的。"为表明心迹，这契约，他大度地放弃了。

他甫任教长一职，即因怀特博士的故去，获得伦敦圣顿斯

---

[1] 这职位是个大肥缺。邓得到它，并不像沃尔顿说的那样轻松，而是他在白金汉公爵（当时的权臣）之前长袖善舞的结果。邓长期周旋于朝臣中间，颇谙谄媚之道。从他写给公爵的几封信，即可看出来。还有人怀疑邓曾为此行贿给他，因为按诸当时的惯例，得这样的肥缺，一般少不了行贿（见鲍德的《邓约翰传》，第 376 页）。

[2] 不知此言胡为而来。事实是，邓接管这教堂前，它已很破弊，邓出任教长后，一仍其旧，伦敦主教为修缮它而拨来的"葡萄牙石"，则被白金汉公爵"借走"重建他在伦敦的府邸，这或许是邓的"知恩图报"吧（见鲍德的《邓约翰传》，第 402 页）。

[3] 雅各和约瑟是《圣经·旧约》里的人物，以色列人的祖先。约瑟是雅各最小、最爱的儿子；他的兄弟们卖他去埃及做奴隶，又对父亲谎称他死了，约瑟去埃及后，很发达，做了法老的宰相。见《圣经·创世记》中的相关章节。

坦教区的薪俸，其授予权，早由它当时的恩主、邓先生尊贵的朋友理查，即多塞特伯爵授予给他，并得到他弟弟、已故爱德华的许可。这兄弟俩，都是正人君子[1]。

此外，肯特伯爵以前赠予的另一份教产，约此时，也到了邓先生手下，这样，他终可以施舍穷人，为善朋友，并供养他的子女们，免他们于穷贱、辱垢他们或他的职业与身份。

下一届宗教会议将于本年召开，他被推选为会议主席[2]，约此时，膺他最仁厚的主人，即国王之命，他去了许多地方布道，如圣保罗教堂的十字架前[3]等。这些工作，他做得很完美，全国教士团的代表们，很是钦仰他。

有一次，也只有一次，国王慊慊于他，邓先生颇为之苦。

---

[1] 邓约翰出任圣职前，债台高筑；他出任圣职后，多塞特一时孟浪，当人的面许个大诺给邓，说要在钱上接济他。可后来迟迟不践诺，邓则坚持他兑现，说出言而无信，事关伯爵的名誉。多塞特没有退路，于是将这教区的薪俸授予他。

[2] 原文是"议会"（parliament），然看上下的文意，应该是指宗教会议，非通常意义上的"英国议会"。英国的全国宗教会议，亦称"Convocations of Canterbury and York"（坎特伯雷和约克宗教大会），源于7世纪，由国内的宗教代表参加，它也分为两院，"上院"由大主教和地方主教组成，"下院"则由下层教士的代表组成，约每两三年召开一次；主要讨论教内事务，如教产、教俸、教产税等问题。现在仍举行，但已有名无实。

[3] 旧圣保罗大教堂（1666年毁于大火）北面的露天讲台，该十字架1643年为清教徒摧毁。

此事约发生在这时，它的起因，是有人在国王面前，媒蘖其短，说他煽惑教士的心，尤其因国王将晚上的讲道，改为教义之问答[1]，对信仰和戒命的主祷文，详予阐释，他便仆仆于四方，潜布妖言，叫人害怕国王倾心于天主教，叫人厌恶其统治[2]。这谮毁，国王是雅欲一信的，因有一显贵，与邓先生有深交者（若非更好的理由，我不说他的名字），恰在这时，遭朝廷罢黜，复依刑典被投诸牢狱里[3]。在庸民中，它激起了许多流言。我国就有这号人，不忙于他们智所不及者（以宗教为甚），就自以为不智。

国王闻此，很不满，也很不安，不去此怀疑，他是不容太阳落下的；于是差人找邓先生来，要他答复这指控。邓先生的答复，清楚而令人满意，于是国王说："他太高兴了，不必因怀疑而睡不安席了。"国王说完，邓博士跪下身，感谢陛下，又发誓说，他的答复，真诚无诈伪，故"得不到陛下的安心话，

---

[1] 由教士做的对信徒之良心、信仰的疑问之解答。盛行于中世纪天主教，但新教也使用这形式，唯这些问答，包括在国教的《公祷书》里。这种形式的改变，更近于天主教，故人们有此怀疑。

[2] 詹姆斯一世继承英国王位前是苏格兰国王，因他母亲是天主教徒，故一度和天主教法国结盟；成为英国的国王后，为了政治利益，他信奉新教（国教），而对天主教，则不像他的前任们那样严厉；后来，他又试图与英国在政治、宗教上的死敌西班牙修好，试图安排他儿子（后来被砍头的查理一世）与西班牙公主结婚，英国人当然要怀疑他有天主教倾向了。

[3] 大概就是萨姆塞特伯爵。

说他清白,犹之于类似的情况下,他得之于上帝的,他将不起来"。国王闻此,亲手扶起邓先生,又"恳切地说,他相信他,知道他人诚实,绝不怀疑他爱他是真心的"。他麾退邓先生,召几位御前大臣来房间里,很认真地说:"我的博士是诚实人;他刚才的答复,我无比满意;想到他做牧师,是得力于我,我深感快慰。"

他出任教长时,五十五岁。五十四岁那年,他身婴恶疾,几濒于殆。可上帝,如约伯感激的,却护持他的精神,故他神志湛然,无异于初染病时。惟缠绵日久,几有卒然不可为讳者,可他一点不害怕。

他害病时,一位全国牧师界的知名者、有"古道热肠"之口碑的人、他的好友、本堂的首席住堂牧师、后来的奇柴斯特主教,即亨利·金博士,天天来探候他。眼见他的病,殆难望于康复,便选合适的机会,剀切地对他说:

> 教长先生,蒙您托心腹,您的生计之资,我已非不知情者,在重签本教堂最好的供养地[1]之租约时,承租者给我们的出价,您也有所闻。您还知道,它已遭我们拒绝,因这阔佃主给的地租太少,和他的收益比,大不相称。可我愿提高它,或取得别的住堂牧师之同意,接受这出价。

---

[1] 中世纪以来,教堂(或修道院)往往有土地出租给佃户,教堂(或修道院)内教士们的生活,即依赖出租的收入。这样的土地成为"供养地"(prebend)。

倘蒙允，我愿亦能够立即去做这二者中的一件，无须您费力或费神。我清楚，您现在需要它，对您的生计，它不无小补，故求您接受我的建议吧。

邓先生闻此，为之迟疑者有间，然后，他从床上欠起身，回答说：

> 我的好朋友，您待我的般般好处，我很感激，这一件则尤甚；然以我眼下的状况，您的提议，我不能接受它。"窃取圣物"之为罪，是诚然有的，否则，经书里当无此罪名。早期的牧师们，都严为之防，以杜其萌蘖。那时的信徒们看它，不胜恐惧而厌恶，以为是公然抗拒上帝之权威、上帝的旨命，是宗教衰微的恶兆。那时候，人们服从虔诚的牧师们，总分出时间来，为他们斋戒，为他们祈祷。可现在，古风已矣，攘攘于世间的，尽是稗民，因蜗牛蝇角，因教会的仪式，而忙碌，而争讼，窃取圣物的罪，反不挂在心间，什么是这罪行，问也不问。感谢上帝的是，这一宗罪，我则介然有忌惮，全能的上帝，既让我无所用于这教堂，我岂敢退废于病榻间，却取利于它？可我若因上帝而恢复健康，再去服侍他的祭坛，则本堂的恩人，倘慷慨奖赏我，我会欣然接受它，因上帝知道，我有子女，有亲人，他们需要它。其中，又尤以家母为甚。她轻信，又好施，偌大的家产，已甕甕无所剩。可是，金博士，我若好不了，我留在世间的薄产（析成八份的话，

则益见其薄），就得劳您、我最忠实的朋友去掌管，并执行我的遗嘱了。这一份厚谊，您不要拒绝我，我相信您能公正地照管它，如我之相信上帝的赐福。正是靠了它，我才不违背良心，攒下这点薄财给他们。可是，如今我废退于床褥间，不该在这时候，去求田问财。我心如石，已不可转也。

话至此，只有答应按他的请求去做了。

不数日，他的病势转机，体力增加，对上帝的感激亦如之，此情见之于他最好的作品——《诚念》[1]——一书中，它出版于邓先生康复后。从书里，读者可看到，他灵魂里最隐秘的思想，被形诸文词，公布于世人。这一本书，源于并用于他病急时，称之为"迷狂的精神之圣像"，亦无不可；它由若干的"冥想""专论"和"祝祷"组成，写就于病榻间；这是仿效《圣经》里的族长们，他们每得神恩，辄就地搭起祭坛来。

这一场病，带他到了死神门前，他见坟墓张开嘴，随时要吞他，故他常说，他康复，靠的是神力。然上帝之恢复他的健康，仅持续到他四十九岁。是年（1630年）8月，他在埃塞克斯郡的奥布里哈奇，和他的长女哈维夫人同住。在此，他害了

---

[1] 即《突变引起的诚念》(Devotions upon Emergent Occasions)，邓约翰最著名的作品之一。海明威的名著《丧钟为谁而鸣》的题词，即出自此书；"丧钟为谁而鸣"这一标题，亦出自其中。

热病,加以久欠违和(肺喘),故病势转剧,濒于危殆间。见他的人,可引保罗的话说:"他天天死";邓先生本人,又可借用约伯的话说:"我的福禄如云过去。困苦的日子将我抓住,愁烦的黑夜正等我。"[1]

这一病,缠绵日久,不只身体委顿,生气亦为之黯然。我们且住笔,让他静养一霎。若读者不嫌枝蔓,且跟我来,在写他死之前,回头看看他生活里的其他事。借此,他可假寐以息神,您也有所用心的事。

邓先生一生里,可称大错者,是他的婚姻。他有辩才,能持论,然对他的婚姻,则无所用其能[2]。他当年,有妻子守妇道,兼有别的原因,自可苏缓别人的重责,然自责的苦,仍不时有之。上帝倘不赐福给他们,让夫妻俩如琴瑟,笃情好,虽愁里度日,粗粝疗饥,却甜于庸鄙者的大宴,则他自责外,一定有悔痛之苦的[3]。

他年轻时以诗歌自娱,写起来,辄情采飞扬,仿佛天性和天性之别流,尽在于发抒他的敏思与妙想。那些他推敲至苦却漫不存稿的诗里(多作于他二十岁前),譬喻精奇,足见他才

---

[1] 见《圣经·约伯记》第30章第15—16节。
[2] 意思是说:他虽然有辩才,却不能为自己鲁莽的婚姻辩护。
[3] 读者应记住:邓的仕途,就是被这婚姻毁掉的。

学相济，已臻诗艺的上乘[1]。

他年轻时写诗，随手抛洒[2]，在自悔的那几年，他见到其中的一些篇什，真恨不得它们当初流产，或现在就夭折，好送它们进坟墓。可他虽悔其少作[3]，对圣诗，却未能忘情；到了衰年暮龄，仍不能去之，写有许多十四行体的圣诗，以及一些雄奇、圣洁、协畅的篇什。甚至以前在病床上，因深信上帝有偏宠于他，心喜之不足，写了这一首颂歌：

颂歌
——献给天父

我当初的罪孽，你可原谅我，

虽行之于以前，现在还是我的罪孽？

---

[1] 邓年轻时写艳情诗，以及用以干谒权贵的献诗；他出任圣职后，则归于"雅正"，布道之余，也写宗教诗，如著名的"神圣十四行诗"。他自称"The mistress of my youth, poetry; the wife of mine age, divinty"（少以诗歌作情妇，老娶神学为妻室），颇有自悔意。

[2] 邓约翰年轻时怀有大志，不以诗人自居，常以写诗作为生活的"余事"，所谓"雕虫篆刻"。这和其他英国诗人不一样，他说起自己的诗，口吻总是很不屑，亦不存稿。1614年，德鲁里爵士出资，要给他的诗结集，于是他四下里给朋友写信，以讨回他的手稿，按他的说法："找回它们比写它们还费劲。"（见《邓约翰的生活与信件》，第2卷第68页）

[3] 不仅指艳情诗；后来更让他掩面自羞的，是他的干谒之作，在写给他的朋友古德耶的信中，此情曾有过流露。

我行之有年的罪孽，你可原谅我，
我随悔随犯，现在还犯着？
你虽原谅了我，却没有完，
我旧罪去，新罪又添。

我以罪诱使人犯罪，以自己的罪恶，
引人入犯罪的门，你可原谅我？
我避开罪孽，只一两年，濯淖于其中
却是岁深年久，你可原谅我？
你虽原谅了我，却没有完，
我旧罪去，新罪又添。

我有桩罪，我生怕我抽尽了
命中的丝，我将消泯于此岸；
请你起誓到我死时、死后，
你的太阳仍照耀我，像现在一般；
你这样做了，就万事皆了，
我此后不再有罪衍。

这颂诗之有足称者，是邓先生请人为它谱了肃雍的曲子，在风琴伴奏下，由圣保罗教堂的唱诗班演唱它，邓先生每亲自来听，尤其是晚祷时。有一次，他做完例行的祷告，在归途中，对一位朋友说："我病时，心里慨然有思，辄赋诗以见志，刚才听这歌词，心情又如当时。这曲子，和乐且湛，不由我心超而神越，对上帝的热忱与感激，亦为之加深。教堂音乐之化人也，亦甚矣！每次领众人祈祷、赞美上帝后，尽圣职而归来，我心里，总有说不出的安详，总愿弃尘寰而去。"

我主耶稣的门徒，以及早期教会最好的信徒们，也曾赋颂诗，献给全能的上帝。读过圣奥古斯丁的生平者，当知他形神之纽解开的时候，曾痛哭于基督教的敌人之侵袭他们，之亵渎、捣毁他们的圣所，使教堂的颂歌，湮灭无存。许多虔诚的人，也以同样方式，举起他们的手，献给上帝可心的供品。邓先生亦将自己的供品，献给了教堂[1]；现在，他已瘗骨于此了。

噢，主啊，这地方，如今何其荒凉[2]！

在继续讲述他生平的荦荦大端之前，尚有一琐节，窃以为该告诉读者：临终前不久，他请人画了一幅基督像，与画师画给常人的，大体无分别；不同处，只在于基督的身体，不是钉于十字架，而是钉在船锚——这希望的象征物——上[3]。这圣像，他让人画得很小，又叫人在鸡血石上，镌以同样的小像，

---

[1] 指圣保罗教堂。

[2] 未知所指。圣保罗教堂一厄于清教徒（1643 年），再厄于伦敦大火（1666 年）。但沃尔顿写邓约翰的传记，是在 1640 年。此后的几十年里，沃尔顿有过修订，是修订时加入了因后来的事而发的感慨，还是说教堂因少了邓约翰而无生气？

[3]《圣经·希伯来书》第 6 章第 19 节："我们有这指望，如同灵魂的锚，又坚固、又牢靠，且通入幔内。"又，公元 1 世纪殉道的教皇克莱门特，据基督教传说，即是被绑在锚上抛下海的。自此以来，锚在基督教中，一直是希望的象征。

嵌之以黄金,分赠他的密友们,用作玺章,或指环,以为睹物思人之具。

他的好友、恩人,亨利·古德耶爵士,罗伯特·德鲁里爵士,则不在此数内;乔治·赫伯特之母、麦格德林·赫伯特夫人(Magdalen Herbert)[1],亦未有其荣,因他们已弃世,先他而去坟墓里了。而亨利·沃顿和已故诺里奇主教、豪博士,则各获一枚。有其荣者,尚有索尔斯伯里主教(Bishop of Salisbury)杜帕博士(Dr.Duppa),于近日作古的奇柴斯特主教亨利·金博士。这些人,学问通博,擅辞辩,兼有基督徒的谦卑,有笔力与他们相仿佛者(超过他们的,尚没有),当撰其行状,以垂为纪念。

数列他的朋友,一定挂一而漏万,但有个心怀原始之虔诚者,则不能不提,这就是《圣殿集》的作者乔治·赫伯特先生。他的精神之冲突,具见于书里,许多心有郁结的人,因诵他的书而气平,而神爽,内心里,生甜美、安宁的思绪。读者勤诵之,并济以引发作者之诗兴的精神,自能养成和平、虔诚的习惯,得到圣灵和天国的所有礼物。诵之不辍者,可保纯洁的心灵之祭坛上的圣火于不熄,使自己的心,远红尘之扰攘,凝注于天上的事。这位乔治·赫伯特,与邓先生交甚久,有厚谊,

---

[1] 乔治·赫伯特和邓约翰,是玄学派诗人中最著名的两位(20世纪,T.S.艾略特等人又掀起了现代人对他们的阅读兴趣)。赫伯特的年龄小于邓约翰,他出身显贵,母亲有很好的教养,时常赞助当时的文人、学者。邓约翰想在朝廷谋出路的时候,曾多次趋奉他。

兼以惺惺相惜，两心莫逆，故两人总是渴求并乐于在一起。此外，又两下里顾恋，又圣诗相投赠，这幸福的友谊，持之而不坠。兹录其两首，以见吾言之有征也：

致乔治·赫伯特先生
谨以此诗和"锚上的耶稣"徽章献给他。
我出身寒贱，家徽为一束蛇，
此前，我一直用它做我的图章。

我已被上帝的家收养，
我扔掉了旧衣服，扑向新怀抱。
十字架是我受洗的印记，它横在
下面，由原先的形状，变成了锚。
十字架变成了锚，像你一样扛着
你的十字架，它也变成了锚。
使我们的十字架变成锚的是耶稣，
他为我们被钉死在上面。
可我要用它抓住我当初的蛇——
上帝赐我新的福，还留下了老的——
那聪明的蛇是我的毒药，
它生活在土里，那就是我。
为谋杀人，它在地上环绕，
它一定致我死的，但十字架是我的解药，
把堕落的天性，钉死在上面；再向以前

被钉死在上面的耶稣,祷求全部的恩典。
当一切都成了十字架,十字架变成了锚,
这徽章就不仅是徽章,也在阐述着信条。
在这小小的徽章下,我献给你大的礼物,
一位朋友的作品、祈祷、果实和信物。
愿与你同名的[1]、骑在这徽章上的圣徒,
带给你无边的恩惠、无边的福禄。

邓约翰

十字架虽钉死了基督,
却留不住他,他将再次升天;
你言辞虽美,却不能使他沉默,
在你说话时,只有这锚不语不言。
你心不能满足。除非你
在这牢固的锚上加一枚徽章,
水和地,因此将牢固的象征归功于你。
让世界去摇摆吧,我们将牢牢地站立,
这神圣的锚链使我们安全,击退狂风和暴雨。

赫伯特

回头说邓先生。除了赠给赫伯特先生的这几首诗,以及我

---

[1] 不知何指。基督教的圣徒中有"圣乔治",常出现在图画里、徽章上,也许是指他。

提到的那一支交由教堂唱诗班去唱的颂歌,邓先生还写了一些小圣曲,以遣悲怀,销愁日。在临终的床上,又作颂歌一首,题为:

病中颂上帝[1]

1630 年 3 月 23 日

我既要去那神圣的房间。
那里,你的圣徒们歌声不息,
我自要参与你的音乐,现在
已到门边,我要调谐我的乐器,
那时得做什么,现在就得考虑。

出于爱,我的医生们成了宇宙学家,
我是他们的地图,平躺于病榻[2]——

---

[1] 此诗共六节,沃尔顿只引了其中的三节,第二节也不完整。

[2] 当时的老生常谈,如劳莱爵士的名言:"在人体这小小的结构中,有一幅宇宙的影像,而且人体是参介于宇宙的各个部分,因此我们把人叫作一个微型宇宙,或一个小小的世界。"邓同时的作家托马斯·布朗的作品中,也充满了类似的话(见拙译《瓮葬》中收入的《医生的宗教》)。

> 我裹在你的紫红色[1]里，主啊，接受我吧！
> 请赐给我别的冠冕吧，凭着这些荆棘[2]。
> 我一生向别人宣讲你的话，
> 让这一首诗，做我本人的布道词，
> 主掷于地上的，他在此将扶起。

其情也狂迷，其心也澄亮，心尘封的人，是不足以语此的。邓先生的诗，若遭他批评，则我该告诉他：许多圣洁而虔诚的人说，普鲁登提乌斯[3]，死前不数日，"心里沛然有诗情，故作圣歌一首，献给上帝"，这大大净化了他的灵魂。它之合圣道，亦有大卫王和希西家王的先例在：他寿数增加后，怀感激的心，作了颂歌对上帝立誓；结尾说："耶和华肯救我，所以我们要一生一世，在耶和华殿中，用丝弦的乐器唱我的诗歌。"[4]

邓先生的余生，可谓在勤学不辍中度过的。因为每一周，他必布一次道，或不止于此。讲完道，也不休息眼睛，又选出

---

[1] 或许指基督的血，但也许暗示戏弄耶稣的士兵给他披上的长袍的颜色。"他们给他穿上紫袍，又用荆棘编作冠冕给他戴上，就庆贺他说：'恭喜，犹太人的王啊！'"（《圣经·马可福音》第15章第17节）

[2] 见上注。

[3] 普鲁登提乌斯（Prudentius），公元4世纪的拉丁语诗人、基督徒，他生于西班牙，诗作多是歌颂圣徒的宗教诗。

[4] 见《圣经·以赛亚书》第38章第20节。

新题目，当夜里，辄草创之成文，把主题分出股[1]。第二天，则专心查阅教父们的作品，并把他的冥想，默记于心里（他的记性很出色）。这样苦思一礼拜，到星期六，他每有疲惫感，为休憩身心，辄去访友，或做一点遣心事。他常说："这是为恢复体力，颐养精神，第二天布道时，好有神气，有心情，不至于怏怏无生机。"

并非上了年纪，他才折节而苦学。他年轻时，虽身如转蓬，漂泊无定，却从不贪恋于床枕，凌晨四点辄下床。除非有重要事，则键户读书到十点过后，才率意而为。这话听起来离奇，可有他苦学的成果在，不由人不信。其留存至今的部分，可以证吾言之不虚：他身后的遗稿中，包括一千四百位作家的读书笔记，大部分有他亲手做的摘要与分析；他亲手写的布道

---

[1] 布道文的结构，大体有一定的格式，但也因人有参差。"首先按情况的需要选定经文，即从《圣经》中选一句话或一段文字作为题目，像中国科举时代从四书五经里选题一样。然后有一段简短的题前（ante-theme）或绪言（exordium），略如'破题'，简要地说明这次布道对听众的意义，使听众的注意集中。再次介绍主题，主题分三部分讲，都用说理或《圣经》里的话或故事（exempla）证明主题。最后为'发挥'（dilatio）或'结束'（peroration）。一般说，讲解题目力求把这句话的出典的具体历史环境讲得生动，以及这句话包含的普遍意义。在布道过程中要求布道人善于用经文、历史、文学或生动的形象说明道理，更有效地吸引并说服听众。"（杨周翰《邓约翰的布道文》，见他的《十七世纪英国文学》，第133页。杨先生的文章里译有邓的布道文一篇，有兴趣的读者可参看。）

文，有六卷之谱。还有一篇论文，严谨而有功力，是论自杀的，题作Biathanatos，它无幽不烛，凡自杀触犯的戒律，元元本本，咸举之不遗，批判亦颇精审[1]。虽是少作，即此已见他不仅通民法、教会法，在许多别的科目上，亦可称当行者，而汲汲于

---

[1] 邓有争强好胜的性格，对死也如此，他的诗、布道文里，经常提到对死亡的蔑视和征服，沃尔顿这传记里记述的他死前的举动（见这小传的后半部），也能说明这一点。最积极、主动的死亡，自然是自杀，因此自杀很投邓约翰的心。他这篇论文的全称是《Biathanatos：论自杀之并非自然的罪孽》，其中的 Biathanatos，据刘皓明先生的解释，是希腊语 Biaothanatos 的讹写，意思是：死于非自然死亡（dying a violent death）。这是英国第一篇为自杀辩护的文字。他在这篇论文里，极力暗示耶稣也是自杀的。20世纪阿根廷作家博尔赫斯一眼看破了机关：耶稣是自杀的，"是这整部作品的主旨"（J.L.Borges, *Other Inquisitions 1937—1953*, trans. by R.L.Simms, 1973, pp89—92）。 按基督教的理论，自杀是罪孽，是反上帝的，故邓的时代，对自杀的处罚一般很重，自杀者，一般要被当众鞭尸或裂尸；自杀而未遂者，则要被处死。生与死，不是个人的事，而是权威、宗教的事。邓的观点，使我们想起他的同代人莎士比亚笔下的"生还是死，这就是问题"，都反映了个人精神的觉醒。他书中的论点，开启了现代法国著名社会学家涂尔干《自杀论》一书的先声（此书有汉译本）。

身为牧师，却为自杀辩护，当时一定是骇人听闻的。故1619年，邓因事去国外，担心有去而无回，即把手稿委托给他的朋友罗伯特·克尔爵士保管，并嘱咐他说，如果拿给朋友看，一定要说它的作者叫杰克·邓，千万别说是他写的，"请替我保管它，不管我是死是活，千万别出版，也别烧毁它，除去这两者，您爱怎么处置怎么处置"（见《邓约翰的生活与信件》，第2卷第124页）。

"大学者"之浮名和自诩通百家的人，则很少有用心于此的。

他书房里找见的遗作，还不仅此。所有的时事，凡有大影响于公众者，不论我国的，或邻国的，他都以拉丁文或事件发生国的文字，加以撮记，留为有用的备忘。他的许多信，以及为朋友解答良心问题的文字，也都撮录有副本。凡重要的事，亦无不详细而有条理地做摘录。

在生命与他告别前，他已做告别尘世的准备。他立遗嘱时，灵魂的官能，尚不曾因疾病、痛苦而衰竭、而隳坏，或忽有大限已至的感觉。而是深思熟虑后，方立遗嘱：做父亲，他无偏宠，给孩子的财产，彼此一样多；做朋友，他重情谊，遗友人的礼物，选得精而恰当。他们中，或有要求我记于此者，故我不避辞繁，略举之于此：他使用多年的怀表，送给了他妹夫、托马斯·格利姆斯爵士（Sir Thomas Grimes）；最后一次去海牙时，荷兰联邦赠他的一座多特[1]会议的金模型，与帕德莱·保洛（Padre Paolo）[2]、福尔根提奥（Fulgentio）[3]的肖像两幅（这两个人，在意大利学名藉甚，是邓先生在意大利旅行时认识的），他留给了好友兼遗嘱执行人金博士，即后来的奇柴斯

---

[1] 荷兰一小城。1618、1619 年间，荷兰新教代表在此集会，试图调停新教对立各派间的关系。

[2] 即保洛·萨皮（Paolo Sarpi），威尼斯历史学家、神学家，曾任威尼斯城邦的枢密官，在 1606 年威尼斯与教皇保罗五世的冲突中，他坚决捍卫威尼斯控制教会财产的权利。

[3] 不详。

特主教;"圣母和约瑟"画像一幅,他送给了老友、他的证婚人布鲁克博士;一幅题为《骷髅》(Skeleton)的画,则遗给了温尼夫博士(Dr.Winniff)——继他为教长者;他府邸中的许多珍贵而有用的必需品,以及用于装饰礼拜堂的画、饰物,他希望登记于册中,作为遗产,传给他的继任者(当时尚不知何许人);还有几幅画,则赠了多塞特和卡里尔伯爵(Earl of Carlisle);别的朋友,亦莫不有所得。所谓"礼轻而义重",他的遗赠品,多在于道情谊,不为增加朋友的家产计。对穷苦人,他却有大慈悲,又许多人,因他的大度而受沾丐,多年无间断,称他为"衣食之父母",云胡不宜?他自己,有六个孩子要养活,却又供养别人,颇大度,家产之薄也如此,济人之广也如彼,真豪爽士也!我且捺下笔,不再说它,免得读者起烦意。惟他遗嘱的头与尾,我录之于下,尚祈读者惠我以耐心:

以神圣、光荣的三位一体之名义,阿门,我,邓约翰,因耶稣基督之恩典、蒙英国教会之召唤而为牧师者,当此健康、神志清明(感激上帝)之时,特立遗嘱如下:

首先,我以最谦卑的心,把我的身体,我的灵魂,作全劳的祭品,献给神圣的上帝。后者必蒙拯救,前者必复起——这信心,是圣灵加于我的,我感激它。我信奉英国之国教,生,愿尽于此,死,亦尽于此——这决心,也是圣灵确立于我的,我感激它。在等待复活时,我愿自己的身体,埋在伦敦圣保罗教堂的墓地,而不为人知——驻堂的牧师,已应我之请,为此做了布置。

我怀着对上帝的敬畏（我谦卑地乞求他的恩典，坚贞地信赖耶稣），对世人的爱与仁慈，立此遗嘱。我请世人原谅我的过失，从我的最下贱的仆人，到最尊贵的长上。我的遗嘱计五页，悉由我手写，每一页，均有我的签名。1630年12月13日封。

以慈悲心做奉神的祭品，不独见于他之死，亦见于他的生：友人有急难，或心愁，他辄怀乐观的心，前去探望；囚犯有需求，他善为观听，许多为小债而入狱者，因他的援手，出脱于监牢内；他勤于舍济穷书生，有我国的，亦有他国的。逢节日，尤其圣诞或复活节，他亲自去外，又每每遣家仆，或谨慎、可靠的朋友，去伦敦城所有监狱里，分发他的救济品。有一次，他送一百镑钱给一老友，这老友，生活一度很富足，唯性子大方，漫手使钱，家道因之而败落。见钱后，这绅士推拒说："他不愁钱用。"读者想必知道，人中自有豪爽士，虽苦贫，却不承认，怕难以为容，故一力掩盖并忍受之。但人中亦有慈悲者，因神的恩典，生来有温柔、同情的心，凡人有急难，则怜恤之，匍匐而救之。我所以有此言，是有感于邓博士之回答，他说："您缺少的，不是维生之具，我岂不知？一箪食，一瓢饮，即足矣。可您富有时，接济过那么多苦朋友，他们愁烦，您让他们快乐，他们郁悒，您振起他们的心。请收下这钱吧，聊作一口提神酒，振起您的颓心来。"就这样，钱才被收下。

他乐于排解朋友或亲戚家的勃谿事。常言说，家务事，清官难断，而邓先生的调停，却有大效果，他有见识，无偏党，雅为亲友所信任，故他的建议，无有不中者。他性至孝，尽心以事母。天主教信仰，她是随母亲的乳法一道吸下的，为享受信仰的自由，她每去外国住，财产为之尽，无以自奉养，邓先生则赡奉之，直到她弃养后。她住在邓先生家里，先邓先生三个月去世。

他是恩主之岁入的好管家，为见他行事之贞廉，我应告诉读者，自出任教长来，他逐年自立一本账（这只有天知地知，他的良心知），在账尾，先算出他的岁入，而后是给穷人和用于圣事的钱，最后，才是留给自己和家人的。每年的余头，虽戋戋小数，他却为之而感激上帝，故账至于末尾，总是一段祈祷文，见于文内的虔诚心，正不在小。故读者宜按诸他的原话，参加祈祷才是：

今年的余额如上（1624—1625年）

Deo Opt. Max. benigno largitori, a me, et ab iis quibus haec a me reservantur, Gloria et gratia in aeternum. Amen.

（译文）

我和我为之攒下这些钱的人[1]，将光荣与恩典，归于仁慈的施予者——至善、至大的上帝。阿门。

今年（1626年），上帝赐我和我家人以：

Multiplicatae sunt super nos misericordiae tuae, Domine.

（译文）

噢，主啊，您对我们的仁慈，真是绵绵如瓜瓞。阿门。

Da, Domine, ut quae ex immensa bonitate taa nobis elargiri

---

[1] 当指他的亲属。

dignatus sis, in quorumcunque manus devenerint, in tuam semper cedant gloriam. Amen.

（译文）

主啊，您以无限的慷慨，厚赏我和家人，请把这些钱，转赐给能用以并增进您的光荣者。阿门。

In fine horum sex annorum manet（1628-1629）:
Quid habeo quod non accepi a Domino ? Largitur etiam ut quae largitus est sua iterum fiant, bono eorum usu; ut quemadmodum nec officiis hujus mundi, nec loci in quo me posuit dignitati, nec servis, nec egenis, in toto hujus anni curriculo mihi conscius sum me defuisse; ita et liberi, quibus quae supersunt, supersunt, grato animo ea accipiant, et beneficum authorem recognoscant. Amen.

（译文）

这六年到头（1628—1629年），余额为：

我得之于上帝的，何其多也！他赐我钱，意亦在于我能得体地使用它，使之复归于他。过去一年来，我尽了人间的义务，保持了我职位的尊严，善待我的仆人和穷苦无依者，求诸本心，没有过失处。故我的子女们，可怀着对仁慈的施予者之感激，收下这剩余的钱了。阿门。

离题太远，书归正传吧。

我岔开笔时，把我们患病的作者，留在了埃塞克斯。他呻吟于床褥间，离不了此地，故只好在女儿家里，消磨大半冬。近二十年来，每逢这月份，他辄去谒见国王，侍陛下之左右，并布道给他听,未有过差池,布道者的名单里,亦未曾遗落他的名字。而当此时,即1630年1月间,伦敦忽有风言说(这风言,或起于伦敦,或传之于别处):邓博士死了。邓先生借此为因由,写信对一位密友道:

阁下:

我屡患热疾,挨近天国的门,都不知几次了,近来又寂寞于人外,形同楚囚,退念身后的事,未尝不时时向上帝祷告。您和朋友们之得益于它,有足多者,因我的祷告里,自来不漏过你们的幸福[1]。您乞福于上帝时,别生一善心,为我的幸福而祈祷——我于此有深信焉。我听说,你们得我死讯后,凄怆不自已,于我之为人,亦善为品题,得好人之顾恋也如此(死亡纵无别的好处),死何足惜?然我听说,也有别具心肠者,一朋友写信给我,说有人(他说是我的朋友)以为我佯作病重,实不如此之甚也,不过隐遁以逍遥,弃置布道的义务。这话羌无根由,岂是朋友当说的话?上帝知道,我苦于不能讲道,甚于不能听我布道者。我自来有一大愿(愿上帝满足我),即死在教坛上;纵不能,也要取死于教坛,即甫下教坛,辄力竭而死。阁下,我希望圣烛节后,即可面见您;因约此时,我要进宫去为四旬斋[2]布道,除非司礼大臣认定我死了,把我从名单上除下。然只要我视息于人间,说得出话,则弃此职守,良非我愿也。

---

[1] 即每一次祷告时,都为他们的幸福而祷求上帝。
[2] 基督教的一个大斋节。

>我有闲心情,可多写,唯阁下繁剧,想不能多读也;
>且下笔不自休,徒添阁下之烦。愿上帝赐福阁下与令郎。
>
>>您可怜的朋友和仆人
>>信奉耶稣基督的
>>邓约翰

近一月末,他受命于宫里,将如往常一样,在四旬斋的第一个礼拜五布道。他闻命后,辄抱病为之做准备,因渴望布道也久,他横下一心来,不管身体有多虚,亦不废此行程。故先于布道日几天内,到达了伦敦。刚下车,朋友们见他病容清癯,瘦得皮包骨头,心里很酸楚,担心他行圣事,力有不胜,故劝他卸却此任,郑重地对他说,这样做,是无异于促命。然他峻谢了朋友之请,对他们说:"他病衰不止一次,但上帝总以不虞之伟力,来襄助他,他最后一次行圣事,发宏愿以尽圣职,上帝反弃他而不顾?他不信!"于是,他上了教坛,令一些来看的人,大为惊叹,而多数人以为,他现身于教坛上,不是用活的声音,传禁欲的道,而以衰病之躯、垂死的脸,证有生之必死也。许多人,一定暗中问《以西结书》里的问题:"这些骸骨能复活吗?灵魂能驱动他的舌头,使它一直说到漏中的沙流尽,量尽这垂死者的余生?肯定不能。"[1] 然邓先生之虚弱,仅见于短暂的祈祷中,然后,他的衰病之躯,因热望而振作,一时间,

---

[1] 译者在《圣经·以西结书》里,只找到了"这些骸骨能复活吗"一句,后面的话,当是沃尔顿按文脉加的。

他事先拟好的冥想，从记忆里，汩汩如泻瓶盅。这布道文，是关于死亡的，引用的经文为"人能脱离死亡是在乎主耶和华"[1]。有许多人见他眼里有泪水，听他的声音弱而空虚，咸以为这题目，是有预感而选的，邓博士此来，是为自己的丧礼布道的[2]。

这义务他期之也久了，如今因上帝之助益，他得遂所愿，故心里充满快乐，匆忙回家来，自此一卧而不起，再未走出家门，直到——如圣斯蒂芬所言——"被虔诚的人们，扛去他的墓地里"。

布道后第二天，他因体力耗尽，精神大损，终无心于做事或交谈了。有一个经常听他通脱而诙谐的谈话的朋友，问他说："您有何愁？"他闻此言，灵魂之安详和甘于弃世的心，尽见于脸上，肃重而达观地说：

> 我无所愁。惟昨天夜里，我辗转不寐者大半宿，想起几个朋友，他们舍下我，去了"不返乡"，过不数日，我也将去那里，不再视息人间了。为准备这迁地为良的好事，我躺床上，默想了一夜，因贱病为祟，脑子现在还不能停下来。惟刚才，我深念于上帝对我的恩德，对我的好处。我得他的仁慈，不可谓小也。顾念平生，我明明看到，是

---

[1] 见《圣经·诗篇》第68篇第20节。

[2] 邓不把死亡看作肉身之庐的坍塌，而是精神之驾御力的表现，是灵魂的艺术，他总是把死亡看成一出戏，垂死者应该是这戏的作者、导演。他的许多诗和布道文中都有表现；沃尔顿这里记述的，也是如此。这最后的布道文，即著名的《与死亡决斗》(*Death's Duel*)，是他布道文里最辉煌的篇章。

他的手,让我抛舍世俗的职业,是他的神意,让我受圣职后,才安定、富足。我以此为活,垂二十年了(愿有补于他的光荣),我潦倒时有恩于我者,得因此而多有报答,我谦卑地感激他;亦感激他使我的朋友们,每有取需于我者,授我以表达谢意的机缘。我的好岳父乔治·摩尔爵士,多年来,上帝为试炼他的耐心,每加之以苦难;我帮助他,安慰他。我的母亲,年轻时富资财,到了晚年,囊橐空空;我赡养她。许多人,不堪心灵之伤痛,呼哀叫苦;我平复他们的天良。要说这一生,我过得清白、端正,则吾岂敢,我年轻时的所为,尤无足称述者。惟我的好坏,就由上帝去评断了,他仁慈,当坦然不计我的过失。我文质无所底,能贡献于上帝的,现在没有一样,唯有罪孽,只有苦难。然上帝待我也宽,实不如我待己之严也。他看我,端凭我的信仰有几何,甚至现在,圣灵已显神意对我说:我入了他的选民之伍。故我心里快乐,难以言表,就要平静地死了。

文至此,我们得回过头去。且说邓先生当初由埃塞克斯回伦敦,做最后的布道,他悬壶济世的老友、可称君子的福克斯博士,前来为他诊病。他看过邓先生的脸色,问了病情,然后说:"果酒配牛奶,连饮二十日,您的病,或有康复之望。"但邓先生拒绝。福克斯博士爱友情深,一味地央恳他,邓先生不堪其苦,辄徇老友之请,连饮十日。饮到最后,他对福克斯博士说:"他这样做,不为恢复健康,只为朋友满意,可后十天,他再也不饮了,即使能加寿二十年;因他不愿意活着,对于死,他一点不怕,在别人眼里,死是'恐怖之王',他则盼望形神之纽松开的那天。"

好名之心,亦人性之常也。纵有刻苦自厉者,极谦退之致,不高自标榜,人性的稗草,亦芟除一空,但去除好名的心,却戛戛乎难。盖好名的心,如身体的热,与生而俱来,至死而方熄。圣徒而求身后之名者,亦自不少,足见它无不当处。我这话,是有感于福克斯博士在这时,劝邓先生为自己立墓碑一座,这次,他徇其请而无难色。惟墓碑的式样,福克斯博士无所说,由邓先生本人决断。

决定立碑后,他差人找刻工来,请他雕一只木瓮,瓮的大小、高矮,他指示给刻工,并要求送木瓮时,带一张与他等高的木板来。"刻竣后,他一刻不耽搁,立即请来一位好画师,准备为自己画像。画像的经过如下:在大书房里,先燃起几枚炭火,他拿寿衣走进来,脱下所有衣服,以寿服加体,头、脚处,各捆一结,双手摆放如罩以尸布、将入棺材或墓穴的死人。他站在瓮上,眼合拢,尸布掀开一大片,露出消瘦、苍白、死人样的脸。他的脸,有意对着东方,即他盼望自己和耶稣重临世间之所自来处。"按这姿势,人为他画了等身像,画完后,他吩咐摆在床头,直到临终前,才送给他的密友、他的遗嘱执行人亨利·金博士(他这时是圣保罗教堂的首席驻堂牧师)。金博士则差人把画像,刻在一整块白色的大理石上,它如今矗立在教堂里[1]。照邓

---

[1] 这也是邓把死亡看作艺术的表现。

先生的遗命，碑上铭以：

JOHANNES DONNE.

SAC. THEOL. PROFESS.
POST VARIA STVDIA，QVIBUS AB ANNIS
TENERRIMIS FIDELITER,NEC INFELlCITER
INCVBVIT：
INSTINCTV ET INPVLSV SP. SANCTI. MONITV
ET HORTATV
REGIS JACOBI，ORDINES SACROS AMPLEXVS
ANN SVI JESV，MDCXIV. ET SVAE AFTATIS XLII.
DECANATV HVJVS ECCLESLAE INDVTVS，
XXVII. NOVEMBRIS. MDCXXI.
EXVTVS MORTE VLTIMO DIE MARTII. MDCXXXI.
HIC LICET IN OCCIDVO CINERE. ASPICIT EVM
CVJVS NOMEN SET ORIENS.

（译文）

邓约翰

受尊敬的神学家

自幼年起，即潜心于百家之学。

因圣灵的驱使，以及詹姆斯王的建议与催促，

1614年，四十二岁时接受圣职。

1621年11月，被授予本教堂的教长。

1631年3月末,因病逝而去职。

愿他在这里,从沉落的尸灰中,目睹名扬于四方的上帝。

这多姿彩的一生里,可谓山重水复,迷宫重重,我终于引邓先生走出来,送他到了死亡和坟墓的门口。我让他歇一歇,趁空说一点琐细事:他的画像,我见过多幅,装束不同,年龄有差,取的姿势亦各有别。我有此言者,是因他的一幅肖像,由一位丹青名家作于他十八岁那年;在画里,他佩长剑,盛装饰,浮荡而风流,正是当年的时样装;画的题词是:

物化之前

我的变化将何其大也 [1]

把他年轻时的画像,与临终前的相对比,人人都会说:天

---

[1] 这画像后来做成了版画,流存至今。上面的日期是1591年,当年邓约翰18岁;题词是西班牙文: Antes muerto que mudado。约翰·凯雷将其翻译为:宁死而不改变。这与沃尔顿译文的意思,是大相径庭的。邓约翰远离了国教的迫害,来到西班牙——天主教信仰的故乡,从这个意义上说,这一句话,明显地表示了对旧教的忠诚,以及不屈服于国教的决心;他身挎长剑的勇武姿态,更加重了我们这一印象。著名的《朦胧的七种类型》的作者威廉·燕卜荪又解释说,画的题词用西班牙文(西班牙是英国政治、宗教上的死敌),类似于现代左派美国人用俄文书写题词(当时正是美、苏意识形态大战的时期)。

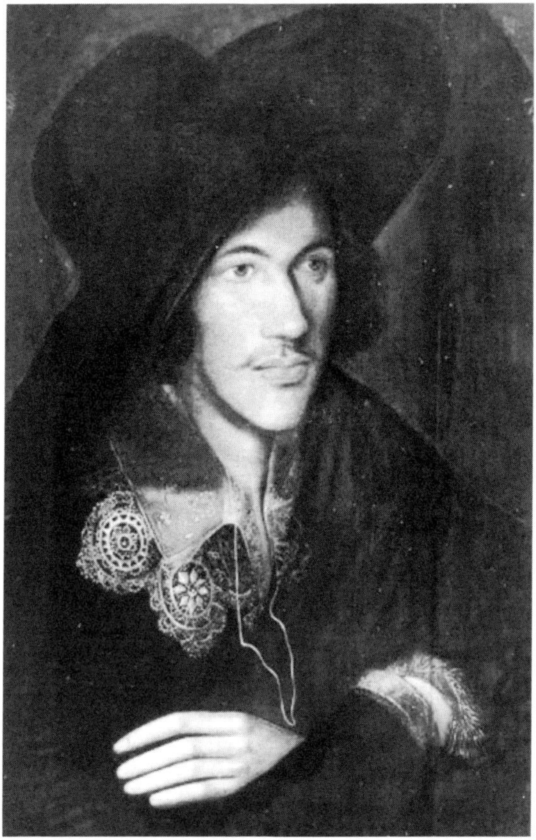

呐！物化之前，邓博士竟有偌大之变化[1]！读者见这两幅画，也会悚然而自惊的，他会问自己："天呐！我现在，固然还健康，可我物化前、如幻影的尘身消涣之前，我的变化，亦当如是之甚也。"故为之而做准备。我有此言，不是为读者做死亡的提醒，而是说邓先生，在闲谈和众人前的布道中，每说起他身体和精神的变化，尤言之而不置者，是弃浮浪，归淳朴。他常说："他舍仕途，出任圣职，是变化中最大、最有福气的。"他为此很庆慰，故每以为糟蹋了前半生，从任圣职、在祭坛边上服务于最慈悲的上帝那一天起，他才开始自己的生命[2]。

礼拜一，肖像画完以后，他觉出身体一时不如一时，故诀别亲爱的书房，去卧室里躺下。这一周内，许多最要好的朋友，几次被他请来，以为人天之别。他留下了几句话，让他们存心里，做立身的良规，又如约伯对他的儿子们，施以祝福后，麾他们退下。礼拜日，他吩咐仆人说，他或他们，若还有未了之事，则下礼拜六前，要操办好，过此以往，他的心，将不用于

---

[1] 直译为："被改变之前，邓博士竟有偌大之变化。"所谓"被改变"，即指死亡。我国古人称死为"物故"或"物化"，故代用于此。

[2] 邓约翰有诗云：
我多希望过去浪费掉的叹息和眼泪
能再度回到我的胸膛和眼睛里来，
以便抱着这既神圣而又不满的情怀
悲伤得有些结果，过去的悲伤乃是白费。

（见《神圣的十四行诗》之19首，杨周翰先生《十七世纪英国文学》中的译文）

人间的事，而像约伯那样，"等候那连结形与神之纽带松开的日子"。

邓先生真幸福，他万事都了了，只剩下一死。可这也无须他多劳，因为他用心于死亡者久矣，固已参透它，他以前在病中，曾呼唤上帝来做证："我的形神之纽，上帝现在若解开它，则我有准备，即可把自己灵魂交给上帝的手。"[1] 在那病中，他又恳求上帝护持他，让他保任这心情，至死而不坠。他之耐心于等待不朽的灵魂脱下它的肉衣来，亦颇可考见他对上帝之听见他的祈祷、答应他的请求，有适度的信心在。他卧床十五天，切望于那大变化。在最后一日、最后一小时里，他的肉体，涣然而冰释，化为精神的烟，我相信他的灵魂，依稀看见了至乐的景象[2]；因他说道："若死不了，我就太不幸了。"而后，他不断说着"你的国近了，你的意志必成全"，气息淹微，时时而断。随邓先生多年的义仆，即言语之才，在他生命的最后一刻才离开，它诀别故主后，未去投新主人——谁又有他的口辩呢？——不待邓先生死，辄绝命而去之，因它现在，已无所用于故主了。他在尘寰里，如天使在天堂，与上帝交谈，单单以思想、以表情。他失语后，借那照亮天堂的光，眼睛看着天上，犹之于圣司提反，"定睛望天，看见神的荣耀，又看见人子站

---

[1] 见他病中写的《诚念》一书——沃尔顿原注。
[2] 指天堂。

在神的右边"[1]。见到这至乐的景象，他无比满足，灵魂上了天，故吐出最后一口气，闭上眼，摆正他的手、他的身体，使盖尸布的人，无所用其力[2]。

其生也，多姿彩，富品德，其死也，出乎其类，拔乎其萃——邓先生的一生，良堪为后人的矜式。

他葬于圣保罗教堂内，死前不数年，辄定下墓址，他生前，每日经过这地方，去领众人祈祷于上帝。那时候，圣事一天有两回，率众人祈祷外，又唱一次赞美诗。惟邓先生之下葬，未从他的遗愿，他不是悄然入殓的；来送殡者，多得不胜数计，贵人、硕儒，亦复有不少。他们爱他、敬他于生前，故不期而会于此，恭送他灵柩去墓地里，以申爱忱于死后。坟前所见，唯有哀伤。

他的朋友中，有不胜人琴之悲者，时来凭吊他，犹之于亚历山大去阿基里斯坟前[3]，他们携大量珍贵的鲜花来，撒在墓地

---

[1] 司提反是《圣经》中的人物，生活于公元1世纪，是第一个为信仰殉道的基督徒。这段引文出自《圣经·使徒行转》第7章第55节。"人子"即耶稣。

[2] 颇见邓约翰对死亡的态度。

[3] 亚历山大即著名的"亚历山大大帝"。阿基里斯即《伊利亚特》中的希腊英雄。亚历山大崇拜阿基里斯这位传说中的英雄，他在远征亚洲时，经过阿基里斯的墓，曾献花圈一只，以表敬意。事见古希腊历史学家阿里安（Arrian）的《亚历山大远征记》，商务印书馆1979年版，李活译本，第1卷第27页。

上，不论白天，或黑夜，无有止息，直到教堂[1]里挖起的石头（当初起出这些石头，是使他的肉体归葬于冰冷的土——他如今的睡床），被石匠照从前的样子，再次摆平，砌平整，他的瘗骨地，和别处不再有分别。

他下葬的翌日，不知哪个朋友（当是倾慕他道德文章的许多人之一吧），在他墓穴上面的墙上，用碳笔写了四句挽诗：

> 读者，我告诉您，
> 这是邓的瘗骨地；
> 坟若容下他的灵魂，
> 则地比天上要富丽。

他的哀荣，尚不止于此。人间自有伉爽士，施人以恩德，却不邀上帝的奖赏，惠人以千金，而只托心迹于上帝，雅不欲有人知。邓先生的朋友中，即有这样的人，为邓先生的遗芳不朽于后代，他馈金一百马克[2]，给邓先生的挚友和遗嘱执行人[3]，立雕像以纪念邓先生。馈金者为谁某，他们多年不知道，福克斯博士谢世后，方知钱是他送的，他生前，终得以见到了亡友的雕像。其材为大理石，其为状也，尽得邓先生之神，他的朋友亨利·沃顿爵士有言说："这雕像，仿佛有微弱的呼吸，

---

[1] 这里（还有前面几处）的教堂，不光指建筑，还包括庭院、周围的地（如墓地）等。

[2] 当时英国的货币单位，相当于旧制 13 先令 4 便士。

[3] 金博士和蒙特福先生——沃尔顿原注。

后人看它,当以为人工的奇迹也。"

他身长适中,轩昂而整秀,又善谈吐,美丰神,故闲雅甚都,难可以言状之。

他的性情,亦庄亦谐,相得又相济,故与他交往,诚是人间的一乐事。

他想象奇伟,才足以当之,加以高识有默运,故想象与才智,终得有补于世用。

他的表情轩朗、乐观,亦足见他心地之清明、有识见,良心之夷坦、无愧疚。

他软心肠,富怜悯,自待以严,从不伤害别人,待人以恕,有伤害他的人,总是原谅之;他的眼神,温柔而多感,正是这心灵的写照。

上帝之仁慈,灵魂之不朽,天堂之快乐,他居常念念于心里(尤其他出任圣职后);又每怀圣洁的心,狂喜说:"唯有上帝是万福的,唯有他是神圣的。"

他本性多激情,盛意气,唯勤予节制,绝少溺而不归。他爱人如不及,仁慈出天性,见人有苦难者,未尝不怜悯之,济助之。

他好学不倦,求知若渴,他健旺的灵魂,如今终得以满足、终得以赞美上帝而无停歇了。当初,正是上帝的一嘘,吹活他的肉体,作了圣灵的寝殿,如今,它化成了一抔圣洁的灰——

但它必将复活。

1639年2月15日
艾·沃

图书在版编目（CIP）数据

钓客清话/（英）艾萨克·沃尔顿著；缪哲译. -- 太原：山西人民出版社，2021.6
ISBN 978-7-203-11731-5

Ⅰ.①钓… Ⅱ.①艾… ②缪… Ⅲ.①散文集—英国—近代 Ⅳ.I561.64

中国版本图书馆CIP数据核字（2021）第049601号

钓客清话

著　　者：	（英）艾萨克·沃尔顿
译　　者：	缪　哲
责任编辑：	贾　娟
复　　审：	傅晓红
终　　审：	来普亮
出 版 者：	山西出版传媒集团·山西人民出版社
地　　址：	太原市建设南路21号
邮　　编：	030012
发行营销：	010-62142290
	0351-4922220　4955996　4956039
	0351-4922127（传真）　4956038（邮购）
天猫官网：	https://sxrmcbs.tmall.com　电话：0351-4922159
E-mail：	sxskcb@163.com（发行部）
	sxskcb@163.com（总编室）
网　　址：	www.sxskcb.com
经　销：	山西出版传媒集团·山西人民出版社
承 印 厂：	北京汇林印务有限公司
开　　本：	880mm×1230mm　1/32
印　　张：	12.75
字　　数：	235千字
版　　次：	2021年6月　第1版
印　　次：	2021年6月　第1次印刷
书　　号：	ISBN 978-7-203-11731-5
定　　价：	88.00元

如有印装质量问题请与本社联系调换